THÉRAPIE

Sebastian Fitzek, le nouveau prodige allemand du suspense, est né à Berlin en 1971. Après des études de droit, il travaille à la radio et à la télévision. Par la magie du bouche à oreille, *Thérapie*, son premier thriller, s'est retrouvé numéro un des ventes en Allemagne. Il a été traduit dans vingt-deux pays.

Paru dans Le Livre de Poche :

Ne les crois pas

SEBASTIAN FITZEK

Thérapie

TRADUIT DE L'ALLEMAND PAR PASCAL ROZAT

L'ARCHIPEL

Titre original :

DIE THERAPIE

Publié par Knaur, Munich, 2006

ISBN : 978-2-253-12736-9 – 1re publication LGF

Tout ce que je verrai ou entendrai autour de moi,
dans l'exercice de mon art ou hors de mon ministère,
et qui ne devra pas être divulgué,
je le tairai et le considérerai comme un secret.

Serment d'Hippocrate (extrait).

Dis-moi qui sont tes amis,
je te dirai qui tu es.

Proverbe.

Prologue

Lorsque la demi-heure fut écoulée, il sut qu'il ne reverrait jamais sa fille. Elle avait ouvert la porte, s'était retournée une dernière fois vers lui, puis était entrée dans la pièce où l'attendait le vieil homme. Mais Joséphine, sa fille de douze ans, ne devait plus en sortir. Il en était certain. Plus jamais il ne reverrait son sourire radieux, le soir, quand il allait la coucher. Plus jamais il n'éteindrait sa petite lampe de chevet aussitôt après qu'elle se fut endormie. Et plus jamais il ne serait réveillé au milieu de la nuit par ses cris stridents.

Cette certitude s'imposa brutalement à lui, le laissant en état de choc.

Lorsqu'il se releva, il lui sembla que son corps ne demandait qu'à rester assis sur sa chaise en plastique branlante. Il crut un instant que ses jambes étaient prêtes à céder sous son poids et qu'il allait s'étaler de tout son long sur le parquet usé de la salle d'attente, entre la grosse ménagère venue soigner son psoriasis et la table basse couverte de vieux magazines. Mais il n'eut pas même le soulagement de s'évanouir. Il restait pleinement conscient.

Les patients sont soignés
non dans l'ordre de leur arrivée
mais selon l'urgence de leur cas.

Les contours de la pancarte accrochée à la porte blanche de la salle de consultation se brouillaient devant ses yeux.

Le docteur Grohlke, allergologue et ami de la famille, était le médecin numéro vingt-deux. Viktor Larenz avait établi une liste de noms qu'il cochait au fur et à mesure. Les vingt et un médecins précédents n'avaient rien trouvé. Absolument rien.

Le premier, un médecin de garde, était venu le lendemain de Noël dans la propriété familiale de Schwanenwerder. Cela faisait onze mois, jour pour jour. Ils avaient d'abord cru que Joséphine avait juste mal digéré la fondue du dîner. Elle avait vomi plusieurs fois au cours de la nuit, avant d'être prise de diarrhées. C'est sa femme Isabel qui avait appelé, et Viktor avait descendu Josy au salon, vêtue de sa fine chemise de nuit en batiste. Quand il y repensait, il lui semblait sentir encore ses petits bras contre lui. Avec l'un, elle s'agrippait à son cou, comme si elle cherchait de l'aide ; de l'autre, elle serrait contre elle sa peluche préférée, le chat bleu Nepomuk. Sous les regards inquiets de la famille, le médecin avait ausculté sa maigre cage thoracique, avant de lui faire une perfusion et de lui prescrire un médicament homéopathique.

— Une petite gastro-entérite, c'est dans l'air en ce moment. Mais ne vous inquiétez pas ! Tout ira bien.

C'est avec ces mots qu'il avait pris congé. Tout ira bien. Ce type avait menti.

Viktor se tenait debout devant la lourde porte de la salle de consultation. Lorsqu'il tenta de l'ouvrir, il ne parvint même pas à en tourner la poignée. Il crut d'abord que toute cette tension lui avait fait perdre ses forces. Puis il comprit que la porte était fermée. Quelqu'un, à l'intérieur, avait poussé le verrou.

Mais qu'est-ce qui se passe, ici ?

Brusquement, il se retourna. Il avait l'impression de contempler son environnement comme déformé par un stroboscope. Son cerveau percevait tout ce qu'il voyait de manière décalée, saccadée : les photos de paysages irlandais accrochées aux murs, le ficus poussiéreux dans l'encadrement de la fenêtre, la ménagère assise sur sa chaise. Larenz secoua une dernière fois la porte, puis sortit de la salle d'attente et se traîna jusque dans l'entrée du cabinet. Celle-ci était toujours aussi surpeuplée, comme si le docteur Grohlke avait été le seul médecin dans tout Berlin.

Viktor se dirigea lentement vers l'accueil. Un adolescent souffrant à l'évidence de problèmes d'acné essayait de se faire établir une ordonnance, mais Larenz le repoussa sans ménagement et se mit aussitôt à déverser un flot de paroles à l'attention de l'assistante médicale. Il la connaissait de ses précédentes visites. Lorsqu'il était arrivé avec Josy, une demi-heure plus tôt, elle n'était pas encore là. À présent, il était soulagé de voir que son remplaçant était parti en pause ou avait été demandé ailleurs. Maria avait à peine plus de vingt ans et faisait songer à la gardienne de but un peu corpulente d'une équipe de football féminin. Mais elle avait elle-même une petite fille. Elle allait l'aider.

— Je dois la voir d'urgence, dit-il plus fort qu'il ne l'aurait voulu.

— Tiens, docteur Larenz, bonjour ! Ravie de vous revoir.

Maria avait immédiatement reconnu le psychiatre. Il n'avait plus mis les pieds au cabinet depuis un moment, mais elle voyait souvent son visage aux traits saillants dans les magazines ou à la télévision. On l'invitait volontiers à des talk-shows, tant en raison de son physique agréable que de sa capacité à rendre compréhensible à un public profane les problèmes psychiques les plus complexes. Aujourd'hui, pourtant, il s'exprimait de façon énigmatique.

— Je dois immédiatement voir ma fille !

Le garçon qu'il avait repoussé sentit instinctivement que quelque chose ne tournait pas rond et s'éloigna encore d'un pas. Maria semblait elle aussi inquiète et s'évertuait à ne pas perdre son sourire passe-partout d'hôtesse d'accueil.

— Je suis désolée, mais je ne comprends pas de quoi vous voulez parler, docteur Larenz, dit-elle en portant la main à son arcade sourcilière gauche.

En temps normal, elle avait à cet endroit un piercing qu'elle se mettait à tripoter chaque fois que quelque chose la rendait nerveuse. Mais le docteur Grohlke, son patron, était conservateur, et elle avait pour ordre de retirer le petit bijou argenté en présence des patients.

— Vous êtes sûr que Joséphine a bien rendez-vous aujourd'hui ?

Larenz ouvrit la bouche, prêt à lui lancer sa réponse en pleine figure, mais il se retint. Bien sûr qu'elle avait un rendez-vous aujourd'hui. C'est Isabel qui avait téléphoné pour le fixer. Et c'est lui qui avait conduit Josy. Comme d'habitude.

— Papa, c'est quoi, un allergologue ? lui avait-elle demandé dans la voiture. Il prévoit le temps qu'il fait ?

— Non, ma chérie. Ça, c'est un météorologue.

Il l'avait observée dans le rétroviseur et aurait voulu pouvoir caresser ses cheveux blonds. Elle lui semblait si fragile. Comme un ange dessiné sur du papier de soie japonais.

— L'allergologue aide les gens qui n'ont pas le droit de s'approcher de certaines choses, parce que ça les rend malades.

— Des gens comme moi ?

— Peut-être.

« Espérons-le, avait-il pensé. Ce serait au moins un début de diagnostic. » Pour toute la famille, les symptômes inexplicables de sa maladie tournaient désormais à l'obsession. Cela faisait presque six mois que Josy n'allait plus à l'école. Les spasmes la saisissaient de façon si soudaine et irrégulière qu'elle n'aurait pu rester longtemps assise dans une salle de classe. Aussi, Isabel avait demandé un mi-temps pour lui dispenser des cours particuliers. Quant à Viktor, il avait fermé son cabinet de la Friedrichstraße afin de pouvoir consacrer tout son temps à sa fille. Ou plutôt à ses médecins. Mais, en dépit du véritable marathon de consultations auquel ils s'étaient livré ces dernières semaines, tous les experts demeuraient perplexes. Ils ne trouvaient aucune explication à ces accès de fièvre réguliers, à ces maladies infectieuses ni à ces saignements de nez nocturnes. Parfois, les symptômes s'amenuisaient et semblaient même disparaître complètement, de sorte que la famille reprenait espoir. Mais, après ce bref répit, ils réapparaissaient, souvent avec une violence accrue. Jusque-là, les spécialistes en médecine interne, les hématologues et autres neurologues avaient seulement pu établir qu'il ne s'agissait ni du sida, ni d'un cancer, ni d'une hépatite, ni d'aucune autre maladie connue.

On avait même procédé à un test de détection du paludisme. Résultat négatif.

— Docteur Larenz ?

La voix de Maria ramena brutalement Larenz à la réalité. Il se rendit compte que, pendant tout ce temps, il avait dû la fixer sans rien dire, la bouchc ouverte.

— Qu'est-ce que vous avez fait d'elle ?

Il avait retrouvé sa voix, à présent, et il parlait de plus en plus fort.

— Que voulez-vous dire ?

— Josy. Qu'est-ce que vous lui avez fait ?

Larenz hurlait à présent, et les conversations de la salle d'attente se turent subitement. On lisait dans les yeux de Maria qu'elle n'avait aucune idée de la manière dont elle devait affronter une telle situation. En tant qu'assistante du docteur Grohlke, elle était certes habituée au comportement étrange de certains patients. Il ne s'agissait pas d'un cabinet huppé, et cela faisait longtemps que l'Uhlandstraße ne comptait plus parmi les adresses les plus prestigieuses de Bcrlin. Il n'était pas rare que la salle d'attente accueillît des prostituées et des junkies venus de la Lietzenburgerstraße toute proche. Et personne ne s'étonnait lorsqu'un camé en état de manque se mettait à hurler qu'il ne voulait pas de traitement pour son eczéma mais des médicaments pour soulager ses douleurs.

Mais la situation présente était tout autre. En effet, le docteur Viktor Larenz n'était nullement vêtu d'un survêtement sale ni d'un tee-shirt troué. Il ne portait pas non plus de baskets usées et son visage n'était pas couvert de boutons purulents. Bien au contraire. On aurait dit que l'épithète « distingué » avait été inventée spécialement pour le décrire : svelte et bien bâti, il avait le buste droit, le front haut et le menton prononcé. Viktor Larenz avait quarante-trois ans. C'était le genre d'homme dont on peinait à deviner l'âge, mais dont on pouvait être sûr qu'il possédait des mouchoirs de lin brodés à ses initiales et qu'il n'avait jamais de menue monnaie sur lui. La blancheur frappante de sa peau semblait trahir le surmenage. Et c'est précisément tout cela qui rendait la situation si difficile pour Maria : on ne s'attend pas à ce qu'un docteur en psychiatrie vêtu d'un costume sur mesure à deux mille deux cents euros se mette à pousser des hurlements en public. Et encore moins à ce que sa voix se brise tandis qu'il gesticulait dans tous les sens en débitant des paroles incompréhensibles. Voilà pourquoi Maria n'avait pas la moindre idée de ce qu'elle devait faire.

— Viktor ?

Larenz se retourna en direction de la voix grave qui l'avait interpellé. Le docteur Grohlke avait entendu le tapage et interrompu sa consultation. Le vieux médecin blond à la maigre silhouette et aux cernes profonds paraissait très inquiet.

— Mais qu'est-ce qui se passe, ici ?

— Où est Josy ? hurla Viktor en guise de réponse.

Grohlke ne put réprimer un sursaut devant la réaction de son ami. Il connaissait la famille depuis près de dix ans, mais jamais il n'avait vu Larenz dans un état pareil.

— Viktor ? Tu ne préfères pas que nous allions dans mon bureau pour... ?

Au lieu de l'écouter, Larenz regardait fixement pardessus son épaule. Lorsqu'il vit que la porte de la salle de consultation était entrebâillée, il se précipita et l'ouvrit d'un violent coup de pied. La patiente souffrant de psoriasis était allongée dans la salle. Elle était à moitié déshabillée et eut une telle frayeur qu'elle en oublia de cacher sa poitrine.

— Enfin, Viktor, qu'est-ce qui te prend ? cria Grohlke en lui courant après.

Mais Larenz était déjà ressorti de la pièce et se lançait à présent dans la direction opposée.

— Josy ?

Il courait maintenant à travers le couloir, ouvrant toutes les portes qui s'offraient à lui.

— Josy, où es-tu ? hurla-t-il, pris de panique.

— Grand Dieu, Viktor !

Le vieux médecin essayait de le suivre tant bien que mal, mais Viktor ne lui prêtait aucune attention. La peur avait supplanté la raison.

— Qu'est-ce qu'il y a, là-dedans ? cria-t-il en essayant en vain d'ouvrir la dernière porte avant la salle d'attente.

— Des produits d'entretien, rien d'autre, Viktor. C'est un cagibi.

— Ouvrez !

Viktor secouait la poignée, comme pris de démence.

— Bon, écoute...

— OUVREZ !

Avec une force insoupçonnée, le docteur Grohlke saisit Larenz au niveau des avant-bras et l'immobilisa.

— Calme-toi, Viktor ! Et écoute-moi. Ta fille ne peut pas être ici. La femme de ménage est partie avec la clé ce matin, et elle ne reviendra que demain.

Respirant avec difficulté, Larenz semblait entendre ces paroles sans pour autant en comprendre le sens.

— Procédons avec logique.

Grohlke relâcha sa prise et posa la main sur l'épaule de Viktor.

— Quand as-tu vu ta fille pour la dernière fois ?

— Il y a une demi-heure, ici, dans la salle d'attente, répondit-il l'air absent. Elle est entrée dans ton bureau pour la consultation.

Le vieux médecin secoua la tête, l'air inquiet, et se tourna vers Maria, qui les avait suivis.

— Je n'ai pas vu Joséphine, dit-elle à son patron. Et elle n'avait pas de rendez-vous aujourd'hui.

« N'importe quoi ! » aurait voulu hurler Larenz, qui se prit la tête entre les mains.

— Mais Isabel vous a pourtant bien téléphoné. Et bien sûr que Maria a pu ne pas voir ma fille. À la réception, il y avait son remplaçant, un homme. Il nous a dit de prendre place. Josy était si faible. Si fatiguée. Je l'ai laissée assise dans la salle d'attente, et je suis parti lui chercher un verre d'eau. Et quand je suis revenu, elle...

— Maria n'a pas de remplaçant, l'interrompit Grohlke. Il n'y a que des femmes qui travaillent dans ce cabinet.

Stupéfait, Viktor dévisageait le médecin en essayant de comprendre ce qu'il venait de lui dire.

— Je n'ai pas reçu Josy en consultation aujourd'hui. Elle n'est pas venue me voir.

Soudain, Larenz se mit à entendre au loin un bruit perçant, crispant, qui recouvrait progressivement les paroles du médecin.

— Qu'est-ce que vous me voulez ? cria-t-il, désespéré. Bien sûr qu'elle est allée dans la salle de consultation. On l'a priée d'entrer. J'étais dans le couloir, juste à côté, et j'ai entendu l'homme de l'accueil qui appelait son nom. Elle avait rendez-vous aujourd'hui, c'est elle qui me l'avait demandé. Elle vient d'avoir douze ans, vous savez ? Depuis quelque temps, elle ferme la porte de la salle de bains à clé. Quand je suis revenu dans la salle d'attente, j'ai donc cru qu'elle était déjà entrée...

Viktor ouvrit la bouche et se rendit soudain compte qu'il n'avait pas dit un mot. Son cerveau travaillait, mais il ne parvenait visiblement plus à s'exprimer. Désemparé, il regarda autour de lui et eut l'impression que le monde tournait au ralenti. Le sifflement devenait de plus en plus insupportable et recouvrait presque tous les autres bruits. Il sentait que tout le monde cherchait à lui parler : Maria, le docteur Grohlke, et même quelques patients.

— Cela fait un an que je n'ai plus vu Josy.

Telles furent les dernières paroles que Viktor put encore entendre distinctement de la part de Grohlke. Et, d'un coup, tout devint clair. Durant un bref instant, il comprit ce qui s'était passé. L'horrible vérité lui apparut de manière fugitive, comme dans un rêve. Et elle lui échappa tout aussi vite. Pendant une fraction de seconde, il comprit tout. La maladie de Josy. Pourquoi elle avait tant dû souffrir ces derniers mois. Soudain, il vit ce qui s'était passé. Ce qu'on lui avait fait. Il s'étrangla lorsqu'il comprit qu'ils allaient à présent le poursuivre, lui aussi. Ils le trouveraient, tôt ou tard. Il le savait. Mais très vite, tout cela disparut à nouveau. Irrémédiablement, comme une goutte d'eau emportée par le courant.

Viktor se plaqua les mains contre les tempes. L'atroce sifflement était désormais tout proche et devenait intolérable. On aurait dit les gémissements de quelque créature qu'on aurait torturée, cela n'avait plus rien d'humain. Et ce bruit ne cessa que lorsqu'il referma enfin la bouche.

1

Quelques années plus tard.

Viktor Larenz n'aurait jamais cru qu'il passerait un jour de l'autre côté. Autrefois, cette chambre de la clinique de Wedding, spécialisée dans les troubles psychosomatiques, était réservée à ses patients les plus difficiles. À présent, c'était lui qui était allongé sur le lit hydraulique réglable, les bras et les jambes immobilisés par des sangles élastiques.

Personne n'était passé le voir jusqu'à présent. Ni amis, ni collègues, ni membres de sa famille. Il n'avait guère d'autre distraction que de fixer le papier peint jauni, les rideaux marron et crasseux ou encore le plafond rongé par l'humidité. Seules les deux visites quotidiennes du jeune médecin-chef, le docteur Martin Roth, venaient lui changer un peu les idées. D'après ce qu'il lui avait dit, personne n'avait sollicité d'autorisation de visite auprès de la direction. Pas même Isabel. Et il ne pouvait vraiment pas en vouloir à sa femme. *Après tout ce qui s'était passé.*

— Depuis combien de temps avez-vous arrêté de me donner des médicaments ?

Quand il posa cette question au médecin-chef, ce

dernier était en train de contrôler le système de perfusion installé au-dessus de son lit.

— Ça fait environ trois semaines, docteur Larenz.

Il n'avait jamais cessé de l'appeler « docteur », et Viktor lui en était profondément reconnaissant. Lors des conversations qu'il avait eues ces derniers jours avec le docteur Roth, celui-ci l'avait toujours traité avec le plus grand respect.

— Et depuis quand suis-je à nouveau en mesure de parler ?

— Depuis neuf jours.

— Ah bon.

Il marqua une courte pause.

— Et quand me laisserez-vous sortir ?

Viktor vit que Roth ne pouvait réprimer un sourire en entendant cette plaisanterie. Ils savaient l'un comme l'autre qu'on ne le laisserait jamais sortir d'ici. Sauf peut-être pour le mettre dans un autre établissement garantissant un niveau de sécurité comparable.

Viktor jeta un regard vers ses mains et tenta d'éprouver la solidité des sangles qui l'immobilisaient. On avait visiblement pris toutes les précautions nécessaires. Dès son arrivée, on lui avait retiré sa ceinture et ses lacets. On avait même enlevé le miroir dans la salle de bains. Les deux fois par jour où il allait aux toilettes, toujours sous surveillance, il ne pouvait même plus vérifier que son apparence était bien en accord avec son état psychique déplorable. Autrefois, on lui faisait souvent des compliments sur son physique. Il attirait l'attention par ses cheveux épais, ses larges épaules et son allure sportive. Pour son âge, il avait alors un corps parfait. Aujourd'hui, il ne lui en restait plus grand-chose.

— Franchement, docteur Roth, qu'est-ce que vous ressentez quand vous me voyez allongé, comme ça ?

Le médecin-chef évita de croiser le regard de Viktor tandis qu'il s'emparait du petit panneau en métal fixé à l'extrémité du lit. Visiblement, il réfléchissait à la question. *De la pitié ? De l'inquiétude ?*

— J'ai peur.

Il avait décidé de dire la vérité.

— Parce que vous vous dites qu'il pourrait un jour vous arriver la même chose ?

— Vous trouvez ça égoïste ?

— Non. Vous êtes honnête et ça me plaît. Et puis ça se comprend. Nous avons tout de même bon nombre de points communs.

Le docteur Roth se contenta de hocher la tête.

Même si tout semblait les séparer désormais, on pouvait en effet relever bien des similitudes dans leurs vies. Ils étaient tous deux fils uniques et avaient grandi dans les quartiers les plus huppés de Berlin. Larenz venait d'une vieille famille d'avocats d'affaires installée à Wannsee ; quant au docteur Roth, c'était le rejeton choyé de deux chirurgiens de Westend. Ils avaient fait leurs études de médecine à la Freie Universität, à Dahlem, et s'étaient spécialisés en psychiatrie. Chacun avait hérité de la propriété de ses parents, ainsi que d'une fortune non négligeable qui lui aurait permis de vivre sans travailler. Et, pourtant, le hasard – ou le destin – les avait réunis là dans cette pièce.

— Très bien, poursuivit Viktor. Vous voyez donc vous aussi le parallèle entre nous. Comment auriez-*vous* donc réagi, dans ma situation ?

— Vous voulez dire, si j'avais découvert qui avait fait ça à *ma* fille ?

Le docteur Roth avait terminé de noter ses observations du jour sur le panneau. Pour la première fois, il regarda Viktor dans les yeux.

— Oui.

— Pour être franc, je ne sais pas si j'aurais survécu à ce que vous avez dû endurer.

Viktor partit d'un rire nerveux.

— Mais je n'y ai pas survécu. Je suis mort. De la manière la plus atroce que vous puissiez imaginer.

— Et si vous me racontiez tout ?

Le docteur Roth s'assit à côté de lui sur le rebord du lit.

— Raconter quoi ?

Viktor posait cette question bien qu'il en connût parfaitement la réponse. Le médecin lui avait déjà adressé cette demande à plusieurs reprises au cours des jours précédents.

— Tout. Votre histoire. Comment vous avez découvert ce qui était arrivé à votre fille. Les raisons de sa maladie. Décrivez-moi l'ensemble des événements. Depuis le début.

— Je vous ai déjà dit l'essentiel.

— Oui, mais les détails m'intéressent. Je voudrais que vous me les racontiez avec la plus grande précision. Et, surtout, que vous m'expliquiez comment vous avez pu en arriver là.

À la catastrophe.

Viktor expira profondément et tourna à nouveau son regard vers le plafond délabré.

— Vous savez, pendant les années qui ont suivi la disparition de Josy, j'ai cru qu'il n'y avait rien de pire que de ne pas savoir. Quatre années sans la moindre piste, le moindre signe de vie. Parfois, j'en venais à espérer que le téléphone sonne et qu'on m'annonce où se trouvait le cadavre. Je croyais vraiment qu'il n'y avait rien de plus horrible que de vivre ainsi entre doute et certitude. Mais je me trompais. Car savez-vous ce qui est encore plus affreux ?

Le docteur Roth le regarda avec curiosité.

— La vérité, murmura Viktor. La vérité ! Je crois l'avoir déjà devinée dans le cabinet du docteur Grohlke. Juste après la disparition de Josy. Et elle était si horrible que je ne voulais pas y croire. Mais, ensuite, elle s'est à nouveau révélée à moi. Et, cette fois-là, je n'ai pu la refouler, car elle m'a littéralement poursuivi. La vérité se tenait soudain face à moi, et il m'était impossible de lui échapper.

— Comment cela ?

— Comme je vous le dis. J'étais face à face avec la personne responsable de toute cette horreur, et je n'ai pas pu le supporter. Pour le reste, vous savez aussi bien que moi ce que j'ai fait sur cette île. Et où cela m'a mené.

— L'île de Parkum, c'est ça ? interrogea le docteur Roth. Qu'est-ce que vous étiez allé faire là-bas ?

— En tant que psychiatre, vous devriez savoir que ce n'est pas la question appropriée, dit Viktor en souriant. Je vais quand même essayer de vous répondre : des années après la disparition de Josy, le magazine *Bunte* m'a sollicité pour une énième interview. Au début, je comptais refuser. Isabel aussi y était opposée. Et puis, finalement, je me suis dit que les questions que l'on m'avait envoyées par e-mail et par fax pourraient m'aider à mettre mes idées au clair. À retrouver un semblant de paix intérieure. Vous comprenez ?

— Vous êtes donc parti là-bas pour trouver la réponse à ces questions ?

— Oui.

— Seul ?

— Ma femme ne voulait ni ne pouvait m'accompagner. Elle avait un important voyage d'affaires à New York. Pour être honnête, j'étais content d'être seul. J'espérais tout simplement trouver à Parkum le recul dont j'avais besoin.

— Le recul nécessaire pour faire le deuil de votre fille.

Viktor approuva de la tête, bien que la dernière phrase du docteur Roth ne fût pas une question.

— C'est à peu près ça. Je suis donc parti pour la mer du Nord avec mon chien et j'ai pris le bateau pour l'île. J'étais loin de pouvoir imaginer les réactions en chaîne que ce voyage allait provoquer.

— Dites-m'en plus. Que s'est-il passé exactement à Parkum ? Quand avez-vous compris pour la première fois que tout était lié ?

La maladie inexplicable de Joséphine. Sa disparition. L'interview.

— Très bien, entendu.

Viktor fit tourner sa tête sur elle-même pour faire craquer ses cervicales. En raison des sangles, c'était le seul mouvement de relaxation qui lui était encore possible. Il respira profondément et ferma les yeux. Comme toujours, il lui suffit de quelques instants pour se laisser emporter par le flot de ses pensées. Il était de nouveau à Parkum, dans sa vieille maison de vacances en bordure de mer. Là où, quatre ans après la tragédie, il comptait remettre de l'ordre dans sa vie. Là où il espérait trouver le recul nécessaire pour prendre un nouveau départ. Et où il devait au contraire perdre tout ce qu'il avait.

2

Parkum, cinq jours avant la vérité.

B : Comment vous sentiez-vous juste après la tragédie ?

L : J'étais mort. Je respirais certes encore, je buvais et mangeais de temps à autre. Il m'arrivait même de dormir une ou deux heures par nuit. Mais je n'existais plus. Je suis mort le jour où Joséphine a disparu.

Viktor avait les yeux rivés sur le curseur qui clignotait à la fin du dernier paragraphe. Cela faisait sept jours qu'il était sur l'île. Depuis une semaine, il restait assis du matin jusqu'au soir à son vieux bureau en acajou, essayant de répondre à la première question de l'interview. Et il avait fallu attendre ce matin pour qu'il parvînt enfin à taper cinq phrases cohérentes sur son ordinateur portable.

Mort. Il n'y avait effectivement pas de meilleur mot pour décrire l'état dans lequel il se trouvait durant les jours et les semaines qui avaient suivi le drame.

Viktor ferma les yeux.

Il n'avait plus aucun souvenir de ce qui s'était passé juste après le choc. Il ignorait à qui il avait parlé et où il était allé, pendant que sa famille sombrait dans le chaos. Isabel avait été la plus courageuse. C'était elle qui avait fouillé le placard de Josy à la demande de la police, pour savoir ce qu'elle portait ce jour-là. C'était elle qui avait décollé une photo de l'album familial, afin que l'on pût mettre le portrait de la petite sur les avis de recherche. Et c'était elle, enfin, qui avait informé le reste de la famille, pendant que lui errait sans but à travers les rues de Berlin. Psychiatre célèbre, réputé pour son supposé professionnalisme, il avait lamentablement échoué dans la situation la plus décisive de sa vie. Et durant les années qui suivirent, Isabel fut à nouveau la plus forte. Trois mois plus tard, alors qu'elle avait déjà repris son activité de consultante, Viktor avait vendu son cabinet. Et il ne s'était plus occupé du moindre patient depuis.

Soudain, l'ordinateur émit un signal sonore, indiquant à Viktor que la batterie devait être rechargée. Lorsque, le jour de son arrivée, il avait poussé le bureau devant la fenêtre panoramique qui donnait sur la plage, il avait constaté qu'aucune prise de courant ne se trouvait à proximité. À présent, tout en travaillant, il pouvait profiter d'une vue à couper le souffle sur la mer du Nord, mais il était contraint toutes les six heures de raccorder l'ordinateur au chargeur qu'il avait posé sur la table basse, devant la cheminée. Viktor se hâta de sauvegarder son document Word, avant que les données ne fussent perdues à jamais.

Comme Josy.

Il jeta un bref regard par la fenêtre mais détourna rapidement les yeux, car la mer semblait lui renvoyer le reflet de sa propre mélancolie. Le vent sifflait au-dessus de la toiture en roseaux et soulevait les vagues vers le ciel. On était fin novembre, et l'hiver approchait à grands pas.

Comme la mort, songea Viktor, tandis qu'il se levait pour aller brancher son ordinateur sur le câble d'alimentation.

La petite maison de deux étages avait été construite au début des années 1920 et n'avait plus vu le moindre ouvrier depuis le décès des parents de Viktor. Heureusement, Halberstaedt, le maire de l'île, avait remis en marche le vieux générateur à fioul, de sorte qu'il avait au moins la lumière et le chauffage. Aucun membre de la famille n'était plus venu ici depuis longtemps, et cet abandon n'avait pas arrangé l'état de la vieille bâtisse en bois. À l'intérieur comme à l'extérieur, les murs avaient grand besoin d'un coup de peinture. Cela faisait longtemps que l'on aurait dû rénover le parquet, et même changer les lames, au moins dans l'entrée. Quant aux fenêtres à double vitrage, leurs cadres en bois étaient gâtés par l'humidité et ne garantissaient plus une bonne isolation. Vingt ans plus tôt, l'ameublement aurait paru luxueux ; aujourd'hui encore, il laissait deviner l'aisance financière de la famille Larenz. Mais, faute d'entretien, les lampes Tiffany, les canapés en cuir et les étagères en teck avaient quelque peu perdu de leur lustre. Cela faisait bien longtemps que l'on n'avait plus passé le chiffon à poussière.

Quatre ans, un mois et deux jours.

Viktor n'avait pas besoin de regarder le vieux calendrier accroché au mur de la cuisine. Il savait parfaitement à quand remontait son dernier séjour à Parkum. Et la peinture du plafond n'était pas la seule chose qui s'était irrémédiablement dégradée depuis.

À l'époque, il était heureux.

Car Josy était avec lui, même si la maladie lui avait déjà ôté toutes ses forces, en cette fin de mois d'octobre.

Viktor s'assit sur le canapé, brancha l'ordinateur sur le chargeur et essaya de ne plus penser au week-end qui avait précédé ce jour fatal. Sans succès.

Quatre ans.

Quarante-huit mois sans le moindre signe de vie, en dépit des recherches policières de grande ampleur et des appels à la population, relayés par les médias dans toute l'Allemagne. Il y avait même eu une émission spéciale à la télé, mais elle n'avait pu apporter aucun indice sérieux. Malgré tout, Isabel se refusait à admettre que sa fille unique fût morte. C'était aussi la raison pour laquelle elle s'était opposée à l'interview.

— Il n'est pas question de tirer un trait sur quoi que ce soit, lui avait-elle dit peu avant son départ.

Elle se tenait sur le chemin de gravier qui menait à leur maison, et Viktor avait déjà rangé ses bagages dans le coffre de son break Volvo noir. Il avait trois valises. L'une pour ses vêtements, les deux autres remplies de dossiers concernant la disparition de sa fille : des coupures de journaux, des rapports de police et, bien sûr, les comptes-rendus de Kai Strathmann, le détective privé qu'il avait engagé.

— Tu n'as pas à faire ton deuil, Viktor, avait-elle insisté. Pour la simple raison que notre fille est toujours en vie.

Il était donc logique qu'elle ne l'eût pas accompagné à Parkum ; elle se trouvait à présent à New York, assistant sans doute à quelque réunion de travail dans un bureau de Park Avenue. C'était sa manière à elle de se changer les idées, en travaillant.

Une bûche s'écroula à grand bruit au fond de la cheminée, faisant tressaillir Viktor. Sindbad, qui dormait jusque-là sous le bureau, se leva en sursaut, puis se mit à bâiller en regardant les flammes d'un air réprobateur. C'était un golden retriever qu'Isabel avait trouvé deux ans plus tôt à Wannsee, sur le parking près du lac.

— Qu'est-ce qui te prend ? Tu veux remplacer Josy par un clébard ? lui avait-il hurlé lorsqu'elle était rentrée à la maison avec l'animal.

Il avait crié si fort que leur bonne était aussitôt allée se réfugier dans la buanderie.

— Comment va-t-on l'appeler, à ton avis ? Joseph ?

Comme toujours, Isabel n'était pas entrée dans le jeu de la provocation et avait fait honneur à ses origines, elle qui était issue d'une des plus vieilles familles de banquiers d'Allemagne du Nord. Seuls ses yeux d'un bleu métallique trahissaient ce qu'elle pensait en cet instant : « Si tu avais fait plus attention, Josy serait encore ici parmi nous, et elle pourrait jouer avec ce chien. »

Viktor avait compris, sans qu'elle eût besoin de dire le moindre mot. Et l'ironie du sort voulut que, dès le premier jour, l'animal se prît d'affection pour lui.

Il se leva pour refaire du thé dans la cuisine. Sindbad le suivit d'un pas tranquille, dans l'espoir d'obtenir un deuxième déjeuner.

— Laisse tomber, mon pote.

Viktor s'apprêtait à lui donner une petite tape amicale, lorsqu'il se rendit compte que le chien avait baissé les oreilles.

— Qu'est-ce que tu as ?

Il se pencha vers lui et, soudain, entendit lui aussi quelque chose. Un son métallique. Un crissement qui ravivait en lui de vieux souvenirs, sans qu'il pût définir clairement lesquels. *Qui était-ce ?*

Viktor se glissa lentement jusqu'à la porte.

Là. Encore une fois. Comme une pièce de monnaie que l'on aurait frottée contre une pierre.

Viktor retint sa respiration. Et, soudain, il se rappela d'où il connaissait ce bruit. Cela remontait à son enfance : lorsque son père rentrait d'une virée en bateau à voiles et qu'il avait oublié la clé de la maison, il allait chercher le trousseau de secours dissimulé sous le pot de fleurs devant la porte. On entendait alors le bruit du métal glissant contre la terre cuite.

Mais, cette fois, ce ne pouvait être son père.

Viktor sentit la tension monter en lui. Quelqu'un était devant la porte et connaissait l'endroit où ses parents cachaient leurs clés. Et ce quelqu'un cherchait visiblement à entrer dans la maison où il se trouvait.

Le cœur battant, il traversa l'entrée et regarda à travers le judas de la lourde porte en chêne. Rien. Il s'apprêtait à relever les stores jaunis de la fenêtre, mais il se ravisa et jeta un nouveau regard à travers le trou. Horrifié, il fit un bond en arrière. Son cœur battait la chamade. Est-ce qu'il avait vraiment bien vu ?

Viktor commençait à avoir la chair de poule. Il sentait son sang battre contre ses tempes. À présent, il en était certain. Aucun doute possible. L'espace d'une seconde, il avait vu un œil humain qui cherchait visiblement à regarder à l'intérieur de la maison. Un œil qu'il avait déjà vu quelque part, sans pouvoir dire précisément à qui il pouvait appartenir.

Reprends-toi, Viktor !

Il respira profondément et ouvrit brusquement la porte.

— Qu'est-ce que... ?

Viktor s'interrompit au beau milieu de sa phrase, qu'il comptait lancer au visage de l'inconnu afin de l'effrayer un bon coup. Il n'y avait personne. Ni sur le perron ni sur le petit chemin qui menait au portillon du jardin. Viktor descendit les cinq marches pour regarder sous la structure en bois du perron. Enfant, il affectionnait cette cachette, lorsqu'il jouait avec les gamins du voisinage. Mais bien que le soleil fût déjà sur le point de se coucher, il vit clairement qu'il n'y avait là rien d'autre que quelques feuilles mortes.

Viktor frissonna et remonta vite l'escalier en se frottant les mains. Un courant d'air avait presque entièrement refermé la porte de chêne, qu'il dut rouvrir à grand-peine. Il y était à peine parvenu qu'il s'immobilisa.

Le bruit. Il l'entendait à nouveau. Et, cette fois, cela ne venait pas de l'extérieur, mais du salon.

Quelle que fût son identité, la personne qui cherchait à attirer son attention n'était plus devant la porte. Elle se trouvait déjà *dans* la maison.

3

Viktor traversa lentement le couloir en direction du salon tout en cherchant des yeux quelque objet apte à assurer sa défense s'il le fallait.

En cas de danger, Sindbad ne lui serait d'aucun secours. Il aimait tant les êtres humains qu'il aurait préféré jouer avec un éventuel cambrioleur plutôt que de le chasser. De plus, il se trouvait dans un tel état d'indolence qu'il ne semblait avoir rien remarqué. Pendant que son maître allait voir ce qui se passait, il était tranquillement retourné au salon.

— Qui est là ?

Pas de réponse.

Viktor se remémora qu'on n'avait plus commis de délit sur cette île depuis 1964. Et, encore, il ne s'agissait que d'une simple bagarre à l'auberge du coin. Néanmoins, ces faits bien établis ne suffisaient guère à le rassurer.

— Oh ! Y a quelqu'un ?

Retenant son souffle, il avançait le plus doucement possible vers le salon. Bien qu'il s'efforçât de ne pas faire de bruit, le vieux parquet gémissait sous son poids. Les semelles de cuir de ses chaussures n'amélioraient pas les choses.

Pourquoi marcher sans faire de bruit, alors que je parle à voix haute ? s'interrogea-t-il. Sa main avait presque atteint la poignée de la porte du salon, lorsque celle-ci s'ouvrit brusquement de l'intérieur. Complètement paralysé, Viktor en oublia de crier.

Une fois face à elle, il ne savait plus s'il devait être soulagé ou furieux. Soulagé que l'intrus fût une femme charmante et menue, et non une brute épaisse. Ou bien furieux qu'elle osât ainsi violer son domicile au grand jour.

— Comment êtes-vous entrée ? demanda-t-il d'une voix forte.

Debout sur le seuil, la femme blonde ne semblait ni gênée ni inquiète.

— La porte côté plage était ouverte, lorsque j'ai frappé. Je suis désolée si je vous dérange.

— Si vous me dérangez ?

Viktor s'était libéré de la peur qui le paralysait et avait à présent besoin de se défouler sur l'inconnue.

— Vous ne me dérangez pas, non, vous m'avez juste fait mourir de peur ! cria-t-il.

— Je suis...

— Et, en plus, vous mentez, l'interrompit-il tout en entrant dans le salon. La porte de derrière n'a pas été ouverte depuis mon arrivée.

Il est vrai que je n'ai pas vérifié qu'elle était bien fermée, mais ça, tu n'as pas besoin de le savoir, pensa Viktor, tandis qu'il examinait son hôte indésirable. Quelque chose en elle lui était familier, bien qu'il fût certain de ne l'avoir jamais rencontrée. Elle mesurait environ un mètre cinquante et portait ses cheveux blonds noués en chignon. Elle était affreusement maigre, mais n'avait nullement l'air androgyne : de larges hanches et des seins bien proportionnés se dessinaient sous ses vêtements. Avec la pâleur tout aristocratique de sa peau et la blancheur de ses dents, on aurait dit un mannequin. Elle était cependant trop petite. Sinon, Viktor aurait pu croire qu'elle était venue sur l'île pour tourner quelque nouveau spot publicitaire sur la plage.

— Je ne mens pas, docteur Larenz. Je n'ai jamais menti de toute ma vie, et ce n'est pas chez vous que je vais commencer.

Viktor se passa la main dans les cheveux et essaya de remettre de l'ordre dans ses idées. Cette situation était parfaitement absurde. Était-il donc vraiment en train d'entamer une conversation avec une femme qui s'était introduite illégalement chez lui et qui l'avait fait mourir de peur ?

— Écoutez, qui que vous soyez, je vous ordonne de sortir immédiatement de chez moi ! Car enfin...

Viktor dévisagea l'inconnue.

— ... qui êtes-vous donc ?

Il se rendit compte qu'il ne parvenait pas à lui donner un âge. Elle avait l'air très jeune, les traits irréprochables de son visage laissaient penser qu'elle pouvait avoir environ vingt-cinq ans. Ses vêtements, en revanche, étaient ceux d'une femme mûre.

Elle portait un manteau de cachemire noir qui descendait jusqu'aux genoux et un tailleur Chanel rose. Ses fins gants noirs, son sac à main griffé et surtout son parfum faisaient songer à une femme de l'âge d'Isabel. De même, son langage châtié suggérait qu'elle devait avoir au moins la trentaine.

Et elle doit être sourde, pensa Viktor. Totalement indifférente à ce qu'il venait de lui dire, elle restait en effet immobile dans l'encadrement de la porte, l'examinant sans rien dire.

— OK. Peu importe, après tout. Vous m'avez fait très

peur et, maintenant, je vous prie de sortir par la porte de devant et de ne plus jamais remettre les pieds ici. Je travaille et je n'ai pas envie d'être dérangé.

Viktor tressaillit lorsque la femme fit soudain deux pas dans sa direction.

— Vous ne voulez donc pas savoir ce que je veux, docteur Larenz ? Vous voulez me congédier sans connaître la raison de ma visite ?

— Oui.

— Vous ne voulez pas savoir ce qui pousse une femme comme moi à venir vous voir sur cette île perdue ?

— Non.

À moins que...

Viktor sentit qu'une petite voix intérieure longtemps oubliée recommençait à se faire entendre. La curiosité.

— Cela ne vous intéresse pas d'apprendre comment j'ai su que vous vous trouviez ici ?

— Non.

— Je ne vous crois pas, docteur Larenz. Faites-moi confiance. Ce que j'ai à vous dire va beaucoup vous intéresser.

— Que je vous fasse confiance ? Je devrais faire *confiance* à quelqu'un qui viole mon domicile ?

— Non. Il faut m'écouter. Mon cas est...

— Votre cas ne m'intéresse pas, l'interrompit-il rudement. Si vous savez ce qui m'est arrivé, vous devriez aussi savoir qu'il est parfaitement déplacé de venir me déranger ici.

— Je n'ai aucune idée de ce qui vous est arrivé, docteur Larenz.

— Pardon ?

Viktor ne savait plus ce qui était le plus incroyable.

Qu'il fût en train de discuter avec une parfaite inconnue, ou que les propos de celle-ci parussent aussi honnêtes.

— Vous n'avez donc pas lu le journal depuis quatre ans ?

— Non, répondit-elle simplement.

Le trouble de Viktor augmentait à chaque seconde. Et, en même temps, son intérêt pour cette étrange et belle femme ne cessait de croître.

— Enfin, quoi qu'il en soit, je n'exerce plus. Cela fait deux ans que j'ai revendu mon cabinet...

— ... au professeur van Druisen, je sais. Je l'ai déjà consulté, et c'est lui qui m'envoie à vous.

— Lui qui quoi ? demanda Viktor, perplexe.

Cette fois, sa curiosité était piquée à vif.

— Enfin, il ne m'a pas vraiment envoyée. Le professeur van Druisen a juste dit que le mieux serait sans doute que vous vous occupiez personnellement de mon cas. Et, pour être franche, c'est aussi ce que je souhaite.

Viktor secoua la tête. Son vieux mentor avait-il donc vraiment donné son adresse sur l'île à une nouvelle patiente ? Il ne pouvait le croire, d'autant moins que van Druisen savait très bien qu'il n'était plus en état d'exercer. Et encore moins ici, à Parkum. Mais il verrait cela plus tard. À présent, il devait d'abord tâcher de se débarrasser de cette personne, afin de retrouver son calme.

— Encore une fois, je vous demande instamment de partir. Vous perdez votre temps.

Pas de réaction. Viktor s'aperçut que sa peur se muait peu à peu en épuisement. C'était bien ce qu'il craignait : même ici, il ne parviendrait donc pas à se retrouver seul avec lui-même. Les esprits des morts comme des vivants ne voulaient pas le laisser en paix, même à Parkum.

— Docteur Larenz. Je sais que vous ne voulez en aucun cas être dérangé. Un certain Patrick Halberstroem m'a fait traverser à bord de son bateau de pêche, et il m'a parlé de vous avant même que j'aie posé un pied sur l'île.

— Il s'appelle Halberstaedt, rectifia Viktor. C'est le maire.

— Oui, l'homme le plus important de l'île, après vous bien sûr. Ça aussi, il me l'a bien fait comprendre. Et dès que je vous aurai parlé, je suivrai son conseil : je virerai mon joli cul de Parkum, et vite.

— Il a dit *ça* ?

— Oui. Mais je ne le ferai que si vous m'offrez cinq minutes de votre temps et que vous me le dites vous-même.

— Quoi ?

— Que vous ne voulez pas me prendre pour patiente.

— Je n'ai pas le temps de vous soigner, dit-il d'un air peu convaincant. Je vous prie de partir.

— Je vais partir. Promis. Mais d'abord, je voudrais vous raconter une histoire. Mon histoire. Croyez-moi, il ne me faudra pas plus de cinq minutes, et vous ne les regretterez pas.

Viktor hésita. La curiosité avait à présent pris le dessus sur ses autres émotions. Son calme avait été troublé, de toute façon, et il n'avait plus la force de se lancer dans un nouvel affrontement.

— Je ne mords pas, docteur Larenz.

Elle lui sourit.

Le parquet se remit à gémir lorsqu'elle fit un pas supplémentaire vers lui. À présent, il pouvait sentir son parfum. Opium.

— Cinq minutes ?

— Promis !

Il haussa les épaules. Maintenant qu'il avait été dérangé, il n'en était plus à quelques minutes près. Et s'il la mettait dehors, elle passerait probablement la journée à faire les cent pas devant sa maison, ce qui l'empêcherait définitivement de réfléchir.

— Bon, d'accord.

Il jeta ostensiblement un regard sur sa montre.

— Cinq minutes.

4

Viktor se dirigea vers la cheminée, sur le rebord de laquelle se trouvait une vieille théière en porcelaine, posée sur un réchaud. Lorsqu'il remarqua avec quelle impudence elle surveillait ses moindres mouvements, il dut contenir son agacement et faire un effort pour ne pas perdre ses bonnes manières.

— Vous prendrez du thé, vous aussi ? Je m'apprêtais justement à en refaire.

Elle secoua la tête en souriant.

— Non merci. Je ne voudrais pas que vous comptabilisiez ça sur mon temps de parole.

— Dans ce cas, enlevez au moins votre manteau et asseyez-vous.

Il enleva un tas de vieux journaux du fauteuil en cuir assorti au canapé. Cela faisait des années que son père avait disposé les sièges de telle façon que, lorsqu'on s'y installait avec un bon livre à la main, on pouvait profiter à la fois du feu de cheminée et de la vue sur la mer.

Viktor se rassit à son bureau et examina la belle inconnue, qui prit place sans même ôter son manteau.

Durant un bref instant, le silence se fit, et l'on entendit une grosse vague s'écraser sur la côte avant de refluer en bouillonnant.

Viktor regarda à nouveau sa montre.

— Bien, mademoiselle... euh... comment vous appelez-vous, au fait ?

— Je m'appelle Anna Spiegel, je suis écrivain.

— Suis-je censé vous connaître ?

— Ce serait le cas si vous aviez entre six et treize ans, ou si vous étiez amateur de livres pour enfants. Vous avez des enfants ?

— Oui. Enfin...

La douleur fut soudaine et violente. Il vit qu'elle cherchait du regard s'il n'y avait pas dans la pièce quelques photos de famille, et il contre-attaqua sans attendre par une question, afin de ne pas avoir à s'expliquer.

Elle n'avait pas lu le journal depuis des années.

— Vous parlez allemand sans accent. De quelle région venez-vous ?

— De Berlin. Je suis une Berlinoise de souche, si l'on peut dire. Toutefois, mes œuvres ont surtout du succès à l'étranger, notamment au Japon. Mais plus maintenant.

— Pourquoi ?

— Parce que cela fait des années que je n'ai plus sorti le moindre livre.

Viktor ne s'était pas rendu compte que leur conversation s'était déjà transformée en un jeu de questions-réponses, épousant ainsi le canevas typique selon lequel se déroulait la plupart des entrevues qu'il avait autrefois avec ses patients.

— Depuis combien de temps avez-vous arrêté de publier ?

— À peu près cinq ans. Ma dernière œuvre était également un livre pour enfants. Je pensais que ce serait mon meilleur. Je le sentais à chaque nouvelle ligne que j'écrivais. Mais je ne suis jamais allée au-delà des deux premiers chapitres.

— Pourquoi ?

— Parce que mon état de santé s'est brutalement dégradé. J'ai dû aller dans une clinique psychiatrique.

— Pour quelles raisons ?

— Ça, je crois que les gens de Dahlem ne le savent toujours pas.

— Vous étiez à la clinique psychiatrique de Dahlem ?

Viktor la regarda avec étonnement. Il ne s'attendait pas à ce nouveau rebondissement. D'une part, il avait la confirmation qu'elle devait bien être un auteur à succès, puisqu'elle avait les moyens de se payer un coûteux séjour dans cet établissement privé très sélect. D'autre part, elle devait être très gravement atteinte, car ce n'était pas le genre d'endroit où l'on soignait simplement les problèmes de santé habituels des stars, tels que l'alcoolisme ou la toxicomanie. Au contraire, la clinique était spécialisée dans le traitement des troubles psychiques les plus graves. Avant sa crise, il y avait lui-même été souvent invité pour apporter son expertise, et il pouvait confirmer que l'excellente réputation du lieu n'était pas usurpée. En recrutant les spécialistes les plus éminents et en usant des méthodes thérapeutiques les plus récentes, cette institution berlinoise avait joué un rôle pionnier dans bien des domaines. Néanmoins, il n'avait encore jamais rencontré un ancien patient qui eût quitté la clinique dans un état de lucidité comparable à celui d'Anna Spiegel, qui était à présent assise face à lui.

— Combien de temps êtes-vous restée là-bas ?

— Quarante-sept mois.

Cette fois, Viktor resta vraiment bouche bée. Si longtemps ? Soit c'était une menteuse éhontée, soit elle était vraiment très malade. Sans doute les deux.

— Ils m'ont enfermée pendant presque quatre ans et m'ont bourrée de pilules, au point que, par moments, je ne savais plus qui j'étais ni où je me trouvais.

— Et le diagnostic ?

— Votre spécialité, docteur Larenz. C'est bien pour ça que je suis venue vous voir. Je souffre de schizophrénie.

Bien calé dans son fauteuil, Viktor l'écoutait avec attention. Dans le domaine de la schizophrénie, il était effectivement un expert. Ou, du moins, il l'avait été.

— Dans quelles circonstances avez-vous été internée ?

— J'ai téléphoné au professeur Malzius.

— Vous avez demandé vous-même à entrer à la clinique ?

— Oui, bien sûr. L'établissement a une excellente réputation. Sinon, je ne connaissais personne qui aurait pu m'aider. Cela ne fait que quelques jours qu'on m'a parlé de vous.

— Qui vous a parlé de moi ?

— Un jeune médecin de la clinique. Il avait fait cesser mon traitement médicamenteux afin que je puisse retrouver mes esprits. C'est aussi lui qui m'a dit que vous seriez le plus apte à traiter mon cas.

— Qu'est-ce qu'on vous a donné ?

— De tout. Du Truxal, du Fluspi. Le plus souvent, du Flupentixol.

Des neuroleptiques classiques. En tout cas, ça ne pouvait pas être un mauvais traitement, pensa Viktor.

— Et ça n'a pas fonctionné ?

— Non, les symptômes n'ont cessé d'empirer dans les jours qui ont suivi mon internement. Quand on a enfin cessé de me donner des médicaments, il m'a fallu des semaines avant de pouvoir à nouveau tenir sur mes jambes. Je pense que cela suffit à prouver que cette thérapie médicamenteuse n'était pas adaptée à ma forme particulière de schizophrénie.

— En quoi est-elle si particulière, mademoiselle Spiegel ?

— Je suis écrivain.

— Vous me l'avez déjà dit.

— Je vais essayer de tout vous raconter le plus précisément possible.

Pour la première fois, Anna cessa de le regarder et se mit à fixer au loin un point imaginaire. Autrefois, dans son cabinet de la Friedrichstraße, Viktor avait toujours refusé le divan freudien, préférant discuter face à face avec ses patients. Aussi, il avait déjà souvent pu constater un tel comportement. Les patients évitaient son regard dès lors qu'ils étaient sous pression ou qu'ils essayaient de décrire avec précision un événement important. Ou bien lorsqu'ils mentaient.

— Ma première tentative en tant qu'écrivain fut une nouvelle. Je l'ai écrite à l'âge de treize ans, pour un concours scolaire organisé par le Sénat de Berlin. Le thème était « le sens de la vie », et mon histoire parlait de jeunes adultes qui se lançaient dans une expérience scientifique. C'est le lendemain du jour où je l'ai terminée que c'est arrivé.

— Quoi ?

— Ma meilleure amie fêtait son quatorzième anniversaire dans la salle des fêtes de l'hôtel Vier Jahreszeiten, à Grunewald. J'étais en train d'aller aux toilettes en passant par la réception. Tout à coup, je l'ai vue. Elle était là, debout, à l'accueil.

— Qui ?

— Julia.

— Qui est-ce ?

— Julia, l'une des femmes de ma nouvelle, le personnage principal de la première scène.

— Vous voulez dire que vous avez vu une femme qui ressemblait à celle que vous décriviez dans votre rédaction ?

— Non, répondit Anna en secouant la tête. Ce n'était pas une femme *comme* elle. C'était *elle.*

— Comment vous en êtes-vous rendu compte ?

— Par le fait que cette femme répétait mot pour mot ce que je lui faisais dire dans la première scène.

— Quoi ?

Anna baissa la voix et regarda Viktor droit dans les yeux.

— Julia s'est penchée en avant et a dit au réceptionniste : « Dis-moi, petit, tu me donneras une jolie chambre, si je suis bien gentille avec toi ? »

Viktor ne se laissa pas démonter par son regard insistant.

— N'avez-vous jamais pensé que cela pouvait être un simple hasard ?

— Oui, j'y ai longtemps réfléchi. Très longtemps. Mais il m'était difficile de croire à un hasard, car Julia a fait ensuite exactement ce que j'avais écrit dans ma nouvelle.

— Et quoi donc ?

— Elle a mis un pistolet dans sa bouche et s'est brûlé la cervelle.

Viktor la regarda avec horreur.

— Mais c'est...

— Une blague ? Non, malheureusement. La femme de la réception n'était que le début du cauchemar dans lequel je vis maintenant depuis près de vingt ans, avec des interruptions plus ou moins brèves. Je suis écrivain, docteur Larenz, et c'est là ma malédiction.

Viktor aurait presque pu bouger les lèvres en même temps que les siennes, tant il lui était aisé de deviner la suite.

— Tous les personnages que j'ai inventés depuis cette histoire sont devenus réels. Je peux les voir, les observer et parfois même leur parler. Je les imagine et, l'instant d'après, ils entrent dans ma vie. Voilà ma maladie, docteur Larenz. Voilà mon problème. Telle est la spécificité de ma fameuse schizophrénie.

Anna se pencha en avant.

— Et voilà pourquoi je suis ici. Alors... ?

Viktor la regarda et se tut pendant un moment. Trop de pensées assaillaient son esprit. Trop d'émotions s'affrontaient en lui.

— Alors, docteur Larenz ?

— Alors, quoi ?

— Êtes-vous intéressé par mon cas ? Acceptez-vous de me soigner, maintenant que je suis là ?

Viktor regarda sa montre. Les cinq minutes étaient écoulées.

5

Quand il y repensait aujourd'hui, Viktor en était convaincu : si, lors de cette première rencontre, il avait été plus attentif, s'il avait su décoder tous les indices, il aurait compris bien plus vite que quelque chose ne tournait pas rond. Mais cela n'aurait rien changé : au contraire, la catastrophe se serait sans doute produite d'autant plus tôt.

Quoi qu'il en fût, Anna avait atteint son but. Elle s'était introduite chez lui et l'avait pris par surprise. Son histoire l'intéressait vraiment. Elle était tellement hors du commun que, l'espace de cinq minutes, il avait cessé de penser à ses propres problèmes. Mais bien qu'il appréciât d'être ainsi libéré de ses angoisses, il ne voulait pas la prendre pour patiente. Après un échange bref, mais ferme, elle accepta à contrecœur de repartir le lendemain matin à bord du prochain bateau et de retourner consulter le professeur van Druisen. Lorsqu'elle lui demanda pourquoi elle ne pouvait rester, il lui répondit sèchement :

— J'ai mes raisons. Et puis, cela fait quatre ans que je n'ai plus pratiqué.

— Vous n'avez tout de même pas oublié votre métier.

— Ce n'est pas que je ne sais plus...

— C'est que vous ne *voulez* pas...

Exactement, pensa Viktor.

Quelque chose le retenait de parler de Josy à cette femme. Si Anna n'avait vraiment pas entendu parler de sa tragédie durant son séjour à la clinique, ce ne serait pas lui qui y changerait quelque chose.

— Avec un cas aussi complexe que le vôtre, il me semble que ce serait faire preuve d'une grande négligence que de commencer le traitement sans une préparation adéquate, qui plus est sur mon lieu de vacances.

— Vous préparer ? Allons donc, vous êtes expert dans ce domaine. Si on m'avait amenée dans votre cabinet de la Friedrichstraße, quelle aurait été la première question que vous m'auriez posée ?

Viktor sourit de cette maladroite tentative.

— Je vous aurais demandé quand vous avez eu des hallucinations pour la première fois, mais...

— Longtemps avant cette histoire à l'hôtel, l'interrompit-elle. Mais au Vier Jahreszeiten, elles étaient tellement...

Elle cherchait ses mots.

— ... tellement plus réalistes. Tellement vraies. Jamais je n'avais eu des hallucinations aussi tangibles, aussi vivantes. Cette femme était là, j'ai entendu le coup de feu, j'ai vu sa cervelle se répandre sur le meuble de la réception. Et, pour la première fois, il s'agissait d'un personnage issu d'une histoire que j'avais moi-même inventée. Mais comme chez la plupart des schizophrènes, il y a bien sûr eu des signes avant-coureurs.

— Lesquels ?

Viktor décida de lui donner encore cinq minutes avant de prendre définitivement congé.

Pour toujours.

— Bon, par où commencer ? Je crois que les origines de ma maladie remontent à ma petite enfance.

En attendant qu'elle terminât sa phrase, il but une nouvelle gorgée de son thé indien, qui était à présent froid et amer.

— Mon père était un GI américain. Après la guerre, il est resté à Berlin dans les rangs de troupes alliées et s'est mis à travailler comme présentateur radio pour l'American Forces Network, l'AFN. C'était une sorte de gloire locale, ainsi qu'un grand séducteur. Un jour, l'une de ses nombreuses conquêtes a fini par tomber enceinte. Une certaine Laura, berlinoise de souche. Ma mère, comme vous l'aurez deviné.

— Je vois. Vous parlez de votre père au passé ?

— Il est mort quand j'avais huit ans, un tragique accident. Selon le professeur Malzius, il s'agit d'ailleurs là du premier traumatisme de mon existence.

— De quel genre d'accident s'agissait-il ?

— On l'a opéré de l'appendice dans un hôpital militaire, et on a oublié de lui mettre des bas de contention avant l'intervention. Il est mort d'une thrombose.

— Je suis vraiment désolé.

Viktor était toujours atterré de voir tout le mal que des médecins négligents pouvaient infliger aux patients et à leurs proches.

— Comment avez-vous réagi lorsque vous avez appris la mort de votre père ?

— Assez mal. Nous habitions dans un petit pavillon du secteur américain, à Steglitz, non loin d'une caserne. Dans le petit jardin derrière la maison, nous avions un petit chien, un bâtard que nous avions trouvé dans la rue et qui s'appelait Terry. Comme mon père le détestait, il restait en permanence attaché dans le jardin, sans pouvoir jamais entrer dans la maison. Quand ma mère m'a annoncé que papa était mort, je suis sortie et j'ai commencé à le frapper. J'avais pris une lourde batte de baseball, avec un noyau en acier. Comme la laisse était trop courte, Terry ne pouvait pas éviter les coups, et encore moins s'enfuir. Il a d'abord plié les pattes, mais j'ai continué à le battre. Je n'étais qu'une petite fille de huit ans, mais habitée par la force et la fureur d'une démente. Au bout d'un moment, Terry a eu le dos brisé et s'est retrouvé paralysé. Il poussait des cris de douleur épouvantables, mais j'ai continué à le rouer de coups jusqu'à ce que le sang se mette à couler de sa gueule et qu'il ne reste plus rien de lui qu'un morceau de viande inerte, dont toute vie s'était échappée.

Viktor essaya de la regarder sans prendre un air dégoûté, puis lui demanda posément :

— Pourquoi avez-vous fait ça ?

— Parce que Terry était ce que j'aimais le plus au monde après mon père. Dans ma folie enfantine, je me disais : si on m'a pris ce que j'aime le plus, alors le numéro deux n'a plus de raison de continuer à vivre. J'étais furieuse, parce que Terry était encore en vie, mais pas mon père.

— C'est une expérience horrible.

— Oui, c'est vrai. Mais je ne vous ai pas encore dit pourquoi.

— Comment ça ?

— Vous n'avez pas encore entendu toute l'histoire, docteur Larenz. Ce qui est vraiment horrible, dans tout ça, ce n'est pas le décès de mon père. Ni le fait que j'aie torturé à mort un innocent petit chien.

— Mais... ?

— Ce qui est vraiment horrible, de mon point de vue, c'est qu'il n'y a jamais eu de petit chien. Terry n'existait pas. Nous avions certes trouvé un chat dans la rue, mais jamais de chien. Et même si l'image du petit corps ravagé de Terry continue de me poursuivre jusque dans mes rêves, je sais désormais que cet événement n'est qu'un produit de mon imagination malade.

— Quand vous en êtes-vous rendu compte ?

— Oh, ça a pris beaucoup de temps. Il a fallu attendre ma première séance de psychothérapie pour que j'en parle. J'avais alors dix-huit ou dix-neuf ans. Auparavant, je n'avais pu me confier à personne. Quelle jeune fille confesserait de bon gré qu'elle est une tortionnaire d'animaux et, pire encore, une folle ?

Seigneur, pensa Viktor tout en caressant Sindbad, qui roupillait toujours à ses pieds, sans prêter la moindre attention à cette conversation hors du commun. Pendant plus de dix ans, cette pauvre fille avait dû vivre avec un sentiment de culpabilité insupportable. C'était sans doute là l'une des plus malheureuses victimes de la schizophrénie. La plupart des hallucinations n'avaient d'autre but que de suggérer au malade qu'il était inutile, méchant et indigne de vivre. Il n'était pas rare que des schizophrènes entendissent dans leur tête des voix leur intimant l'ordre de mettre fin à leurs jours. Et il n'était guère plus rare que ces âmes infortunées obéissent à leurs bourreaux imaginaires. Viktor regarda sa montre et s'étonna de voir qu'il était déjà si tard. Il ne parviendrait plus à avancer sur son interview aujourd'hui.

— Bien, mademoiselle Spiegel.

Il se leva de façon démonstrative, afin de lui signifier que la conversation était à présent parvenue à son terme. Tandis qu'il faisait un pas en direction d'Anna, il se rendit compte à sa grande surprise qu'il était pris d'un léger vertige.

— Comme je vous l'ai déjà expliqué plusieurs fois, je ne peux en aucun cas vous soigner, poursuivit-il en espérant qu'il n'allait pas tituber en la raccompagnant à la porte.

Anna l'avait regardé sans bouger, avant de se lever elle aussi.

— Bien sûr, dit-elle avec une bonne humeur surprenante. Je suis tout de même contente que vous m'ayez écoutée, et je vais maintenant suivre votre conseil.

Lorsqu'elle se dirigea vers la sortie, Viktor eut l'impression que quelque chose dans sa démarche lui rappelait un vague souvenir. Mais celui-ci disparut aussi vite qu'il lui était venu.

— Vous ne vous sentez pas bien, docteur ?

Il était vexé qu'elle eût visiblement détecté ses petits problèmes d'équilibre.

— Non, non, ça va très bien.

Bizarre. Viktor se sentait comme s'il venait de mettre le pied à terre après une longue traversée en bateau.

— Au fait, où logez-vous ? lui demanda-t-il pour détourner la conversation, tandis qu'ils traversaient tous deux le couloir conduisant à l'entrée.

— À l'Ankerhof.

Il hocha la tête. Évidemment. En dehors de la haute saison, il n'y avait guère que dans cette auberge que l'on pouvait trouver une chambre. Trudi, la gérante, était considérée comme la bonne âme de l'île. Elle avait perdu son mari en mer trois ans plus tôt.

— Vous êtes sur que tout va bien ? insista-t-elle.

— Oui, oui, ça m'arrive parfois, quand je me lève

trop vite, répondit-il en espérant que ce malaise n'était pas le signe avant-coureur de quelque maladie.

— Bon, répondit-elle, visiblement satisfaite de ce mensonge. Je vais vite retourner au village, alors. Il faut encore que je fasse mes bagages, si je veux quitter l'île avec la navette de demain matin.

Viktor était content de ce qu'il entendait. Plus tôt elle quitterait l'île, plus vite il pourrait retrouver son calme. *Sans être dérangé.*

Il lui tendit une nouvelle fois la main et prit congé sans plus de façon.

On comprend toujours mieux après coup. Si seulement Viktor avait écouté avec un peu plus d'attention cette première conversation, il aurait déjà pu lire entre les lignes et détecter les premiers signaux d'alerte. Mais il n'était pas méfiant, et il laissa repartir Anna sans même la suivre du regard. Celle-ci devait s'en douter. Car, lorsque la porte fut refermée, elle ne se donna pas même la peine de dissimuler ses véritables intentions. Bien au contraire, elle partit avec détermination vers le nord.

Dans la direction opposée à celle de l'auberge.

6

Anna était à peine repartie que quelqu'un vint à nouveau le déranger en frappant à sa porte. C'était Halberstaedt, le maire de l'île.

— Merci de vous être occupé du générateur, lui dit Viktor en guise de bienvenue, avant de serrer la main du vieil homme. Il faisait bien chaud, quand je suis arrivé à la maison.

— De rien, docteur, répondit sèchement Halberstaedt en retirant sa main plus vite que de coutume.

— Et qu'est-ce qui vous amène ici, par ce temps ? Je croyais que le courrier n'arriverait qu'après-demain.

— Oui, vous avez raison.

Il tenait à la main un vieux morceau de bois avec lequel il cognait le dessous de ses bottes en caoutchouc, afin de faire tomber le sable qui s'était glissé dans le relief des semelles.

— Ce n'est pas pour ça que je suis venu.

— D'accord.

Larenz fit un signe en direction de la porte.

— Vous ne voulez pas entrer ? On dirait qu'il va bientôt pleuvoir.

— Non, merci. Je ne veux pas vous déranger. J'ai juste une question.

— Oui ?

— La femme qui était chez vous tout à l'heure, c'est qui ?

Viktor était surpris qu'il fût aussi direct. D'ordinaire, Halberstaedt était plutôt calme et poli, et il respectait la vie privée des habitants de l'île.

— Non pas que ça me regarde. Mais, à votre place, je serais prudent.

Halberstaedt fit une courte pause, le temps de cracher une giclée de jus de chique sur le chemin sableux.

— Drôlement prudent !

Viktor plissa les yeux, comme s'il était ébloui par le soleil, et observa le maire. Ce qu'il disait ne lui plaisait pas. Ni le ton ni le message.

— Puis-je vous demander ce que vous voulez insinuer par là ?

— Rien du tout. Je le dis comme je le pense. Cette femme n'est pas nette. Il y a quelque chose qui cloche chez elle.

Viktor connaissait la méfiance des gens sains d'esprit à l'égard des malades mentaux. Mais il s'étonnait que Halberstaedt eût remarqué aussi vite qu'Anna n'était pas en bonne santé.

Mais le suis-je encore moi-même ? Non, plus maintenant.

— Ne vous faites pas de souci au sujet de cette dame... commença-t-il.

— Ce n'est pas pour elle que je me fais du souci, mais pour vous. Je crains qu'il vous arrive quelque chose.

Soudain, son obsession était de retour. *Josy.* La parenthèse ouverte par Anna et son affreuse histoire était à présent close. Il y avait des millions d'impressions qui pouvaient raviver en lui le souvenir de sa fille, comme par réflexe. Le son d'une voix menaçante comme celle du maire en faisait partie.

— Mais qu'est-ce que vous voulez dire par là ?

— C'est comme je vous le dis. Je crois que vous êtes en danger. Ça fait quarante-deux ans que j'habite sur cette île, et j'ai vu passer pas mal de gens. Certains étaient les bienvenus. Des gens bien, qu'on voudrait voir rester plus longtemps. Comme vous, docteur. Tandis qu'avec d'autres j'ai senti dès le premier instant qu'il allait y avoir des problèmes. Je ne peux pas vous l'expliquer. Ça doit être un sixième sens. En tout cas, quand j'ai vu cette bonne femme arriver ici, je n'ai eu aucun doute.

— Enfin, essayez d'être plus clair ! Qu'est-ce qu'elle a bien pu vous dire, pour vous inquiéter comme ça ?

— Elle ne m'a rien dit. Je ne lui ai même pas parlé. Je l'ai juste observée de loin, puis suivie quand elle est venue chez vous.

Étrange, pensa Viktor. *Anna m'a raconté tout autre chose. Mais pourquoi me mentirait-elle à propos d'une conversation avec Halberstaedt ?*

— Hinnerk a aussi raconté qu'elle s'était comportée d'une façon drôlement bizarre, il y a deux heures, quand elle est venue dans sa quincaillerie.

— Bizarre dans quel sens ? demanda Viktor.

— Elle lui a demandé une arme.

— Pardon ?

— Oui. Au début, elle voulait un harpon. Finalement, elle a acheté un grand couteau de cuisine et plusieurs mètres de fil de pêche. Là, on se demande quand même ce qu'elle prépare !

— Je n'en ai aucune idée, répondit Viktor, perdu dans ses pensées.

Il n'en savait vraiment rien. Qu'est-ce qu'une malade mentale pouvait bien faire d'une arme sur cette paisible petite île ?

Halberstaedt remit la capuche de sa parka noire.

— Bon. Il faut que j'y aille. Excusez le dérangement.

— Pas de problème.

Halberstaedt descendit les marches du perron. Une fois arrivé devant le portillon du jardin, il se retourna une dernière fois vers Viktor.

— Encore une chose, docteur. Ça fait longtemps que je voulais vous le dire : je suis vraiment désolé.

Viktor hocha la tête, sans rien dire. Au bout de quatre ans, les gens qui lui disaient être désolés n'avaient même plus besoin de préciser pourquoi. C'était trop évident.

— Mais votre séjour ici vous fera du bien, je pense. J'étais vraiment content, quand je vous ai déposé sur l'île. Quand je vous ai vu mettre pied à terre. J'espérais que ça vous changerait les idées. Que vous auriez bientôt meilleure mine. Mais...

— Mais quoi ?

— Vous êtes encore plus pâle qu'il y a une semaine. Il y a une raison ?

Oui. Un cauchemar qui s'appelle « ma vie ». Et ce n'est pas ta visite qui va le rendre plus supportable, songea Viktor. Mais au lieu de dire tout haut ses pensées, il se contenta de secouer la tête, ce qui eut pour effet de lui faire perdre à nouveau son équilibre.

Halberstaedt referma le portillon derrière lui et le regarda d'un air inquiet.

— Tant pis. Je peux me tromper. Peut-être que tout ça

n'est pas si grave. Mais quand même : si vous revoyez cette femme, pensez à ce que je vous ai dit.

Viktor hocha la tête.

— Je suis sérieux, docteur. Faites attention à vous, j'ai un mauvais pressentiment.

— C'est entendu, merci.

Viktor referma la porte et observa à travers le judas le départ de Halberstaedt, jusqu'à ce que ce dernier eût disparu de son champ de vision.

Mais qu'est-ce qui se passe, ici ? pensa-t-il. *Qu'est-ce que tout ça signifie ?*

Quatre jours devaient encore s'écouler avant qu'il apprît la vérité. À un moment où, malheureusement, il serait déjà trop tard pour lui.

7

Parkum, quatre jours avant la vérité.

B : Avez-vous encore de l'espoir ?

Pour Viktor, la deuxième question de l'interview était la pire de toutes. Après une nuit agitée et un petit déjeuner rapidement expédié, il s'était assis à 10 heures devant son ordinateur. Une demi-heure plus tard, son écran était toujours vierge, mais, aujourd'hui, il avait au moins une excuse. Plus de doute, il semblait bel et bien couver une grippe. Ses vertiges avaient certes quasiment disparu, mais, depuis son réveil, il était enrhumé et avait de légères difficultés à avaler. Malgré tout, il cherchait maintenant à rattraper le temps perdu la veille.

De l'espoir ?

Il aurait voulu riposter par une autre question :

Espérer quoi ? Que Josy soit encore en vie ou qu'on retrouve son cadavre ?

Une violente bourrasque fit trembler les vitres de la fenêtre. Viktor se souvenait vaguement d'une alerte qu'il avait entendue à la météo. Une tempête causée par le cyclone « Antoine » devait atteindre l'île dans l'après-midi. Déjà, la pluie commençait à tomber sur la mer, tel un mur gris et menaçant qui barrait l'horizon. Le thermomètre avait brutalement chuté au cours de la nuit, et le feu de cheminée ne remplissait plus seulement une fonction décorative : sa chaleur était devenue indispensable, l'énergie fournie par le vieux générateur ne suffisant plus à maintenir une température agréable. Visiblement, les pêcheurs avaient eux aussi pris les bulletins d'alerte au sérieux. Viktor regarda par la fenêtre et vit qu'il n'y avait plus le moindre bateau parmi les vagues, qui s'élevaient toujours plus haut en direction du ciel.

Il se tourna à nouveau vers son écran.

De l'espoir.

Viktor serra les poings au-dessus de son clavier, puis rouvrit les mains sans effleurer les touches. Quand il avait lu cette question pour la première fois, elle avait fait sauter un barrage imaginaire dans son cerveau, et le premier souvenir qui était alors lentement remonté à la surface avait été celui des derniers jours de son père. À l'âge de soixante-quatorze ans, Gustav Larenz avait été victime d'un cancer des ganglions, et il n'avait pu supporter les douleurs incessantes qu'à l'aide de fréquentes doses de morphine. Mais une fois qu'il fut arrivé au stade terminal, même les comprimés ne suffisaient plus à supprimer complètement la souffrance. « Je me sens comme sous une cloche emplie de brouillard... » C'était ainsi que son père décrivait l'effet de ses violentes migraines, que les médicaments ramenaient toutes les deux heures à un niveau d'intensité tout juste tolérable.

Mon espoir aussi est maintenant enfermé sous une

cloche emplie de brouillard. C'est comme si j'étais assailli à mon tour par les mêmes symptômes que mon père. Une maladie contagieuse. Sauf que le cancer ne s'attaque pas à mes ganglions, mais à ma raison, et que ses métastases prolifèrent dans mon âme.

Viktor respira profondément et commença enfin à écrire.

Oui, il avait encore un espoir. L'espoir que, un jour, sa bonne lui annoncerait un visiteur qui l'attendrait dans l'entrée et refuserait de s'installer au salon. Il espérait que cet homme, qui aurait ôté la casquette de son uniforme, le regarderait dans les yeux sans rien dire. Et que, enfin, il saurait. Longtemps avant d'entendre ces mots fatals : « Je suis désolé. »

Tel était son espoir.

Isabel, au contraire, priait tous les soirs pour que cela n'arrivât pas. Elle portait en elle une inébranlable certitude. Il ne savait pas d'où lui venait cette force. Mais au plus profond d'elle-même, elle avait une vision. Un jour, elle reviendrait comme à son habitude d'une promenade à cheval et elle verrait le vélo de Josy renversé par terre. Et avant même qu'elle pût le ramasser, Josy arriverait en riant, de retour du lac. Hors d'haleine, tenant son père par la main. Radieuse et en bonne santé. « Qu'est-ce qu'on mange ? » lui crierait-elle de loin, et tout serait à nouveau comme avant. Isabel ne manifesterait pas le moindre étonnement. Elle ne demanderait pas non plus à Josy où elle avait été pendant toutes ces années. Elle caresserait simplement ses longs cheveux blonds et elle accepterait les choses comme elles sont. Elle accepterait qu'elle fût revenue. Que la famille fût à nouveau réunie. Tout comme elle avait accepté cette séparation. Pendant des années. Tel était son secret espoir.

Alors, vous êtes satisfaite de ma réponse ?

Viktor se rendit compte qu'il était à nouveau en train de se livrer à un monologue. Cette fois, c'était Ida von Strachwitz qui faisait office d'interlocuteur imaginaire. C'était la journaliste du magazine *Bunte*, à qui il devait renvoyer ses réponses par e-mail dès le surlendemain.

L'ordinateur de Viktor fit un bruit comparable à celui d'une vieille cafetière crachant un dernier filet d'eau dans le filtre. Il décida d'effacer ce qu'il venait d'écrire. Mais il se rendit compte avec agacement qu'il n'y avait presque rien à effacer. Depuis une demi-heure, il n'avait écrit qu'une seule phrase. Et celle-ci ne semblait pas avoir grand-chose à voir avec la question :

Du doute à la certitude, il n'y a qu'un pas,
celui qui sépare la vie de la mort.

Viktor ne devait plus parvenir à compléter cette unique phrase, car le téléphone se mit soudain à sonner. Pour la première fois depuis qu'il était arrivé à Parkum. Il sursauta malgré lui en entendant ce bruit strident déchirer le silence de la petite maison. Il laissa passer quatre sonneries avant de décrocher le lourd combiné du vieil appareil à cadran, qui reposait sur une petite table basse à côté de la bibliothèque. Comme presque tous les objets qui se trouvaient là, il datait de l'époque de son père.

— Je vous dérange ?

Viktor retint un profond soupir. Il s'y attendait

presque. Tout à coup, les vertiges de la veille l'assaillirent à nouveau.

— Mademoiselle Spiegel, n'avions-nous pas conclu un marché ?

— Si, répondit-elle d'une voix penaude.

— Vous deviez repartir ce matin, non ? Quand la navette part-elle ?

— C'est justement pour ça que j'appelle. Je ne peux pas partir.

— Écoutez !

Énervé, Viktor leva les yeux au plafond, découvrant au passage plusieurs toiles d'araignées dans les coins.

— Nous en avions pourtant discuté. En ce moment, vous êtes dans une phase calme, et vous pouvez parfaitement rentrer à Berlin dans l'état où vous vous trouvez. Quand vous serez arrivée, vous irez immédiatement voir le professeur van Druisen, et moi...

— Je ne peux pas, l'interrompit Anna sans forcer la voix.

Avant même qu'elle poursuivît, il sut ce qu'elle allait lui dire.

— La navette. Elle est annulée à cause du mauvais temps. Je suis bloquée sur l'île.

8

Avant même d'avoir raccroché, il avait compris. C'était sa voix qui l'avait trahie. À l'entendre, on aurait dit qu'elle avait lancé elle-même cette tempête, rien que pour pouvoir continuer à l'empêcher de travailler et de faire son deuil. Et, visiblement, elle avait quelque chose à lui raconter. Quelque chose de si important qu'elle s'était donné la peine de venir de Berlin jusqu'ici pour le lui dire. Pour une raison qui lui échappait, elle ne le lui avait pas confié hier soir. Viktor ne savait pas de *quoi* il s'agissait, mais il savait qu'elle ne quitterait pas cette île tant qu'elle ne lui aurait pas tout révélé. Et c'était pour ça qu'elle devait revenir. En prévision de sa visite, il avait pris une douche et mis des vêtements propres. Dans la salle de bains, il avait bu à jeun un verre d'eau dans lequel il avait dissous un cachet d'aspirine. Il avait l'impression d'avoir une barre qui lui appuyait contre les yeux. Un signe qui annonçait certainement des maux de tête à venir. Peut-être même de la fièvre. Avec de tels symptômes, Viktor aurait d'ordinaire pris deux analgésiques. Mais ceux-ci l'auraient rendu somnolent, et quelque chose lui disait qu'il valait mieux avoir l'esprit au clair pour se confronter à son hôte indésirable. Au moins n'était-il pas fatigué lorsque, en début d'après-midi, un grognement sourd de Sindbad l'alerta qu'Anna était arrivée sur le pas de la porte.

— J'étais en train de me promener quand j'ai vu de la lumière dans votre salon, lui dit-elle en souriant après qu'il lui eut ouvert.

Viktor plissa le front. *Se promener ?* Même ceux qui avaient un chien ne le sortaient qu'à contrecœur par un temps pareil. Certes, il ne pleuvait pas des cordes, mais il tombait néanmoins un crachin persistant. Et avec son ensemble en fine laine et ses talons aiguilles, Anna n'était vraiment pas habillée en conséquence. Du village jusqu'à la maison, il fallait marcher au moins un quart d'heure sur un mauvais chemin déjà couvert de flaques d'eau. Pourtant, il n'y avait aucune trace de boue sur ses escarpins élégants. Quant à ses cheveux, ils étaient parfaitement secs, bien qu'elle n'eût ni parapluie ni foulard.

— Je vous dérange ?

Viktor se rendit compte qu'il n'avait encore rien dit et qu'il s'était contenté de la fixer d'un air hébété.

— Oui. Enfin, je... bégaya-t-il. Excusez-moi. Je suis un peu fatigué. Et je me suis sans doute enrhumé.

Et ce que Halberstaedt m'a raconté sur ton compte ne m'encourage pas franchement à t'accueillir chez moi.

— Oh, j'en suis désolée.

Le sourire d'Anna avait disparu.

Un éclair illumina un bref instant le paysage. Peu après, on entendit gronder le tonnerre. La tempête se rapprochait, et Viktor en était fâché. À présent, il lui était impossible de renvoyer cette intruse à l'auberge. Par politesse, il lui faudrait supporter Anna, au moins jusqu'à ce que l'averse fût passée.

— Bien, puisque vous vous êtes donné la peine de

venir jusqu'ici, allons donc boire une tasse de thé, lui proposa-t-il à regret.

Sans hésiter, Anna accepta. Son sourire était revenu, et Viktor crut même discerner comme une légère expression de triomphe sur son visage. Comme chez un enfant qui, après d'interminables lamentations, a réussi à convaincre sa mère de lui acheter des sucreries.

Elle le suivit jusqu'au salon, où chacun reprit sa place de la veille. Elle sur le canapé, les jambes croisées. Lui assis à son bureau, dos à la fenêtre.

— Servez-vous, je vous en prie.

Il souleva sa propre tasse et fit un signe en direction du rebord de la cheminée, où la théière attendait sur son réchaud.

— Pas pour le moment, merci.

Le mal de gorge de Viktor avait empiré, et il but une longue gorgée. Le thé semblait devenir un peu plus amer à chaque nouvelle tasse.

— Vous ne vous sentez pas bien ?

Encore la même question que la veille. Viktor était agacé qu'elle l'eût percé à jour aussi facilement. C'était tout de même lui, le médecin.

— Je me sens très bien, je vous remercie.

— Alors, pourquoi avez-vous l'air si mécontent, depuis mon arrivée, docteur ? Vous m'en voulez ? Je vous assure, je comptais vraiment prendre la navette de ce matin. Mais malheureusement, il n'y en aura plus jusqu'à nouvel ordre.

— On vous a dit quand le trafic reprendrait ?

— Non, pas précisément. Peut-être dans deux jours. Voire d'ici à vingt-quatre heures, si tout va pour le mieux.

Et beaucoup plus longtemps si tout allait mal. Viktor

était déjà resté coincé ici avec son père pendant une semaine entière.

— Peut-être que, finalement, nous pourrions mettre à profit le temps qui nous reste pour une nouvelle séance de thérapie ? lui demanda-t-elle sans hésitation, avant de lui sourire à nouveau avec douceur.

Elle veut me confier quelque chose, pensa Viktor.

— Si vous croyez que notre discussion d'hier était une séance thérapeutique, vous faites erreur. Ce n'était qu'une simple conversation. Vous n'êtes pas ma patiente. Et ce n'est pas la tempête qui y changera quelque chose.

— Très bien, dans ce cas, poursuivons simplement notre conversation d'hier. Elle m'a fait beaucoup de bien.

Elle veut me confier quelque chose. Et elle ne me laissera pas tranquille tant qu'elle ne l'aura pas fait.

Viktor la fixa longuement dans les yeux et finit par acquiescer, lorsqu'il vit qu'elle ne détournerait pas le regard.

— Bon, très bien...

... *Puisque nous avons commencé, finissons-en*, poursuivit-il en pensée, tandis qu'Anna, satisfaite, prenait ses aises sur le canapé.

Elle lui raconta alors l'histoire la plus horrible qu'il eût jamais entendue.

9

— Sur quel livre travaillez-vous, en ce moment ? lui demanda-t-il pour commencer.

C'était la première question qui lui était venue à l'esprit, le matin au réveil.

Quels seront les prochains personnages à venir peupler vos cauchemars ?

— Je n'écris plus. Ou, du moins, pas dans le sens où vous l'entendez.

— C'est-à-dire ?

— Je n'écris plus que sur moi-même. Mon autobiographie, si l'on peut dire. Ainsi, je fais d'une pierre, trois coups. Premièrement : je peux m'adonner à mon penchant artistique. Deuxièmement, cela m'aide à surmonter mon passé. Et, troisièmement, j'empêche que des personnages de roman fassent irruption dans ma vie en me rendant folle.

— Je vois. Dans ce cas, parlez-moi de votre dernière grande crise. Celle qui vous a menée à la clinique.

Anna expira profondément et joignit les mains, comme pour une prière.

— Bien. Le dernier de mes personnages à avoir pris son autonomie était l'héroïne d'un conte moderne pour enfants.

— De quoi parlait l'histoire ?

— D'une petite fille, Charlotte. C'était un petit ange blond et fragile, comme on en voit dans les publicités pour les marques de biscuits ou de chocolat.

— Comme compagnon imaginaire, il y a pire.

— Oui, c'est vrai. Charlotte était adorable. Tous ceux qui la voyaient se mettaient immédiatement à l'aimer. C'était la fille unique d'un roi et elle vivait dans un petit château, sur une île.

— En quoi consistait l'intrigue ?

— Il s'agissait d'une quête. Un jour, Charlotte tomba soudainement malade. Une maladie très grave.

Viktor s'apprêtait à boire une nouvelle gorgée de thé, mais il reposa sa tasse sur la soucoupe. Toute son attention se focalisait maintenant sur ce que disait Anna.

— Elle souffrait d'accès de fièvre inexplicables, elle s'affaiblissait et s'amaigrissait à vue d'œil. Tous les médecins du royaume se rassemblèrent et l'examinèrent, mais aucun ne put dire ce qui lui manquait. Ses parents désespéraient chaque jour un peu plus. Et, chaque jour, l'état de la petite empirait.

Viktor retenait sa respiration et se concentrait sur chaque mot qu'elle prononçait.

— Un jour, la petite Charlotte décida de prendre son destin en main et partit de chez elle.

Josy.

Viktor avait essayé de refouler cette pensée, mais il n'y était pas parvenu.

— Je vous demande pardon ?

Anna le regardait d'un air irrité. Viktor avait visiblement dit quelque chose sans même s'en rendre compte. Il se passa nerveusement la main dans les cheveux.

— Rien. Je ne voulais pas vous interrompre. Continuez, je vous en prie.

— Donc, elle se mit à la recherche de l'origine de sa maladie. D'une certaine manière, ce conte est une parabole. L'histoire d'une petite fille malade qui, plutôt que de se résigner, préfère agir et affronter elle-même le vaste monde.

C'est impossible. Je dois rêver. Viktor était incapable de retrouver ses esprits. Il connaissait ce sentiment. Il l'avait ressenti pour la première fois dans le cabinet du docteur Grohlke. Et, depuis, il l'avait accompagné chaque jour de sa vie, jusqu'à ce qu'il se décidât à abandonner définitivement ses recherches.

— Vous êtes sûr que vous vous sentez bien, docteur Larenz ?

— Comment ? Oh...

Viktor regarda les doigts de sa main gauche, qui tambourinaient nerveusement sur le vieux bureau en acajou.

— Excusez-moi, j'ai sans doute bu trop de thé. Mais dites-m'en plus sur Charlotte. Comment l'histoire se termine-t-elle ? Que lui arrive-t-il ?

Qu'est-il arrivé à Josy ?

— Je ne sais pas.

— Comment ? Vous ne connaissez pas la fin de votre propre livre ?

Viktor posa sa question plus fort qu'il ne l'aurait voulu, mais Anna ne sembla pas s'en étonner.

— Je vous l'ai dit : je ne suis jamais arrivée au bout. Cette histoire est restée à l'état d'ébauche. C'est justement pour ça que Charlotte ne m'a jamais laissée en paix et m'a entraînée dans ce cauchemar.

Un cauchemar ?

— Comment cela ?

— Comme je vous le disais, Charlotte a été le dernier personnage à s'introduire dans ma vie. Ce sont les choses horribles que j'ai vécues avec elle qui ont provoqué ma crise, puis mon internement.

— Reprenons. Que s'est-il passé exactement ?

Viktor savait que son comportement était inadapté. Sa patiente n'en était pas encore arrivée au point où elle aurait pu parler de son traumatisme. Mais il devait savoir. Quand il vit qu'Anna gardait les yeux rivés sur le sol et qu'elle ne réagissait pas, il se remit à la questionner avec un peu plus de prudence.

— Quand avez-vous eu votre première vision de Charlotte ?

— C'était il y a quatre ans, à Berlin. En hiver.

— *Le 26 novembre*, compléta Viktor, inaudible.

— Je m'apprêtais à faire les courses. J'étais dans la rue quand j'ai entendu un grand fracas derrière moi. D'abord des crissements de pneus, puis un choc violent, des vitres qui éclatent. Un accident de voitures. « Espérons que personne ne soit blessé », ai-je pensé. C'est là que j'ai vu la petite fille. Elle était debout au milieu de la rue, comme paralysée. Visiblement, c'était elle qui était à l'origine de l'accident.

Viktor se raidit dans son fauteuil.

— Soudain, comme si quelqu'un lui avait fait signe, elle s'est tournée vers moi et m'a souri. C'est là que je l'ai reconnue. Charlotte. La petite fille malade de mon roman. Elle a couru vers moi et m'a prise par la main.

Ses petits bras. Si fragiles.

— J'étais complètement pétrifiée. D'un côté, je savais qu'elle n'existait pas. Qu'elle ne pouvait pas exister. Mais, en même temps, elle semblait tellement réelle. Je n'ai pas pu faire autrement. J'ai dû l'accepter. Et je l'ai suivie.

— Où ça ? Où est-ce que ça s'est passé, exactement ?

— Qu'est-ce que ça peut faire ?

Anna cligna plusieurs fois des yeux, l'air hagard. Il semblait qu'elle n'avait soudain plus envie de continuer.

— Rien, rien. Excusez-moi. Continuez.

Anna se racla la gorge et se leva.

— Si ça ne vous ennuie pas, docteur Larenz, je voudrais faire une pause. Je sais bien que c'est moi qui ai insisté pour que nous ayons cette discussion. Mais, maintenant, je me rends compte que je ne suis peut-être pas encore prête. Ces hallucinations ont vraiment été pour moi quelque chose d'horrible. Et j'ai finalement plus de mal à en parler que je ne le pensais.

— Bien sûr, dit Viktor, malgré son impatience à entendre la suite.

Il se leva également.

— À partir de maintenant, je ne vous embêterai plus. Peut-être que je pourrai rentrer chez moi dès demain.

Non !

Viktor cherchait désespérément une solution. Alors que, quelques minutes plus tôt, il la pressait encore de partir, il ne pouvait plus à présent accepter l'idée qu'elle disparût à jamais.

— Une dernière question.

Viktor restait planté au milieu de la pièce.

— Comment s'appelait votre livre ?

— Il n'avait pas encore de titre définitif. Juste un titre de travail : *Neuf.*

— Pourquoi *Neuf* ?

— Parce que Charlotte avait neuf ans lorsqu'elle est partie.

— Ah.

Trop jeune !

Viktor fut surpris de l'effet que ces quelques paroles avaient eu sur lui. Au fond, il souhaitait ardemment que les hallucinations de cette patiente schizophrène eussent un rapport avec la réalité.

Quand Viktor s'approcha lentement d'elle, il sentit que sa fièvre était montée. Les maux de tête persistaient eux aussi, en dépit de l'aspirine qu'il avait prise après sa douche. La douleur cognait contre ses tempes, et ses yeux commençaient à se mouiller de larmes. Tout à coup, il ne vit plus d'Anna qu'une silhouette floue, comme s'il la contemplait à travers un verre d'eau. Viktor cligna des yeux et, lorsqu'il y vit à nouveau clair, il lut dans le regard d'Anna quelque chose qu'il ne put d'abord s'expliquer. Puis une certitude s'imposa à lui : il la *connaissait*. Il l'avait déjà rencontrée, un jour, il y avait très longtemps. Mais il ne pouvait associer son visage ni à une personne ni à un nom. Comme quand on reconnaît un acteur au cinéma sans se rappeler comment il s'appelle ni dans quel film on l'a déjà vu jouer.

Maladroitement, il l'aida à remettre son manteau et l'accompagna jusqu'à la porte. Anna avait déjà mis un pied dehors lorsqu'elle se retourna une dernière fois. Sa bouche était à présent toute proche du visage de Viktor.

— Ah, j'oubliais. Puisque vous avez posé la question.

— Oui ?

Viktor fit un pas en arrière et ressentit soudain la même tension qu'au début de la conversation.

— Je ne sais pas si ça a une quelconque importance.

Mais le livre avait aussi un sous-titre. Assez curieusement, il n'a absolument aucun lien avec l'histoire. Il m'est venu alors que j'étais dans ma baignoire, et je l'ai trouvé joli.

— Et quel est-il ?

Viktor se demanda un bref instant s'il voulait vraiment le savoir. Mais il était déjà trop tard.

— *Le Chat bleu*, lui répondit Anna. Ne me demandez pas pourquoi. Je pensais que ce serait joli, s'il y avait un chat bleu sur la couverture.

10

— Juste pour vérifier que je te suis bien...

Viktor pouvait aisément imaginer la tête du corpulent détective privé qui lui parlait à l'autre bout de la ligne. Il l'avait appelé aussitôt après le départ d'Anna.

— Tu dis qu'une malade mentale est venue te voir à Parkum sans prévenir ?

— Oui.

— Et cette femme prétend être poursuivie par des personnages de romans qu'elle a elle-même inventés ?

— C'est à peu près ça.

— Et je suis censé vérifier si les hallucinations de cette mademoiselle... euh...

— Désolé, Kai, mais je ne te révélerai son nom que si c'est absolument nécessaire. Même si je n'exerce plus officiellement, elle reste quand même ma patiente, et je tiens donc à respecter le secret médical.

Du moins, tant que cela sera possible.

— Comme tu veux. Mais tu crois vraiment que les hallucinations de cette nouvelle patiente pourraient avoir un lien avec la disparition de ta fille ?

— Oui.

— Tu imagines ce que ça m'inspire ?

— Bien sûr, répondit Viktor, tu dois penser que j'ai définitivement perdu la raison.

— Ça, c'est le moins qu'on puisse dire.

— Je te comprends, Kai. Mais réfléchis un peu. Toutes ces choses qu'elle m'a racontées, ça ne peut pas être un hasard.

— Ou alors, tu ne veux pas que c'en soit un.

Viktor ignora la repartie.

— Une petite fille atteinte d'une maladie inexplicable, qui disparaît au grand jour en plein Berlin...

— D'accord, concéda Kai. Mais si elle t'avait menti ? Si elle avait bel et bien entendu parler de Josy ?

— Tu oublies que nous n'avons jamais révélé sa maladie aux médias. Elle ne peut pas être au courant.

C'était la police qui leur avait donné ce conseil, afin d'éviter que la presse à sensation ne fît ses choux gras des mystérieux symptômes de Josy.

« Et en plus, nous disposons ainsi d'une information que seul le vrai kidnappeur peut nous fournir, leur avait expliqué l'enquêteur. Grâce à cela, nous pourrons le distinguer de tous ceux qui chercheront simplement à vous soutirer de l'argent en prétendant avoir enlevé votre fille. »

De fait, après avoir lancé les avis de recherche, ils avaient reçu les appels de nombreux charlatans qui, lorsqu'on leur demandait comment allait Joséphine, répondaient invariablement « très bien », ou encore « bien, compte tenu des circonstances ». Et c'était à l'évidence la mauvaise réponse : même lorsqu'elle n'était pas entre les mains de dangereux criminels, la fillette faisait au moins un collapsus cardiovasculaire par jour.

— OK, docteur, poursuivit le détective. Une petite fille malade fait une fugue. À Berlin. Jusque-là, ça concorde à peu près. Mais le reste ? Qu'est-ce que tu fais de cette histoire de fille du roi qui vit dans un château sur une île ?

— Je te rappelle que Schwanenwerder est vraiment une île, qui n'est rattachée au quartier de Zehlendorf que par un pont. Quant à notre demeure du XIXe siècle au bord du lac, tu t'amusais toi-même à la qualifier de « château ». Et pour ce qui est de cette histoire de fille du roi, Isabel appelait... enfin, elle *appelle* souvent Josy « ma princesse ». Tu vois, encore un parallèle.

— Écoute, Viktor. Ça fait quatre ans que je travaille pour toi, et nous sommes devenus amis. Et en tant qu'ami, je te le dis franchement : ce que cette femme t'a raconté, ça me fait penser à un horoscope dans un magazine : ça reste tellement vague que n'importe qui peut y trouver ce qu'il cherche.

— Quand même. Je ne pourrai jamais me pardonner si je ne fais pas tout ce qui est en mon pouvoir pour retrouver Josy.

— OK, c'est toi le patron. Mais laisse-moi mettre les choses au clair : le dernier témoignage crédible que nous ayons eu venait d'un couple de retraités. Ils ont vu une petite fille sortir du cabinet avec un homme. Comme ils pensaient que c'était un père accompagnant sa fille, ils ne se sont pas inquiétés. Cette information a été confirmée par le vendeur du kiosque au coin de la rue. C'est un homme d'âge mûr qui a enlevé ta fille. Et non une femme. Et, en plus, Josy avait douze ans, et pas neuf.

— Et qu'est-ce que tu fais du chat bleu ? Tu connais la peluche préférée de Josy : le chat bleu Nepomuk.

— Très bien. Mais, malgré tout, ça n'a pas de sens. Et en admettant qu'il y ait un lien, qu'est-ce que cette femme te veut ? Qu'est-ce qui se cache derrière tout ça ? Si c'est elle qui a enlevé Josy, pourquoi ne continue-t-elle pas à se cacher et te poursuit-elle jusqu'à Parkum ?

— Je ne dis pas que ma patiente est dans le coup. Je dis juste qu'elle sait quelque chose. Quelque chose que je vais essayer de découvrir lors des prochaines séances de thérapie.

— Donc, tu veux la revoir ?

— Oui, je l'ai invitée à revenir demain matin. J'espère qu'elle viendra, vu que je n'ai pas été très sympathique avec elle aujourd'hui.

— Et pourquoi tu ne lui poserais pas directement la question ?

— Comment ça ?

— Montre-lui une photo de Josy. Demande-lui si elle la reconnaît. Et, si c'est le cas, tu ferais mieux d'appeler tout de suite la police.

— Je n'ai pas de photo d'elle sur moi. Juste la photocopie d'une vieille coupure de journal.

— Je peux t'en faxer une.

— Si tu veux. Mais je ne pourrai pas l'utiliser. Pas encore.

— Pourquoi pas ?

— Parce qu'il y a au moins un point sur lequel elle dit la vérité : elle est malade. Et si elle souffre vraiment de schizophrénie, j'ai besoin de sa confiance, en tant que médecin. Elle ne veut déjà plus parler de tout ça, elle me l'a fait comprendre. Si, demain, j'insinue en plus que je la tiens pour la complice d'un enlèvement, elle se taira définitivement. Et il sera alors impossible de lui arracher la moindre information. Je ne veux pas courir ce risque, aussi longtemps qu'il me reste un infime espoir de retrouver Josy vivante.

Un espoir.

— Tu sais quoi, Viktor ? L'espoir, c'est comme un éclat de verre planté dans ton pied. Tant qu'il reste enfoncé dans ta chair, il te fait souffrir à chaque pas. Tandis que si on te l'enlève, ça saignera pendant un moment, ça prendra un bout de temps avant que la plaie soit guérie, mais, au bout du compte, tu pourras réapprendre à marcher normalement. C'est ce qu'on appelle le deuil. Et je crois que tu devrais finir par t'y mettre. Bon sang ! Ça fait presque quatre ans, et on a déjà eu des indices plus sérieux que ceux fournis par cette femme qui s'est fait elle-même enfermer dans un asile !

Sans le savoir, Kai Strathmann venait de donner à Viktor la réponse à la deuxième question de l'interview.

— Entendu, Kai. Je te promets d'arrêter définitivement les recherches, si tu me fais une dernière faveur.

— À savoir ?

— Vérifier s'il y a eu un accident de la route à côté du cabinet de Grohlke le 26 novembre. Entre 15 h 30 et 16 h 30. Tu peux faire ça ?

— Oui. Mais d'ici là, tu as intérêt à te tenir tranquille et à écrire les réponses de cette stupide interview, compris ?

Viktor le remercia tout en évitant de répondre à sa dernière remarque. Il ne voulait mentir que si c'était absolument nécessaire.

11

Parkum, trois jours avant la vérité.

B : En dehors de votre famille, qu'est-ce qui vous a le plus aidé dans ces temps difficiles ?

Viktor se mit à rire. Anna devait arriver d'une minute à l'autre pour une nouvelle séance. Mais il n'était pas sûr qu'elle viendrait. La veille, en partant, elle ne lui avait pas donné de réponse définitive, et il cherchait maintenant à se changer les idées en travaillant à son interview. Pour parvenir enfin à penser à autre chose qu'à Charlotte (*ou Josy ?*), il avait choisi la plus facile de toutes les questions.

Ce qui m'a le plus aidé ?

Pas besoin de réfléchir longtemps. La réponse tenait en un seul mot : l'alcool.

Au fur et à mesure que l'absence de Josy se prolongeait, il s'était mis à boire de plus en plus, pour oublier sa souffrance. Durant la première année, il s'était encore contenté d'une gorgée par idée noire ; par la suite, même un verre entier n'y suffisait plus. L'alcool ne permettait pas seulement d'oublier. Il offrait aussi des solutions. Mieux, il *était* la solution.

Question : Si j'avais fait plus attention, serait-elle encore en vie ?

Réponse : Vodka.

Question : Pourquoi suis-je resté si longtemps dans la salle d'attente sans rien faire ?

Réponse : Peu importe la marque, pourvu que j'aie ma dose.

Viktor renversa la tête en arrière et se remémora la conversation de la veille. Kai ne l'avait pas encore rappelé pour lui dire ce qu'il avait trouvé au sujet de cet accident. Mais Viktor ne pouvait pas attendre. Il voulait absolument connaître la suite de l'histoire d'Anna ; il avait besoin de nouveaux indices à vérifier et à recouper, aussi absurdes qu'ils pussent paraître. Et il avait besoin de boire.

Viktor rit à nouveau. Bien sûr, il aurait pu se convaincre que, compte tenu de son rhume, il aurait été tout à fait indiqué de se préparer un petit grog. Et peut-être cela lui aurait-il fait du bien. Mais, fort heureusement, il avait été raisonnable et avait laissé sur le continent son compagnon des moments difficiles. Il était venu à Parkum sans une goutte d'alcool dans ses bagages. Et avec raison. Jim Beam et son compère Jack Daniels avaient été ces dernières années les seuls patients avec lesquels il avait eu de longues conversations. Tellement longues que, certains jours, il ne pensait plus qu'à une seule chose : le moment où il boirait la gorgée suivante.

Dans un premier temps, Isabel avait essayé de le détourner de l'alcool. Elle le raisonnait et l'encourageait, pleine de compassion. Puis elle s'était mise à le supplier.

Plus tard, après de nombreuses scènes de ménage, elle avait fait ce que toutes les associations d'entraide conseillent aux proches des personnes alcooliques : elle l'avait laissé tomber. Elle était partie à l'hôtel sans crier gare et n'avait plus donné signe de vie. Il ne s'était rendu compte de son départ qu'après avoir terminé sa dernière bouteille, alors qu'il n'avait plus la force de parcourir tout seul le chemin qui le séparait de la station-service.

Affaibli, il se laissa bientôt envahir par de douloureux souvenirs.

Les premières dents de Josy.

Ses anniversaires.

Son premier jour d'école.

Le vélo qu'ils lui avaient offert pour Noël.

Les tours en voiture.

Et Albert.

Albert.

Viktor contempla par la fenêtre les eaux sombres de la mer. Il était tellement plongé dans ses pensées qu'il n'entendit même pas les pas qui se rapprochaient derrière lui.

Albert.

C'était le vieil homme qui l'avait poussé à arrêter de boire.

Autrefois, du temps où il avait encore une vie, il rentrait tous les jours du travail vers 17 heures, en empruntant l'autoroute A100 en direction de la Spanische Allee. Peu après la tour radio, à hauteur de la vieille tribune désaffectée depuis laquelle le public suivait jadis les courses de voitures, il y avait toujours un homme d'un certain âge qui attendait là avec son vieux vélo déglingué, non loin de la Deutschlandhalle. Il profitait d'un trou dans le grillage qui séparait l'autoroute de la ville pour observer le trafic. De Wedding à Potsdam, c'était le seul tronçon où l'on n'avait pas construit de mur anti-bruit. Chaque fois que Viktor le voyait, il se demandait ce qui pouvait bien pousser cet homme à suivre des yeux les phares arrière de ces innombrables voitures. À bord de sa Volvo, Viktor passait toujours beaucoup trop vite. À tel point que, pendant toutes ces années, il n'avait jamais pu observer l'expression de son visage. Alors qu'il le voyait chaque jour, il n'aurait jamais pu le reconnaître s'ils avaient été face à face.

Josy aussi avait remarqué le vieil homme, un jour qu'ils rentraient en famille d'une fête de l'amitié franco-allemande.

— Qu'est-ce qu'il fait là, le monsieur ? avait-elle demandé en se retournant pour le suivre du regard.

— Il est un peu dérangé, avait sobrement diagnostiqué Isabel.

Mais Josy avait ignoré cette réponse.

— Je crois qu'il s'appelle Albert, murmura-t-elle comme pour elle-même.

Viktor l'avait entendue.

— Pourquoi *Albert* ?

— Parce que c'est un vieux monsieur et qu'il est tout seul.

— Ah... Et les vieux messieurs tout seuls s'appellent Albert ?

— Oui, s'était-elle contentée de répondre, mettant ainsi un terme à la conversation.

Dès lors, l'inconnu du bord de l'autoroute eut un nom, et Viktor se surprenait parfois à lui faire un signe de la tête lorsqu'il passait devant lui au volant de sa voiture.

— Bonjour, Albert !

Ce n'est que beaucoup plus tard, après s'être réveillé sur le carrelage en marbre de la salle de bains, au lendemain d'une nuit d'ivresse, qu'il avait compris qu'Albert était lui aussi à la recherche de quelque chose. Quelque chose qu'il avait perdu quelque part et qu'il espérait retrouver dans les voitures qui fonçaient sur l'autoroute. Albert était comme son double. À peine cette idée lui était-elle venue qu'il s'était mis au volant de sa Volvo et était parti en direction de la Deutschlandhalle. Mais il avait tout de suite vu que, ce jour-là, Albert n'était pas à son poste. Et le vieil homme solitaire ne s'était pas plus montré les jours suivants, alors que Viktor guettait sa venue.

Il aurait voulu lui demander : « Excusez-moi, mais qu'est-ce que vous cherchez ? Vous aussi, vous avez perdu quelqu'un ? »

Mais Albert n'avait jamais réapparu.

Comme Josy.

Quand, au bout de la dix-huitième fois, il était rentré à nouveau bredouille à la maison, Isabel l'attendait sur le pas de la porte, une lettre à la main. C'était la demande d'interview du magazine *Bunte*.

— Docteur Larenz ?

Viktor fut soudain arraché à ses rêveries. Il se leva si brusquement qu'il se cogna le genou droit contre le bureau et avala son thé de travers. Il se mit à tousser.

— Je dois à nouveau vous présenter mes excuses, dit Anna, qui était debout juste derrière lui.

Elle restait là sans bouger ni chercher à lui venir en aide.

— Je ne voulais pas vous effrayer encore, mais j'ai

frappé plusieurs fois à la porte, et celle-ci a fini par s'ouvrir toute seule.

Viktor eut un hochement de tête compréhensif, bien qu'il fût certain d'avoir fermé la porte à clé. Il porta la main à son visage et se rendit compte qu'il avait le front en sueur.

— Votre état ne semble pas s'être amélioré depuis hier, docteur. Il vaut sans doute mieux que je m'en aille.

Viktor remarqua qu'Anna le regardait avec insistance, et il se rendit compte qu'avec toute cette frayeur il n'avait encore rien dit.

— Non, dit-il un peu plus fort qu'il ne l'aurait voulu.

Anna tendit l'oreille, comme si elle avait mal compris.

— Non, reprit Viktor, au contraire, vous ne me dérangez pas du tout. Je vous en prie, asseyez-vous. Je suis content que vous soyez là. J'ai plusieurs questions à vous poser.

12

Anna ôta son manteau et son châle et s'installa confortablement sur le canapé. Viktor n'avait pas bougé de son bureau. Il faisait semblant de chercher dans son ordinateur un fichier contenant des notes sur son cas. En vérité, il avait toutes les informations en tête et ne cherchait qu'à gagner un peu de temps, afin de retrouver son calme et de pouvoir commencer à l'interroger.

Une fois que son pouls eut retrouvé sa vitesse normale, il prit conscience qu'il lui faudrait aujourd'hui rassembler toutes ses forces pour suivre attentivement le récit d'Anna. Il se sentait comme au lendemain d'une nuit blanche : somnolent, affaibli, lessivé. Pour couronner le tout, il avait de plus en plus mal à la tête et à la nuque. Il mit les mains contre ses tempes brûlantes et regarda par la fenêtre en direction de la mer.

Les vagues déchaînées étaient d'un noir d'encre, et le tableau s'assombrissait encore à mesure que les nuages s'accumulaient dans le ciel. La visibilité ne dépassait pas vingt milles, et l'horizon semblait se rapprocher sans cesse de l'île.

Dans le reflet de la fenêtre, Viktor vit qu'Anna s'était servi du thé et qu'elle était maintenant prête à commencer. Il fit pivoter son siège vers elle et lui dit :

— Je voudrais reprendre là où nous en sommes restés hier.

— Bien sûr.

Anna porta la tasse à ses lèvres, et Viktor se demanda si son discret rouge à lèvres laisserait des traces sur la fine porcelaine.

— Vous disiez que Charlotte était partie de chez elle sans prévenir ses parents ?

— Oui.

Jamais Josy n'aurait fait une chose pareille, pensa Viktor. Il y avait réfléchi toute la nuit et était parvenu à la conclusion que la disparition de sa fille ne pouvait avoir une explication aussi banale. *Elle n'avait pas fugué.*

— Charlotte avait délibérément choisi de quitter la maison afin de chercher la cause de sa maladie, dit Anna. Maintenant, vous savez tout du début de mon livre, de la page 1 à la page 23. La maladie de Charlotte, l'échec des médecins et sa fuite. Voilà où j'en étais arrivée, mais depuis, je n'ai plus écrit la moindre ligne.

— Oui, c'est ce que vous disiez. Mais y avait-il une raison particulière ?

— Oui. La réponse est très simple : je ne savais tout simplement pas comment l'histoire devait continuer. J'ai donc enregistré le tout sur mon ordinateur et j'ai fini par oublier ce fichier inachevé.

— Jusqu'à ce que Charlotte prenne vie ?

— Exactement. Et là, c'est devenu horrible. Comme vous le savez, j'avais déjà eu de nombreuses crises par le passé. Je voyais des couleurs irréelles, j'entendais des voix et des sons imaginaires. Mais, avec Charlotte, ça a vraiment pris une autre dimension. De tous les personnages de mes livres, c'est elle qui est devenue la plus réelle.

Trop réelle ?

Viktor but une gorgée de thé et se rendit compte que le rhume commençait déjà à affecter son goût et son odorat. Il ne savait plus si c'était le thé qui était mauvais ou si cette saveur amère provenait des gouttes pour le nez qu'il prenait régulièrement.

— Vous m'avez dit aussi que Charlotte avait failli être renversée par une voiture.

— Oui, c'est là que j'ai pris conscience de sa présence pour la première fois.

— Et ensuite, vous avez quitté le lieu de l'accident avec Charlotte ?

— Non, répondit-elle en secouant la tête. Ce n'est pas *moi* qui suis partie avec Charlotte, c'est elle qui m'a priée de la suivre.

— Et pourquoi ?

— Elle voulait que j'écrive enfin la suite de son roman. Mot pour mot, elle m'a dit : « Pourquoi il n'y a que deux chapitres ? Quelle est la suite ? Je ne veux pas être malade pour toujours. »

— Le personnage que vous aviez vous-même inventé vous a priée de mener l'histoire à son terme ?

— Tout à fait. Et j'ai commencé par dire la vérité à Charlotte. Je lui ai avoué que je ne pouvais rien faire pour elle, car j'ignorais moi-même la fin du roman.

— Comment a-t-elle réagi ?

— Elle m'a pris la main et m'a dit : « Viens, je vais t'aider. Je vais te montrer l'endroit où tout a commencé. Peut-être que là, tu trouveras comment notre histoire se termine. »

Notre histoire ?

— Et où était cet endroit ?

— Je ne sais pas. Quelque part aux alentours de Berlin. Je ne me souviens que par bribes du chemin qui nous y a conduites.

— Essayez tout de même de me le décrire le plus précisément possible, lui demanda Viktor.

— Avec ma voiture, je crois, nous avons pris l'A100 vers l'ouest. Ne me demandez pas quelle sortie nous avons prise. Par contre, je me souviens bien que Charlotte avait mis sa ceinture de sécurité. Vous comprenez ? Rien ne m'a autant marquée que le fait que mon hallucination pouvait avoir peur d'un accident.

Oui, je comprends. Josy était bien élevée. Isabel y avait toujours veillé.

— Combien de temps a duré le voyage ?

— Une bonne heure. Nous avons traversé une assez grande localité ; sur le bord de la route, il y avait une sorte de petit village russe, classé monument historique. Enfin, si je me souviens bien.

Viktor était de plus en plus crispé, comme s'il avait été assis sur le fauteuil d'un dentiste.

— Ce qui est sûr, c'est qu'il y avait une église orthodoxe sur une butte au milieu de la forêt. Ensuite, nous avons passé un pont et, après avoir suivi la route pendant un moment, nous avons pris un chemin qui pénétrait dans la forêt.

Mais c'est...

— À peu près un kilomètre plus loin, nous nous sommes arrêtées dans une petite clairière où j'ai garé la voiture.

Mais c'est impossible...

Viktor avait du mal à se contrôler ; il était prêt à bondir de son siège pour lui hurler au visage les questions qu'il avait à lui poser. Il connaissait par cœur le chemin qu'elle lui décrivait. À l'époque, il l'empruntait lui-même très fréquemment. Presque tous les week-ends.

— Où êtes-vous allées, après avoir laissé la voiture ?

— Nous avons pris un petit sentier, si étroit que nous étions obligées de marcher l'une derrière l'autre. Au bout, il y avait un petit bungalow en bois, une sorte de chalet, mais en plus moderne. Le cadre était idyllique

En plein milieu de la forêt, songea Viktor, qui anticipait déjà la suite du discours d'Anna.

— Il n'y avait pas de voisins. Où que l'on regarde, on ne voyait que des pins, des hêtres et des boulots. C'était l'automne, les arbres venaient de perdre leurs feuilles, qui s'entassaient à nos pieds en un épais tapis multicolore. Malgré le froid, particulièrement vif pour un mois de novembre, la forêt avait quelque chose de chaleureux. C'était magnifique. À tel point que je me demande aujourd'hui si c'était la réalité ou si c'était une hallucination. Comme Charlotte.

En cet instant, Viktor ne savait plus lui-même ce qu'il aurait préféré : soit les hallucinations schizophrènes d'Anna avaient vraiment un rapport avec la disparition de sa fille, soit c'était tout simplement lui qui se montait la tête. Jusque-là, on pouvait encore penser que tout cela n'était qu'un macabre hasard. Après tout, ce n'était pas les résidences secondaires qui manquaient dans ce coin du Brandebourg.

Mais il n'y en avait qu'une où...

— Vous rappelez-vous avoir entendu quelque chose, lorsque vous êtes arrivées devant le bungalow ?

— C'est important pour ma thérapie ?

Non. Mais pour moi, oui.

— Oui.

— Pour être franche, je n'ai rien entendu. Absolument rien. Tout était parfaitement silencieux, comme au sommet d'une montagne, à deux mille mètres d'altitude.

Viktor hocha la tête. C'était exactement la réponse à laquelle il s'attendait. Il savait maintenant où Charlotte avait conduit Anna. Le calme qui régnait dans la forêt de Sacrow, entre Spandau et Potsdam, était si impressionnant, presque palpable, que c'était généralement la première chose que les citadins remarquaient à leur arrivée.

Anna semblait pouvoir lire dans les pensées de Viktor.

— Bien sûr, j'ai demandé à Charlotte où nous étions, mais elle m'a regardée d'un air irrité. « Mais tu connais cet endroit, m'a-t-elle répondu, perplexe. C'est la maison où nous passons les week-ends en famille. Avec mes parents, je venais ici tous les étés. Et c'est ici que j'ai connu les derniers jours heureux de ma vie. Avant que tout commence. »

— Que commence quoi ? demanda Viktor.

— Sa maladie, j'imagine. Mais, à ce stade, elle ne voulait pas m'en dire plus. Au contraire. Elle a fait un signe en direction du bungalow et m'a dit, presque furieuse : « Qui est l'écrivain, ici ? À toi de me dire ce qui s'est passé là-dedans ! »

— Et vous le saviez ?

— Non, malheureusement. Mais, entre-temps, Charlotte m'avait bien fait comprendre qu'elle continuerait à me hanter jusqu'à ce que je termine le livre qui racontait son histoire. Il fallait donc que je voie l'intérieur de la maison. J'ai brisé un carreau de la porte, et je suis entrée comme un cambrioleur.

Ça n'a pas de sens, pensa Viktor. *Josy aurait su où les clés étaient cachées.*

— J'ai fait tout ça dans l'espoir de trouver un indice qui me révélerait l'origine de la maladie de Charlotte.

— Et alors ? Vous avez trouvé quelque chose ?

— Encore une fois, non. Mais je ne savais pas vraiment ce que je devais chercher. La seule chose qui m'a immédiatement frappée, c'était la taille du bungalow. Vu de l'extérieur, j'aurais cru qu'il y avait trois pièces au maximum. Mais en plus des deux salles de bains, de la grande cuisine et du salon avec cheminée, on comptait encore au moins deux chambres à coucher.

Trois, corrigea Viktor en silence.

— J'ai fouillé les commodes, les armoires, les étagères et même le réservoir de la chasse d'eau. Heureusement, ça a été très rapide, car l'ameublement de la maison était spartiate. Sobre, mais cher.

Du Philippe Starck, un peu de Bauhaus. C'était Isabel qui avait tout aménagé.

— Au fait, que faisait Charlotte pendant que vous fouilliez la maison ? demanda Viktor.

— Elle attendait dehors. Elle m'avait expliqué qu'elle n'y remettrait plus jamais les pieds, parce qu'il s'y était passé quelque chose de mal. Mais elle n'arrêtait pas de me donner des indications, qu'elle criait depuis le pas de la porte.

Quelque chose de mal ?

— Par exemple ?

— Tout ça était très mystérieux. Elle s'exprimait par des énigmes. Par exemple : « Ne regarde pas ce qu'il y a. Concentre-toi sur ce qui manque ! »

— Vous avez compris ce qu'elle voulait dire par là ?

— Non. Et, malheureusement, je n'ai plus eu le loisir de le lui demander.

— Pourquoi ?

— Parce qu'il est soudain survenu quelque chose dont je préférerais ne pas me souvenir, docteur Larenz.

— Quoi donc ?

Viktor lisait dans les yeux d'Anna la même réticence que la veille, lorsqu'elle avait interrompu la conversation.

— Ne pourrions-nous pas en parler demain ? Je ne me sens plus très bien.

— Non. Il vaut mieux aller jusqu'au bout, maintenant, insista Viktor.

Il était effrayé de la facilité avec laquelle il avait prononcé ce mensonge. Ce qu'il faisait là n'avait plus rien à voir avec une séance de thérapie ordinaire. C'était un interrogatoire.

Anna le regarda pendant plusieurs secondes, hésitante. Viktor crut d'abord qu'il l'avait à nouveau perdue et qu'elle allait se lever et partir de chez lui. Mais, finalement, elle joignit les mains sur ses genoux, poussa un léger soupir et poursuivit son histoire.

13

— Tout à coup, le bungalow s'est trouvé plongé dans l'obscurité. Il devait être environ 16 h 30. La nuit tombe vite, fin novembre. Je suis donc retournée au salon prendre un briquet pour éclairer le couloir. Dans la faible lueur de la flamme, j'ai alors vu qu'il restait une pièce que je n'avais pas encore fouillée, tout au fond. Je crois que c'était un cagibi.

Ou bien la chambre de Josy.

— Je m'apprêtais à aller vérifier, quand j'ai soudain entendu des voix.

— Quel genre de voix ?

— En fait, il n'y en avait qu'une seule. Et elle ne disait rien. J'entendais un homme qui pleurait. Pas des sanglots. Plutôt une sorte de gémissement, qui provenait de cette pièce au bout du couloir. Le bruit devenait de plus en plus fort à mesure que j'approchais.

— Vous n'avez pas eu peur ?

— Si. Mais je n'ai vraiment commencé à paniquer que lorsque j'ai entendu Charlotte crier dehors.

— Pourquoi criait-elle ?

Viktor se mit la main sur la gorge ; lorsqu'il parlait, il ressentait à présent des douleurs insupportables.

— Elle voulait m'alerter. « Il arrive ! hurlait-elle. Il arrive ! »

— Qui ça ?

— Je ne sais pas. J'étais arrivée devant la porte de la pièce, quand, soudain, j'ai remarqué que les gémissements avaient cessé. Puis j'ai vu que quelqu'un tournait lentement la poignée de l'intérieur. Et quand le courant d'air eut éteint la flamme du briquet, je restai comme paralysée par l'effroi. Charlotte m'avait prévenue trop tard : *il* était déjà là.

Alors que Viktor s'apprêtait à lui poser une nouvelle question, le téléphone sonna. Il décida d'aller décrocher l'autre appareil, qui se trouvait dans la cuisine. Isabel avait insisté pour qu'on installât au moins un téléphone moderne à touches dans leur maison de vacances.

— Allô ?

— J'ai du nouveau, et je ne sais pas si c'est une bonne ou une mauvaise nouvelle.

Kai ne s'embarrassait jamais de politesse et aimait entrer tout de suite dans le vif du sujet.

— Vas-y, ne tourne pas autour du pot, murmura Viktor, qui voulait éviter qu'Anna ne surprît leur conversation.

— J'ai mis un de mes meilleurs collaborateurs sur le coup, et j'ai aussi fait des recherches de mon côté. Il y a deux choses qui sont sûres : premièrement, il y a bel et bien eu un accident de voitures ce jour-là dans l'Uhlandstraße.

Le cœur de Viktor s'arrêta l'espace d'une seconde, avant de recommencer à battre à un rythme accéléré.

— Deuxièmement, il est exclu que cet accident ait un quelconque rapport avec l'enlèvement.

— Je ne comprends pas, pourquoi en es-tu si sûr ?

— Parce que c'est un ivrogne qui a trébuché au

milieu de la route et qui a failli être écrasé. Plusieurs témoins l'ont confirmé. Il n'y avait pas d'enfant en jeu dans cette histoire.

— Ça signifie que...

— ... que ta patiente est peut-être malade, mais qu'elle n'a absolument rien à voir avec notre affaire.

— Josy n'est pas une affaire !

— Excuse-moi. Bien sûr que non. C'était idiot de ma part.

— OK, ça va. Je suis désolé. Je ne voulais pas être agressif. C'est juste que je pensais avoir enfin trouvé un indice.

— Je comprends.

Non. Tu ne comprends pas, pensa Viktor. *Et, d'ailleurs, je ne t'en veux même pas. Car tu n'as pas vécu tout ce que j'ai dû endurer. Tu n'as jamais été désespéré au point de te raccrocher à la moindre piste, si improbable soit-elle.*

— Et on a retrouvé le type ?

— Quel type ?

— L'ivrogne. On l'a retrouvé ?

— Non. Mais ça ne change rien au fait que personne n'a vu de femme ni d'enfant. Tous les témoignages concordent pour dire que le type est ensuite entré en titubant dans le parking du centre commercial. On ne l'a jamais retrouvé. Il s'est sans doute fondu dans la foule des clients d'un grand magasin. Qu'est-ce que j'en sais...

— Très bien, Kai. Merci pour l'information. Je dois raccrocher.

— Tu es avec elle ?

— Oui, elle m'attend dans le salon.

— Et tel que je te connais, tu as continué à la cuisiner.

— Oui.

— OK, épargne-moi les détails. Tu as sans doute déjà une nouvelle mission à me confier. J'imagine que tu as trouvé de nouveaux parallèles entre elle et Josy. Je me trompe ?

— Hmm.

— Alors, écoute-moi bien, je vais te donner un conseil : je ne sais pas qui est cette femme, mais ce qu'elle fait là n'est pas bon pour toi. Renvoie-la chez elle ! Tu voulais rester seul sur cette île, et c'est ce que tu devrais faire. Il y a bien d'autres psychiatres qui pourront l'aider.

— Je ne peux pas la renvoyer chez elle. Nous sommes coincés ici. À cause de la tempête, il n'y a plus de navette pour le continent.

— Dans ce cas, arrête au moins de la voir.

Viktor savait que Kai avait raison. Il était venu à Parkum pour prendre un peu de recul et, au lieu de ça, toutes ses pensées se concentraient sur Josy. Lors de la séance d'aujourd'hui, il ne s'était à nouveau intéressé qu'aux détails qui allaient dans le sens de ce qu'il cherchait. Et il avait systématiquement ignoré tous les éléments qui contredisaient sa vision des choses. Que Charlotte avait neuf ans, et pas douze. Que Josy n'aurait jamais fait de fugue, et qu'elle aurait su où trouver les clés du bungalow.

— Alors ?

Viktor n'avait pas écouté ce que Kai venait de lui dire.

— Alors quoi ?

— Tu m'avais promis d'arrêter définitivement tes

recherches si je remplissais cette dernière mission. Une fois vérifiée cette histoire d'accident, tu voulais arrêter de rouvrir sans cesse ces vieilles plaies.

— Oui, je sais. Mais...

— Non, il n'y a pas de « mais » qui tienne.

— ... mais je dois encore tirer une chose au clair, poursuivit Viktor sans se laisser interrompre.

— Quoi ?

— Il n'y a pas de *vieilles* plaies à rouvrir, Kai. Elles saignent encore comme au premier jour. Depuis quatre ans.

14

Viktor raccrocha doucement et retourna au salon en titubant, comme s'il avait été à bord d'un bateau secoué par la houle.

— De mauvaises nouvelles ?

Anna était déjà debout et s'apprêtait à partir.

— Je ne sais pas, répondit-il sans mentir. Vous voulez partir ?

— Oui. Cette séance a été encore plus éprouvante que je ne le pensais. Je crois que je vais aller me reposer une heure à l'auberge. Pouvons-nous continuer demain ?

— Oui. Peut-être.

Après sa conversation avec Kai, Viktor ne savait plus trop ce qu'il voulait.

— Le mieux est que vous m'appeliez avant de passer. Je suis un peu en retard sur mon travail. Et puis, vous le savez : normalement, je n'exerce plus.

— Très bien.

Viktor avait l'impression qu'Anna cherchait à lire dans son visage ce qui avait pu provoquer ce nouveau changement d'humeur. Mais elle ne laissa rien paraître de sa surprise.

Lorsqu'elle fut enfin partie, Viktor essaya de joindre sa femme à New York. Mais avant même qu'il eût retrouvé le numéro de l'hôtel dans le répertoire de son Palm, le téléphone se remit à sonner.

— J'ai oublié quelque chose, Viktor.

Kai.

— Ça n'a rien à voir avec notre... euh, enfin, avec Josy. Mais il vaut mieux que je te le dise tout de suite, avant que les intempéries n'aggravent encore les dégâts.

— Qu'est-ce qu'il y a ?

— Ta société de gardiennage m'a appelé, parce qu'ils n'arrivaient pas à vous joindre, toi et Isabel.

— On a été cambriolé ?

— Non, pas de cambriolage. Juste un acte de vandalisme. Et rassure-toi, il ne s'agit pas de la propriété de Wannsee.

— Mais... ?

— Le bungalow, à Sacrow. Il y a un rôdeur qui a brisé un carreau de la porte.

15

Il voyait tout. Il avait beau se trouver à quatre cent soixante-deux kilomètres de distance et être séparé du continent par près de cinquante milles marins, il voyait tout. Kai dans le bungalow. Les bruits que lui transmettait le téléphone lui suffisaient pour visualiser tout ce que le détective privé faisait dans sa résidence secondaire de la forêt de Sacrow. Lors de leur dernière conversation, Viktor l'avait immédiatement envoyé là-bas pour évaluer les dégâts. Et pour vérifier si l'histoire d'Anna était vraie.

— Là, je suis dans la cuisine.

Depuis Parkum, Viktor entendait les semelles de ses baskets crisser sur le sol.

— Et alors ? Tu remarques quelque chose de particulier ?

Viktor coinça le combiné entre son épaule et sa mâchoire et, le lourd appareil à la main, il se dirigea vers le canapé. Mais le fil étant légèrement trop court pour l'atteindre, il dut rester debout au beau milieu du salon.

— Je ne vois rien de spécial. Vu l'odeur et la couche de poussière qu'il y a, j'imagine que ça fait longtemps que vous n'avez plus organisé de petite fête ici.

— Ça fait quatre ans, lâcha sèchement Viktor.

Il savait que Kai devait s'en mordre la langue.

— Je suis désolé.

Kai pesait cent vingt kilos, et la courte distance qu'il avait dû parcourir de sa voiture jusqu'au bungalow l'avait déjà mis en nage. Viktor entendait son souffle rauque à travers le téléphone.

— Bon, pour l'instant, la seule chose qui cloche ici, c'est le carreau cassé. Mais quoi qu'ait pu dire Anna, je doute que tout ça ait un quelconque rapport avec Josy.

— Pourquoi ?

— Parce que les traces sont encore trop fraîches. Cela fait seulement quelques jours que la vitre a été brisée. Pas des mois, et encore moins des années.

Pendant que Viktor lui posait une nouvelle question, Kai se mit à ouvrir tous les placards, ainsi que le frigo.

— Comment peux-tu déterminer quand il a été brisé ? En examinant les débris de verre ?

— Pas les débris, non. Le parquet. Si le carreau était cassé depuis longtemps, les intempéries auraient dû laisser des traces sur le bois. Le trou est si grand que la pluie ou la neige auraient pu pénétrer sans problème. Or il n'y a aucune trace d'humidité et l'entrée est aussi poussiéreuse que le reste de la maison. En plus, je ne vois aucune bestiole qui...

— Ça va, ça va. Je te crois.

Viktor retourna s'asseoir sur la banquette à côté de la cheminée, car l'appareil commençait à devenir trop lourd pour lui.

— Selon les visions d'Anna, Charlotte l'a envoyée dans le bungalow pour voir s'il y manquait quelque chose. Tu peux vérifier ça ?

— Mais qu'est-ce que tu t'imagines, Viktor ? Je n'ai

pas la liste complète de tous les objets censés se trouver chez vous. Peut-être qu'il manque une cafetière à moka dans la cuisine ? Ou un Picasso dans le salon ? Comment veux-tu que je le sache ? En tout cas, je peux te dire qu'il n'y a plus de bières dans le frigo.

— Commence par la chambre de Josy, dit Viktor en ignorant sa plaisanterie. Elle est au fond du couloir, en face de la salle de bains.

— À vos ordres.

Les semelles de Kai cessèrent de crisser, car il ne marchait plus sur du linoléum, mais sur un revêtement en pierre. Viktor ferma les yeux et compta les quinze pas que le détective devait faire pour arriver jusqu'à la porte.

« Mes amis sont les bienvenus. » Voilà ce qu'annonçait le panneau en plastique accroché à la porte que Kai s'apprêtait sans doute à ouvrir. Le grincement des gonds lui confirma qu'il avait vu juste.

— J'y suis.

— Et alors ?

— Tout a l'air en ordre.

— Décris-moi ce que tu vois.

— Une chambre d'enfant tout ce qu'il y a de plus normale. Un vieux lit à baldaquin, parallèle à la fenêtre. Devant, un tapis flokati, qui, soit dit en passant, est devenu un vrai refuge à acariens. J'imagine que c'est de là que vient cette odeur de renfermé.

— Qu'est-ce que tu vois d'autre ?

— Un poster d'Ernest et Bart. Un très grand format, dans un cadre à bords noirs. Il est accroché de telle manière qu'on puisse le voir quand on est allongé sur le lit.

— C'est...

Du revers de la main, Viktor essuya la larme qui avait jailli de son œil droit et interrompit sa phrase, afin d'éviter que Kai n'entendît sa voix brisée.

... un cadeau que je lui ai fait.

— C'est les personnages de *1, rue Sésame*, je sais. Et, juste à gauche en entrant, il y a l'incontournable étagère Ikea, avec ses peluches. Un éléphant, des trucs de Disney...

— Attends, attends... l'interrompit Viktor.

— Quoi ?

— Le lit. Allonge-toi dessus.

— Pour quoi faire ?

— Rends-moi service, allonge-toi !

— Bon, c'est toi le patron.

Viktor entendit Kai faire trois pas, suivis d'un long grincement.

— J'espère que ça va tenir le coup. Le sommier montre déjà des signes de faiblesse.

— Bon, reprenons depuis le début. Qu'est-ce que tu vois ?

— À gauche, la forêt. Enfin, j'imagine, parce que la vitre est vraiment très sale. Et devant moi, comme je te le disais, il y a ce poster au mur.

— Rien d'autre ?

— À droite, il y a l'étagère, et...

— Non, non, l'interrompit Viktor. Juste en face de toi. Il n'y a rien d'autre ?

— Non. Et maintenant, je pense...

Un bruit parasite interrompit brièvement sa phrase.

— ... je... me relever, d'accord ?

— D'accord.

— Bon, assez plaisanté. Tu vas me dire ce que je suis censé découvrir dans cette chambre ?

Viktor ferma les yeux pour se transporter plus facilement jusqu'à Sacrow. En une fraction de seconde, il y était : il ouvrait la porte d'entrée et enlevait ses chaussures, avant de les ranger dans l'armoire. Il faisait un signe de la main à Isabel, en train de lire *Gala* au coin du feu, bien installée dans son canapé Rolf Benz. Il sentait l'odeur des branches de sapin en train de brûler. Il se laissait envahir par cette impression chaleureuse que dégagent les maisons habitées par des gens heureux. Et il entendait la musique provenant de la chambre de Josy. Elle devenait de plus en plus forte à mesure qu'il approchait. Il tournait la poignée de la porte et, lorsqu'il entrait, il était ébloui par la lumière qui pénétrait par la fenêtre. Et là, il la voyait. Josy, assise devant sa petite table de maquillage, essayant le vernis à ongles orange emprunté à sa meilleure amie. La musique était si forte qu'elle ne l'avait pas entendu entrer. Elle écoutait...

— Alors, qu'est-ce qui manque ?

Kai avait interrompu le cours de ses pensées. Viktor rouvrit les yeux.

MTV.

— Une télé.

— Une télé ?

— Oui, une Sony.

— Non. Pas de télé ici.

— Et une table à maquiller, avec un miroir rond en cristal.

— Non plus. Pas dans cette pièce, en tout cas.

— Voilà ce qui manque.

— Une table à maquiller pour enfants et une télé ? Ne le prends mal, Viktor, mais tu avoueras que ça ne ressemble vraiment pas à un cambriolage ordinaire.

— Justement, ça n'en est pas un.

Parce qu'il y a un rapport entre l'histoire d'Anna et Josy. Forcément. Et je trouverai lequel.

— D'accord. Mais tu vas quand même appeler la police, Viktor ? Il y a eu un vol.

— Non, pas pour le moment. Mais, maintenant, je te prie de vérifier les autres pièces. À moins qu'il y ait encore quelque chose qui attire ton attention dans la chambre de Josy ?

— Eh bien...

Viktor entendit un bruissement dans le combiné et supposa que Kai devait être en train de se gratter derrière la tête. Le seul endroit où il avait encore des cheveux.

— Quoi ?

— Ça peut paraître idiot, mais...

— Allez, accouche.

— Il me semble qu'il manque plus qu'un simple meuble dans cette chambre.

— Quoi d'autre ?

— Il manque une certaine ambiance.

Kai toussa nerveusement.

— Pardon ?

— Je ne sais pas comment dire. Mais je ne serais pas un bon limier si je ne me fiais pas à mon instinct. Et mon instinct me dit que ça n'est pas la chambre d'une fille de douze ans.

— Explique-toi ! rétorqua Viktor.

— Écoute, je n'ai pas d'enfant, mais ma nièce Laura aura treize ans la semaine prochaine. La dernière fois que je lui ai rendu visite, sa chambre, c'était son domaine privé. Sur la porte, il n'y avait pas écrit « Mes amis sont les bienvenus », il y avait marqué « *No Entry* ».

— Ce n'était pas le style de Josy. Elle n'était pas rebelle.

— Je sais. Mais, chez Laura, les murs sont couverts de posters de *boys bands*. À côté du miroir, elle a épinglé les tickets des concerts pop où elle est allée. À côté des cartes postales de Majorque que lui ont envoyées des garçons plus vieux qu'elle. Tu comprends ce que je veux dire ?

Quelque chose manque.

— Non.

— Ce que je vois, ce n'est pas la chambre d'une adolescente qui s'émancipe et découvre progressivement la vie, Viktor. Sur l'étagère, il y a une peluche de Babar. Et cette image de *1, rue Sésame*, quand même... Ma nièce a un poster d'Eminem, pas d'Ernest !

— C'est qui, Eminem ?

— Tu vois. C'est exactement là où je voulais en venir. C'est un rappeur. Et je préfère ne pas t'expliquer de quoi parlent ses chansons.

— Je ne comprends toujours pas ce que tu veux me dire.

— J'essaie de te dire qu'il manque vraiment quelque chose, ici. Pas de posters de stars. Pas de coffret pour ranger les premières lettres d'amour. Et, effectivement, pas de table à maquiller.

— Mais, en entrant, tu disais que c'était une chambre d'enfant tout à fait normale.

— Oui, mais normale pour une fille de huit ans. Josy en avait déjà douze, à l'époque.

— Tu oublies que c'est juste une résidence secondaire. Ce n'était pas sa chambre principale.

— Peut-être. Tu m'as demandé ce que je remarquais, je te réponds.

Le détective s'était remis en mouvement en soufflant bruyamment. Viktor l'entendit refermer la porte de la chambre derrière lui. Soudain, l'image de la pièce disparut de son esprit. Le contact avec Kai et le bungalow s'était soudain interrompu.

— Où est-ce que tu vas ?

— Excuse-moi, mais je dois aller pisser. Je te rappelle tout de suite.

Avant que Viktor eût pu protester, la communication cessa. Il avait raccroché.

Viktor resta debout à côté du téléphone, comme cloué sur place, et essaya d'y comprendre quelque chose.

Qu'est-ce que tout cela pouvait bien signifier ? Le carreau de la porte qui avait été brisé récemment. La chambre qui ne ressemblait pas à celle d'une adolescente.

Sa réflexion fut de courte durée : comme convenu, Kai le rappela, plus vite qu'il ne l'aurait cru.

— Viktor ?

À en juger par le bruit de fond, il était déjà ressorti du bungalow et se trouvait à présent dehors, dans la forêt.

— Qu'est-ce qui se passe ? Pourquoi es-tu ressorti ? Je n'avais pas...

— Viktor !

La voix du détective se faisait maintenant plus pressante. Il semblait avoir du mal à se contrôler.

— Qu'est-ce que tu as ?

— Je crois qu'il va *quand même* falloir appeler la police.

— Pourquoi ? Qu'est-ce que...

Josy.

— Quelqu'un est entré dans la salle de bains. C'était

il y a quelques heures tout au plus, les traces sont encore fraîches.

— Bon Dieu, Kai, mais quelles traces ?

— Des traces de sang. Sur le carrelage, dans le lavabo, dans les toilettes.

Kai respirait difficilement.

— Toute la salle de bains est pleine de sang.

16

Chambre 1245, clinique de Wedding.

Après avoir parlé une heure sans interruption, Larenz marqua une pause dans son récit. À peine s'était-il tu que le bipeur du docteur Roth se mit à sonner.

— N'oubliez pas ce que vous alliez me dire, docteur, dit le médecin-chef en ouvrant la lourde porte qui menait au couloir.

Oublier ? songea Viktor tandis que Roth sortait précipitamment de la chambre pour aller prendre un appel.

Mon problème, c'est justement que je ne peux pas oublier. Même si je ne souhaite rien de plus au monde.

Au bout de deux minutes, Roth était déjà de retour et avait repris place sur l'inconfortable chaise pliante en plastique blanc qui faisait partie de l'équipement de base de toutes les chambres de la clinique. Dans ce service, on ne les utilisait guère : vu l'état des patients, rares étaient les gens qui se risquaient à une visite.

— J'ai une bonne et une mauvaise nouvelle pour vous, dit-il à Viktor.

— La mauvaise d'abord !

— On commence à me chercher. Le professeur Malzius se demande où je suis passé.

— Et la bonne nouvelle ?

— Vous allez avoir de la visite. Mais pas avant 18 heures.

Viktor hocha la tête. Il devinait bien qui seraient ses visiteurs, et l'expression du visage de Roth le confortait dans son idée.

— Donc, il nous reste encore quarante minutes ?

— Quarante minutes pour terminer votre histoire.

Larenz s'étira comme il put, en dépit des sangles qui l'entravaient.

— Être déjà cloué au lit à quarante-sept ans... plaisanta-t-il.

Le docteur Roth ne réagit pas. Il savait ce que Larenz attendait de lui, mais il ne pouvait satisfaire ce souhait. Il préféra reprendre le cours de la conversation :

— Après cette découverte dans votre résidence secondaire, pourquoi ne pas avoir appelé la police ?

— Parce que, durant quatre ans, la police ne m'avait été d'aucune aide. Maintenant que j'avais enfin trouvé une piste moi-même, je voulais garder toutes les cartes en main.

Roth hocha la tête d'un air compréhensif.

— Vous êtes donc resté sur l'île, Kai demeurant votre seul lien avec le monde extérieur.

— Oui.

— Et combien de temps est-ce que ça a duré ? Je veux dire, avant que vous ne découvriez qui était vraiment Anna et ce qui était arrivé à Josy ?

— Deux jours. Moi-même, je ne comprends pas comment ça a pu durer aussi longtemps. À ce stade, tout aurait déjà dû être clair. Si ma vie avait été une vidéo, si j'avais pu faire un retour en arrière, j'aurais compris plus vite. Toutes les pièces du puzzle étaient devant moi, mais je demeurais aveugle.

— Vous disiez que la salle de bains était pleine de sang.

— Oui.

— Et ensuite ? Qu'est-ce qui s'est passé ?

— Ce jour-là, plus grand-chose. J'ai fait mes bagages afin de quitter l'île. Je voulais immédiatement rentrer à Berlin pour voir Kai et me faire ma propre idée. Mais c'était impossible. La tempête était de plus en plus violente. Et mon rhume ne cessait d'empirer. Vous savez comment c'est, quand on a l'impression d'avoir attrapé un coup de soleil sur tout le corps ?

Roth hocha la tête.

— Il y a une publicité pour un médicament qui dit : « Contre les maux de tête et les douleurs musculaires. » Vous avez déjà réfléchi à ce qui vous reste, quand vous avez mal à la tête et à tous les muscles ?

— La conscience ?

— Exactement. Pour l'endormir, j'ai pris du Valium en priant pour que la navette reprenne son service le lendemain.

— Et ça n'a pas été le cas ?

— Non. Le cyclone « Antoine » avait fait de moi le prisonnier de ma propre maison. Les messages d'alerte recommandaient à tous les habitants de l'île de ne quitter leur domicile qu'en cas de force majeure. En ce qui me concerne, un tel cas se présenta malheureusement dès mon réveil, le lendemain.

— Qu'est-ce qui s'était passé ?

— Une nouvelle fois, quelqu'un avait disparu, presque sous mes yeux.

— Qui ça ?

Larenz releva un peu la tête et fronça les sourcils.

— Avant de poursuivre, docteur Roth, j'aimerais vous proposer un marché : moi, je continue mon histoire, et vous...

— Quoi ?

— Vous me rendez ma liberté.

Le docteur Roth eut un rire nerveux. Ils avaient déjà eu une longue discussion à ce sujet.

— Vous savez bien que c'est impossible, après ce que vous avez fait. Non seulement je perdrais mon travail et mon habilitation à exercer, mais je serais passible de poursuites pénales.

— Oui, oui, vous me l'avez déjà dit. Je vais vous faire une autre proposition ; je suis prêt à courir le risque.

— Quel risque ?

— Je vais vous raconter toute l'histoire. Mon histoire. Et quand j'aurai terminé, vous pourrez décider vous-même si vous me libérez ou non.

— Je vous ai déjà expliqué plusieurs fois que je n'avais pas la possibilité de le faire. Je peux vous écouter et vous tenir compagnie. Mais je ne peux pas vous rendre la liberté comme vous me le réclamez depuis plusieurs jours.

— Vraiment ? Alors écoutez bien ce qui va suivre. Je suis sûr qu'après ce que je vais vous raconter, vous allez changer d'avis.

— Ça m'étonnerait.

S'il n'y avait eu ses liens, Larenz aurait levé la main en signe d'apaisement.

— À votre place, je n'en serais pas si sûr.

Il ferma à nouveau les yeux, tandis que le docteur Roth s'inclinait en arrière pour écouter la suite. La suite de la tragédie.

17

Parkum, deux jours avant la vérité.

Les effets du médicament commençaient à se dissiper, et Viktor fut bientôt tiré de son sommeil. Il aurait aimé demeurer encore un peu dans cet état neutre et indolore dans lequel le Valium l'avait plongé. Mais les substances actives qui avaient endormi son esprit ne remplissaient plus leur rôle et laissaient à nouveau libre cours à ses idées noires.

Anna

Charlotte

Josy

Le sang !

Viktor se redressa lentement, luttant contre l'envie de se laisser immédiatement retomber sur son oreiller. La sensation qu'il eut en essayant de se lever lui rappela une journée de plongée aux Bahamas, avec Isabel. Il portait un gilet stabilisateur bien lesté, dont il sentait à peine le poids lorsqu'il était sous l'eau. Mais, au moment de remonter à la surface et de gravir l'échelle du bateau, il avait eu l'impression que les bouteilles d'oxygène et les poids en plomb l'attiraient irrésistiblement vers le bas. Voilà l'effet que lui faisait à présent le Valium, à moins que ce ne fût quelque virus.

Merveilleux, songea Viktor, tandis qu'il rassemblait toutes ses forces pour se redresser.

Voilà où tu en es. Tu ne sais même plus si c'est ton rhume ou les effets secondaires de ton médicament qui t'ont transformé en épave.

Bien qu'il transpirât dans son pyjama, Viktor avait froid et enfila un peignoir de soie. Tout tremblant, il se traîna ensuite jusqu'à la salle de bains. Heureusement, celle-ci se trouvait au même étage que sa chambre à coucher, de sorte qu'il n'eut pas à emprunter les escaliers, du moins pour le moment.

Lorsqu'il vit son visage dans le miroir, il eut un sursaut de frayeur. Il n'y avait plus de doute, il était bien malade. Des cernes profonds soulignaient la pâleur de sa peau. La sueur perlait sur son front et il avait le regard vitreux. Mais il n'y avait pas que ça.

Quelque chose a changé.

Viktor regarda son reflet et essaya de fixer ses propres yeux. Mais il n'y parvenait pas. Plus il se concentrait, plus l'image devenait floue.

« Maudites pilules », marmonna-t-il tout en mettant la main sur le mitigeur de la douche. Il tira le levier et laissa couler le jet un moment. Comme toujours, le vieux générateur avait besoin d'un certain temps pour chauffer l'eau, mais aujourd'hui, sa femme n'était pas là pour s'en agacer.

Pendant ce temps, Viktor continuait de regarder le grand miroir au-dessus du lavabo en marbre. Il se sentait envahi par une profonde lassitude, et le morne bruissement de l'eau se mariait parfaitement à ses pensées.

Quelque chose a changé, mais je ne parviens pas à déterminer quoi. Tout est... si flou.

Il détourna à nouveau le regard, alla chercher une serviette de bain, puis ouvrit la porte en verre et pénétra dans la cabine, qui dégageait maintenant une épaisse vapeur. Le parfum de l'eau de Cologne lui fit du bien et, après sa douche, il se sentit beaucoup plus détendu. Le jet d'eau chaude avait rincé son corps de toutes ses douleurs. Mais, malheureusement, il n'était pas venu à bout de ses pensées.

Quelque chose a changé. Quelque chose n'est plus comme avant. Mais quoi ?

Viktor sortit un vieux Levi's 501 de son armoire et enfila un polo bleu. Il savait pourtant qu'Anna passerait aujourd'hui, il l'espérait même, car il voulait écouter la suite de son histoire. Et peut-être la fin. Mais il se sentait si mal qu'Anna allait devoir s'accommoder de cette tenue décontractée. À supposer qu'elle y attachât une quelconque importance.

Viktor descendit les escaliers en s'agrippant à la rampe de bois. Dans la cuisine, il remplit la bouilloire d'eau et sortit des sachets de thé du placard. Puis il s'empara d'une tasse ventrue qui pendait à un crochet en bois, entre la cuisinière et l'évier. Il essaya de se concentrer sur la préparation de son petit déjeuner en évitant de regarder par la fenêtre le ciel de Parkum, noir comme par un jour d'enterrement. Mais les tâches routinières qu'il accomplissait dans la cuisine ne suffisaient pas à lui changer les idées.

Qu'est-ce qui se passe, ici ? Qu'est-ce qui ne va pas ?

Lorsqu'il se tourna vers le frigo pour aller chercher

du lait, il posa le regard sur la surface polie des plaques de cuisson en vitrocéramique. À nouveau, il vit son reflet, cette fois encore plus flou. Presque déformé. Et, soudain, il comprit.

Mais où est... ?

Son regard descendit le long de la cuisinière et glissa sur le sol au revêtement de pierre.

Voilà que ça recommençait. Le même mauvais pressentiment que lorsqu'il avait guidé Kai à distance à travers le bungalow.

Quelque chose manque.

Viktor laissa tomber sa tasse et courut jusqu'au salon. Il ouvrit brutalement la porte et jeta un œil à son bureau.

Ses dossiers. L'e-mail avec les questions de *Bunte*, qu'il avait imprimé. Son ordinateur. Tout était en ordre.

Non. Il manque quelque chose.

Viktor ferma les yeux, dans l'espoir que tout serait à nouveau à sa place quand il les rouvrirait. Mais il s'était trompé. Lorsqu'il regarda à nouveau, rien n'avait changé.

En dessous. Sous le bureau. *Rien.*

Sindbad avait disparu.

Il se précipita à nouveau vers la cuisine et regarda par terre.

Toujours rien.

Aucune trace de Sindbad. Et il manquait aussi son écuelle, son bol d'eau, la nourriture pour chien et la vieille couverture sur laquelle il dormait sous le bureau. Comme s'il ne l'avait jamais accompagné sur l'île. Mais, dans son agitation, Viktor ne s'était pas encore rendu compte de tous ces détails.

18

Debout sur la plage, Viktor laissait les gouttes de pluie dégouliner le long de son visage, sans broncher. Il réfléchissait. Ce qui l'étonnait le plus, c'était que la disparition de son chien ne l'affectait finalement pas plus que cela. Bien sûr, il était triste. Mais pas autant qu'il ne l'avait imaginé dans ses nombreux cauchemars. Il avait en effet toujours eu très peur qu'une telle chose se reproduisît. D'abord Josy, puis Sindbad. Disparus, comme ça, sans laisser de trace.

C'était pour cette raison qu'il ne conseillait jamais à ses patients endeuillés de se procurer un animal domestique. Trop souvent, le teckel qui était censé les consoler de la disparition d'un proche était lui-même victime d'un accident, quelques jours seulement après l'enterrement.

Ou alors, il disparaissait.

Sindbad était introuvable. Et, pourtant, Viktor ne fit pas de dépression nerveuse, il ne se mit pas à courir à travers le village en lançant des appels désespérés à tout le voisinage. Il s'était contenté d'informer Halberstaedt en lui laissant un message sur son répondeur. À présent, il cherchait des traces du golden retriever sur la plage, située à deux cent cinquante mètres de la maison. En vain. Si jamais il était passé par là, il n'en restait plus aucun témoignage.

— Sindbad !

Il savait qu'il était parfaitement inutile de l'appeler. Quand bien même il se serait trouvé dans les parages, il n'aurait pas réagi. Sindbad était un froussard. Les craquements du bois dans la cheminée suffisaient à le faire sursauter et, la nuit du Nouvel An, il fallait ajouter des calmants à ses croquettes pour éviter qu'il eût une crise de panique au premier bruit de pétard. Un jour, à Grunewald, un unique coup de fusil tiré par un chasseur avait suffi pour qu'il rentrât à la maison tête baissée, sans prêter la moindre attention aux ordres de ses maîtres.

Le vacarme des vagues l'aurait sans doute terrorisé. Cela rendait sa disparition d'autant plus mystérieuse : pourquoi était-il sorti dans la tempête ? Et comment avait-il fait, alors que toutes les portes étaient fermées ?

Viktor avait fouillé la maison de fond en comble. Sans résultat. Il avait même ouvert la vieille cabane qui abritait le générateur, pour vérifier que le chien ne s'y trouvait pas. Il était pourtant impossible qu'il y fût entré, ne serait-ce qu'en raison du verrou qui bloquait la porte. *De même qu'il est impossible de disparaître sur une île sans laisser de trace*, pensa Viktor. *Sindbad ne serait jamais sorti tout seul, à moins que...*

Viktor se retourna brusquement, tournant le dos aux vagues. Il reprit brièvement espoir lorsqu'il aperçut quelque chose qui bougeait, une centaine de mètres plus loin. Un animal se dirigeait vers lui, qui semblait bel et bien être de la taille d'un chien. Mais sa joie s'évanouit aussitôt lorsqu'il vit que la bête n'avait pas de fourrure claire. Et qu'il ne s'agissait pas d'un animal, mais bien d'un être humain portant un manteau sombre.

Anna.

— Je suis contente de vous voir prendre un peu l'air, lui dit-elle d'une voix forte, alors qu'elle était presque arrivée à sa hauteur.

Bien qu'elle fût maintenant toute proche, il avait du mal à la comprendre, car le vent emportait avec lui la moitié de ce qu'elle disait.

— Mais pour une promenade le long de la plage, vous n'avez pas choisi le bon moment.

— Ni la bonne occasion, lui cria-t-il en réponse.

Soudain, les maux de gorge qu'il avait presque oubliés depuis la disparition de Sindbad se rappelèrent à son souvenir.

— Qu'est-ce que vous voulez dire ?

À présent, elle n'était plus qu'à quelques pas de lui, et Viktor s'étonna à nouveau de voir que ses petits escarpins étaient toujours parfaitement propres, en dépit du chemin qu'elle avait dû parcourir du village jusqu'ici. Ils auraient dû être couverts de sable et de boue.

— Je cherche mon chien. Il a disparu.

— Vous avez un chien ? demanda Anna en retenant son foulard de la main droite afin qu'il ne s'envolât pas.

— Bien sûr. Un golden retriever. Vous l'avez déjà vu, d'ailleurs, il était allongé à nos pieds lors de nos dernières conversations.

— Non. (Anna secoua la tête.) Je ne l'ai pas remarqué.

Cette réponse inattendue fit plus d'effet sur Viktor que les bourrasques incessantes qui tournoyaient autour de lui. Il commençait à entendre un sifflement dans son oreille droite, tandis que son vide intérieur cédait subitement la place à un profond sentiment de peur.

Quelque chose ne tourne pas rond chez cette femme.

Des gouttes de pluie lui tombaient à présent dans les yeux, et le visage d'Anna devint flou. En même temps, des bribes de leurs conversations passées lui revenaient à l'esprit : « ... j'ai continué à le rouer de coups jusqu'à ce que le sang se mette à couler de sa gueule et qu'il ne reste plus rien de lui qu'un morceau de viande inerte, dont toute vie s'était échapée. »

— Vous dites ?

Apparemment, Anna venait de lui dire quelque chose, mais, au lieu de l'écouter, Viktor n'avait prêté attention qu'aux mouvements de ses lèvres, tout absorbé qu'il était par cette histoire d'animal torturé à mort.

— Et si on rentrait ? reprit-elle. Il reviendra sûrement de lui-même, par un temps pareil.

Anna fit un signe de la tête en direction de la maison et le prit par la main. Viktor retira celle-ci un peu trop précipitamment et hocha la tête.

— Oui, vous avez peut-être raison.

Il se mit lentement en mouvement et prit les devants.

Comment pouvait-elle ne pas avoir vu ce gros chien ? Pourquoi mentait-elle ? Est-ce qu'elle avait un lien non seulement avec la disparition de Josy, mais aussi avec celle de Sindbad ?

À force de se poser toutes ces questions, Viktor en avait oublié la règle élémentaire que son mentor et ami, le professeur van Druisen, lui avait enseignée. « Écoute tes patients. Ne tire pas de conclusion hâtive, mais consacre-leur toute ton attention. »

Au lieu de cela, Larenz épuisait toutes les forces qui

lui restaient à empêcher que l'insupportable certitude qu'il portait en lui remontât jusqu'à sa conscience. La vérité était déjà évidente. Elle était là, devant lui, tel un noyé qui n'aurait été séparé de ses sauveteurs que par une fine couche de glace. Mais cette glace, Viktor Larenz n'était pas prêt à la briser.

Du moins, pas encore.

19

— Nous nous sommes enfuies.

La conversation avait débuté de manière hésitante. Viktor s'efforçait de ne plus penser à Sindbad et n'avait pas écouté ce qu'Anna lui avait dit durant les premières minutes. Heureusement, elle avait commencé par résumer son précédent récit : le voyage jusqu'à la maison au milieu des bois, le cambriolage qu'elle avait été forcée de commettre, alors que Charlotte se refusait à entrer dans le bungalow. Et le moment où elle avait entendu un homme dans la pièce au bout du couloir.

— Qu'est-ce qui vous poussait à fuir ? demanda Viktor, qui avait à présent retrouvé le fil.

— À ce moment-là, je ne le savais pas moi-même. Je sentais seulement que l'être qui m'attendait dans la chambre était à présent à nos trousses. Tenant Charlotte par la main, j'ai remonté en courant le chemin enneigé qui menait à la voiture. Nous ne nous sommes pas retournées. Parce que nous avions trop peur, mais aussi pour ne pas déraper sur le sol gelé.

— Reprenons : qui était dans la maison ? Et qui vous poursuivait ?

— Je n'en suis toujours pas sûre. Lorsque nous avons enfin regagné la voiture, verrouillé les portières et repris au plus vite notre route vers Berlin, j'ai posé la question à Charlotte. Mais la petite ne s'exprimait que par énigmes.

— Quel genre d'énigmes ?

— Elle disait des choses comme : « Je ne peux pas te donner de réponse, Anna. Je ne peux que te montrer des indices. C'est à toi de comprendre leur signification. C'est toi qui écris l'histoire, pas moi ! »

Viktor devait reconnaître que les histoires d'Anna devenaient toujours plus irréalistes, ce qui n'était que trop compréhensible, compte tenu de sa maladie. Mais il espérait malgré tout que ses délires avaient un rapport avec la réalité, même infime. Ce faisant, il se refusait à considérer combien son propre comportement était pathologique.

— Et ensuite, où êtes-vous allées ?

— Jusqu'au prochain indice que Charlotte voulait que j'interprète. Elle m'a dit : « Je viens de te montrer où tout à commencé. »

— La maison dans la forêt ?

— Oui.

— Et ensuite ?

— Ensuite, Charlotte m'a dit quelque chose que je n'oublierai jamais.

Anna pinça les lèvres et imita la voix d'une petite fille en train de chuchoter : « Maintenant, je vais te montrer où habite la maladie. »

— Où *habite* la maladie ? insista Larenz.

— C'est ainsi qu'elle s'est exprimée.

Larenz frissonna. Depuis qu'ils étaient rentrés dans la maison, il était frigorifié. Mais maintenant qu'Anna avait transformé le son de sa voix, c'était encore pire.

— Et où était-ce ? poursuivit-il. Où *habitait* la maladie ?

— Charlotte m'a indiqué la route pour rentrer à Berlin, en passant par le pont de Glienick. Pour être franche, je ne sais plus vraiment comment nous sommes arrivées jusqu'à cette immense propriété. C'est un coin de la ville que je ne connais pas si bien. En plus, Charlotte a détourné mon attention, car elle s'est à nouveau sentie très mal.

Viktor sentit son estomac se nouer.

— Qu'est-ce qu'elle avait ?

— Elle a commencé par saigner du nez. Je me suis donc arrêtée sur le bord de la route, je crois que c'était à hauteur d'un café, au bord du lac de Wannsee. Elle s'est allongée sur la banquette arrière, mais les saignements avaient à peine cessé...

... qu'elle s'est mise à trembler...

— ... qu'elle a commencé à trembler violemment. Elle était traversée de frissons d'une telle intensité que j'aurais voulu l'emmener immédiatement à l'hôpital.

Anna eut un petit rire forcé.

— Mais je me suis vite rendu compte que je pouvais difficilement conduire un fantôme aux urgences.

— Vous ne lui êtes donc pas venue en aide ?

— Si. Au début, je ne voulais pas. J'avais la ferme volonté de ne pas céder à mes hallucinations. Mais ensuite, les souffrances de Charlotte sont devenues toujours plus aiguës. Elle tremblait de tout son corps et me suppliait en sanglotant d'aller à la pharmacie pour lui procurer un médicament...

... de la pénicilline...

— ... Elle voulait un antibiotique. Quand je lui ai dit que je n'en obtiendrais pas sans ordonnance, elle a eu son premier accès de fureur. Elle s'est mise à hurler.

— Elle criait ?

— Oui, aussi fort qu'elle le pouvait, de sa petite voix maigrelette. C'était affreux. Un mélange de pleurs, de sanglots et de hurlements.

— Qu'est-ce qu'elle vous disait ?

— « C'est toi qui m'as inventée. C'est toi qui m'as rendue malade. Alors maintenant, guéris-moi ! » Et même si je savais que tout ça n'était qu'une vision, même si j'étais parfaitement consciente que Charlotte n'existait pas, je suis allée dans une pharmacie acheter une boîte de comprimés de paracétamol, pour lutter contre ses maux de tête. Et il m'a fallu user de tout mon charme pour convaincre le pharmacien de me donner aussi de la pénicilline. « C'est pour mon enfant malade », lui ai-je dit en promettant bien de lui apporter l'ordonnance le lendemain pour régulariser la situation. Au fond, je faisais tout cela pour moi, car je savais que toutes ces voix et ces images dans ma tête ne disparaîtraient qu'une fois que j'aurais suivi les ordres de Charlotte.

— Et ensuite ?

— De fait, la situation s'est améliorée après mon retour de la pharmacie. Pas pour Charlotte, mais bien pour moi.

Viktor attendit qu'elle poursuivît d'elle-même.

— Elle a pris deux comprimés, mais ils n'ont eu aucun effet. Je dirais même que son état a empiré. Elle avait l'air encore plus pâle, encore plus apathique. Mais, au moins, elle se taisait et ne me faisait plus de reproches. Néanmoins, je suis restée tellement sous le choc que je ne sais plus à présent comment nous sommes arrivées jusqu'à cette grande maison au bord de l'eau.

— Décrivez-la, s'il vous plaît.

— C'était la plus belle propriété que j'aie jamais vue à

Berlin. Je ne soupçonnais même pas qu'une telle chose puisse exister dans une métropole. C'était un terrain de plusieurs milliers de mètres carrés qui descendait en pente douce jusqu'au lac, avec une plage privée et un ponton auquel était accroché un bateau. La maison proprement dite était très vaste, l'architecture inspirée de la Renaissance italienne. Il y avait des tourelles, des encorbellements et toutes sortes d'ornements. Pas étonnant que Charlotte désignât la maison comme « le château ».

Schwanenwerder.

Viktor en était certain, à présent. Les nombreux détails concordants qui émaillaient son récit ne pouvaient être dus au hasard.

— Mais ce qui était vraiment frappant, ce n'était ni la taille de la propriété ni l'architecture de la maison, poursuivit-elle. Le plus curieux, c'était l'agitation qui y régnait. Nous avons été obligées de laisser la voiture devant un petit pont, car de nombreux camions de livraison nous bloquaient le passage.

— Des camions de livraison ?

— Oui, des gros et des petits. Ils semblaient tous vouloir aller...

... sur l'île...

— ... dans la même direction, et nous bloquaient ainsi la route. Des gens allaient et venaient en tous sens, l'air affairé. La plupart d'entre eux attendaient devant l'entrée de la propriété, sur le trottoir. Personne ne nous a remarquées quand nous nous sommes approchées. Leurs regards étaient rivés sur le lourd portail. Certains avaient des jumelles, ou même des caméras. Partout, des portables sonnaient, les gens faisaient des photos. Deux hommes avaient même grimpé sur un arbre de l'allée pour avoir une meilleure vue sur le château. Pour couronner le tout, un hélicoptère est passé en vrombissant au-dessus de nos têtes.

Viktor savait parfaitement où elles avaient dû se trouver. Et il connaissait aussi le scénario qu'Anna lui décrivait. Les premiers jours après la disparition de Josy, l'agitation des médias devant leur maison avait été pour sa famille une épreuve insupportable.

— Soudain, la foule a reculé, car quelqu'un a ouvert la porte et est sorti.

— Qui ça ?

— Aucune idée, j'étais trop loin pour voir. J'ai demandé à Charlotte où nous étions. Elle m'a dit : « Nous sommes maintenant chez moi. À la maison, chez mes parents. » Je lui ai alors demandé ce que nous faisons là, et elle m'a répondu : « Mais tu le sais bien. C'est là que j'habite. Et c'est aussi là qu'habite le Mal. »

— La maladie ?

— Oui. Apparemment, elle cherchait à me faire comprendre que l'origine de sa mystérieuse maladie se trouvait là, chez elle. Et que c'était pour ça qu'elle avait quitté le château. Pas seulement pour chercher la cause de son mal, mais aussi pour le fuir.

La maladie de Josy trouve son origine à Schwanenwerder ?

— Soudain, Charlotte s'est mise à me tirer par la main ; elle voulait revenir en arrière. Au début, je n'avait pas envie de la suivre. Je comptais attendre, afin de voir qui venait de sortir de la grande porte pour aller à la rencontre de la foule. Cette personne était encore trop loin, et je ne pouvais pas distinguer s'il s'agissait d'un homme ou d'une femme. Mais il y avait dans sa manière de bouger quelque chose qui m'était familier. Puis Charlotte m'a dit quelque chose qui m'a convaincue de la suivre immédiatement.

— Quoi donc ?

— « On ferait mieux de partir. Le Mal est de retour. Il nous a rattrapées. »

20

— Puis-je utiliser la salle de bains ?

Anna s'était levée sans plus attendre, visiblement décidée à interrompre son récit à cet endroit.

— Bien sûr.

Ce n'était pas la première fois que Viktor était frappé par son langage soigné, qui offrait un contraste frappant avec les événements horribles qu'elle avait dû affronter. Il essaya de se lever, mais il sentit sur ses épaules un poids accablant qui le maintint assis sur sa chaise de bureau.

— La salle de bains est...

— ... à l'étage, à côté de la chambre à coucher, je sais.

Elle avait dit ça en sortant de la pièce, et elle ne remarqua donc pas le regard incrédule de Viktor.

Je sais... Mais comment ?

Il rassembla toutes ses forces et parvint à se relever lentement, afin de la suivre. Avant de quitter le salon, il jeta un œil sur le manteau de cachemire noir qu'elle avait soigneusement étendu sur une chaise, à côté du canapé. Il était encore humide, de l'eau gouttait sur le parquet, où une petite flaque commençait à se former. Viktor le ramassa pour le mettre à sécher. Il était lourd.

Trop lourd, même pour un manteau détrempé par la pluie.

À l'étage, Viktor entendit qu'on tournait un verrou. Anna avait gagné la salle de bains.

Il secoua le manteau et entendit un bruit métallique provenant de la poche droite. Sans plus réfléchir, il suivit son instinct et plongea la main dedans. La poche était étonnamment profonde. Viktor sentit d'abord sous ses doigts un mouchoir, puis un assez gros portefeuille en cuir. C'était un modèle pour homme de chez Étienne Aigner, plutôt lourd. Voilà qui ne collait pas du tout avec le goût d'Anna, elle qui portait des vêtements très féminins, aux couleurs toujours bien assorties.

Mais qui est-elle ?

Il perçut le bruit de la chasse d'eau. La salle de bains se trouvait juste au-dessus du salon, et Viktor entendait nettement le claquement de ses talons sur le sol en marbre. Sans doute s'était-elle approchée du lavabo afin de se laver les mains. De fait, elle tourna le robinet, et l'eau se mit bientôt à couler dans la vieille tuyauterie.

Il fallait faire vite. Viktor ouvrit le portefeuille, mais il ne contenait ni passeport ni carte d'identité. Durant un bref instant, son cœur cessa de battre. Il avait eu l'espoir de découvrir enfin qui se cachait derrière Anna. Au lieu de cela, rien, pas même une carte de crédit ou quelques billets de banque.

Soudain, ses mains se mirent à trembler fébrilement. Quelques mois plus tôt, alors qu'il venait d'arrêter de boire, cela lui arrivait sans cesse, son système nerveux en redemandait. Mais, en cet instant, ce n'était pas le manque d'alcool qui le faisait trembler. C'était le silence. En haut, le robinet avait cessé de couler.

Viktor referma le portefeuille pour le remettre au

plus vite dans la poche du manteau. À ce moment précis, le téléphone se mit à sonner. Il sursauta, lâchant l'objet dont il s'était indûment emparé. Le portefeuille tomba à grand bruit sur le parquet, juste entre deux sonneries. Paniqué, Viktor comprit alors pourquoi il était si lourd : d'innombrables pièces de monnaie se répandaient à présent sur le sol.

Merde !

À l'étage, Anna venait de sortir de la salle de bains. Dans quelques secondes, elle serait de retour et verrait toute sa monnaie étalée par terre.

À genoux sur le parquet, Viktor essayait désespérément de ramasser l'argent, tandis que le téléphone continuait à sonner sans répit. En raison de ses ongles courts et de ses mains tremblantes, il n'arrivait guère à saisir les pièces.

Il se mit à transpirer, et un vieux souvenir vint s'ajouter à son sentiment de panique. Des années plus tôt, son père lui avait montré sur ce parquet comment ramasser de la monnaie à l'aide d'un aimant. Comme il aurait aimé avoir à portée de main un de ces fers à cheval rouge et noir pour se tirer d'embarras !

— Vous pouvez décrocher, docteur Larenz, cria Anna depuis le premier étage.

Elle était en haut de l'escalier et s'apprêtait à descendre. À cause du bruit du téléphone, il ne parvenait plus à entendre ses pas.

— Oui, lui cria-t-il en retour.

Il était conscient de l'absurdité de sa réponse. Il y avait encore au moins dix pièces éparpillées devant lui ou sous le canapé. L'une d'elles avait même roulé jusqu'à la cheminée.

— Vous pouvez y aller, ça ne me dérange pas du tout si nous interrompons la séance.

La voix d'Anna était maintenant toute proche. Il s'étonnait qu'elle ne fût pas déjà arrivée depuis longtemps dans le salon quand, soudain, quelque chose le frappa. Les pièces. Ce n'était pas de l'argent qu'il ramassait fiévreusement. Ou plutôt, c'était de l'argent, mais qui avait perdu toute valeur : il s'agissait de vieux marks, dont l'usage avait disparu avec l'introduction de l'euro. Isabel possédait bien encore une de ces vieilles pièces, qu'elle mettait dans son Caddie au supermarché. Mais Anna en avait au moins deux douzaines sur elle.

Pourquoi ?

Qui était-elle ? Qu'est-ce qu'elle pouvait faire de toute cette ferraille ? Pourquoi n'avait-elle sur elle ni papiers ni carte de crédit ? Quel lien avait-elle avec Josy ? Et pourquoi ne revenait-elle pas dans le salon ?

Sans réfléchir, Viktor se hâta de remettre le portefeuille à moitié vide dans la poche du manteau, avant de pousser toutes les pièces sous le canapé. Il n'y avait plus qu'à espérer qu'elle n'avait pas compté son argent et qu'elle ne jetterait pas un coup d'œil sous le sofa.

Alors qu'il regardait fébrilement autour de lui pour vérifier qu'il n'avait oublié aucune pièce, il remarqua un petit bout de papier plié en deux. Il était visiblement tombé par terre en même temps que l'argent et avait atterri dans la petite flaque d'eau, sous la chaise où elle avait déposé son manteau. Comme dans un état second, Viktor s'en empara et le glissa dans la poche de son jean. Au moment où il allait se relever, une voix retentit :

— Qu'est-ce qui se passe ?

Viktor se retourna et dévisagea Anna. Elle avait dû se

glisser jusqu'au salon sans faire de bruit, et il ne l'avait pas entendue ouvrir la porte, bien que celle-ci grinçât considérablement d'ordinaire.

— Je... je... j'étais juste...

D'un seul coup, il prit conscience du ridicule de la situation. Il était accroupi par terre devant le canapé, en sueur, alors qu'elle n'avait fait que quitter la pièce trois minutes pour aller aux toilettes. Comment trouver une explication plausible ?

— Je suis...

— Je veux dire, le téléphone ? J'espère qu'il n'y a rien de grave ?

— Le téléphone ?

Il comprit enfin pourquoi elle n'était pas rentrée.

Dans sa hâte, il n'avait même pas remarqué que le téléphone avait cessé de sonner. Anna avait sans doute cru qu'il avait décroché, et elle avait donc attendu poliment dans l'entrée pour ne pas le déranger durant sa conversation.

— Ah, le téléphone ? répéta-t-il.

Il se sentait complètement stupide.

— Oui ?

— Juste un faux numéro.

Il s'était à peine relevé qu'il sursauta à nouveau, car le téléphone se remit à sonner.

— Eh bien, en voilà un qui insiste, dit Anna en souriant, avant de se rasseoir sur le canapé. Vous ne voulez pas répondre ?

— Moi ? Si, si. Je vais... bégaya Viktor.

Il parvint enfin à retrouver sa contenance.

— Je vais prendre la communication dans la cuisine. Veuillez m'excuser.

Anna lui sourit à nouveau et Viktor quitta la pièce.

Lorsqu'il décrocha le combiné dans la cuisine, il sut qu'il avait oublié quelque chose. Quelque chose d'important. Quelque chose qui pourrait lui faire perdre la confiance d'Anna.

La pièce. Devant la cheminée.

Mais il n'eut pas le temps de réfléchir à ce qui se passerait si Anna la découvrait. Alors qu'il pensait que sa journée n'aurait pu être pire, ce qu'il entendit au téléphone vint lui prouver le contraire.

21

— Pas de doute, il s'agit du sang d'une personne de sexe féminin, Viktor.

— Quel âge ?

— Pas si facile à dire, répondit Kai, dont la voix résonnait bizarrement.

— Pourquoi ?

— Parce que je suis un fin limier, mais pas un généticien !

Viktor porta la main à sa nuque, mais cela ne soulagea nullement son mal de tête.

— Où est-ce que tu es, là ? demanda-t-il au détective.

— Je suis dans un couloir de l'hôpital de Westend, devant le laboratoire d'un bon copain à moi. Normalement, je n'ai pas le droit de t'appeler avec mon portable, ça risque de perturber le fonctionnement de leurs appareils.

— Oui, oui, je sais. Alors, donne-moi vite toutes les informations.

— Bon. Cet ami est biochimiste. Pendant sa pause déjeuner, il a analysé l'échantillon de sang que j'ai prélevé dans la salle de bains de ton bungalow. Vu toutes les traces qu'il y avait, ça n'a pas été trop difficile.

— D'accord. Et alors ? Qu'est-ce qu'il a trouvé ?

— Eh bien, comme je te le disais, le sang est celui d'une femme. Une femme âgée de plus de neuf ans et de moins de cinquante ans. Plutôt beaucoup moins.

— Josy avait douze ans lorsqu'elle a disparu.

— Je sais. Mais ce n'est certainement pas le sang de ta fille, Viktor.

— Et pourquoi pas ?

— Parce que les traces sont trop fraîches. À peine deux jours, trois au maximum. Ta fille a disparu il y a quatre ans.

— Pas besoin de me le rappeler, rétorqua Viktor.

Tout en parlant, il avait entrebâillé la porte de la cuisine. Celle du salon était toujours fermée, mais il ne pouvait néanmoins exclure qu'Anna fût en train de l'écouter. Il poursuivit à voix basse.

— Bon. Ce n'est pas le sang de Joséphine. Mais, alors, dis-moi ce que je dois penser d'Anna et de ses histoires. Elle m'a livré une description parfaite de ma fille, de notre bungalow à Sacrow et même de notre propriété de Schwanenwerder. Tout concorde, Kai. Elle y était. Chez moi. Elle m'a même décrit les journalistes qui faisaient le siège de la maison le jour de l'enlèvement.

— Anna ?

— Oui.

— Anna comment ?

Viktor respira profondément.

— Elle s'appelle...

Il fut pris d'une quinte de toux et dut écarter le combiné de sa bouche avant de pouvoir poursuivre.

— Excuse-moi, je me suis enrhumé. Écoute-moi bien, je vais te dire tout ce que je sais d'elle. Elle s'appelle Anna Spiegel, elle écrit des livres pour enfants, avec beaucoup de succès apparemment, surtout au Japon. Son père travaillait à l'AFN, et il est mort très tôt d'une thrombose, à la suite d'une erreur médicale. Enfant, elle vivait à Steglitz, et elle a passé les quatre dernières années à la clinique psychiatrique de Dahlem.

Le détective répéta lentement ce qu'il venait de dire en prenant des notes.

— Bon, je vais vérifier tout ça.

— Mais avant, tu dois me rendre un service.

Il entendit un soupir à l'autre bout du fil.

— Quoi ?

— Tu as toujours les clés de Schwanenwerder ?

— Tu veux dire, la carte digitale qui donne accès à la propriété ?

— C'est ça.

— Oui, je l'ai.

— Bon. Il faut que tu ailles dans mon bureau. Là, ouvre le coffre. Le code, c'est la date de naissance de Josy à l'envers. Ensuite, prends tous les CD-Rom que tu trouves. Tu verras, il y en a toute une pile.

— Qu'est-ce qu'il y a dessus ?

— La police nous avait demandé de conserver tous les enregistrements de vidéosurveillance du premier mois ayant suivi l'enlèvement.

— Oui, je me souviens. Ils espéraient que le kidnappeur se mêlerait à la foule des curieux.

— Exactement. Prends les enregistrements de la première semaine et visionne-les.

— Mais plusieurs experts les ont déjà examinés... Sans résultat.

— Parce qu'on cherchait un homme.

— Et qu'est-ce qu'ils étaient censés chercher ?

— Anna. Cherche une femme menue, blonde, qui était devant l'entrée avec les journalistes. Avec les renseignements que je t'ai donnés, tu trouveras sûrement une photo d'elle sur Internet.

Lorsque Kai reprit la parole, Viktor sentit que la qualité de la communication s'était améliorée. Sans doute avait-il quitté le couloir de l'hôpital pour retourner dans le laboratoire.

— D'accord. Parce que c'est toi. Je vais vérifier les informations sur Anna et regarder les bandes. Mais je ne veux pas te donner de faux espoirs. Les histoires qu'elle te raconte semblent intéressantes, mais elles sont trop lacunaires. Et puis, n'oublie pas : le cambriolage n'a eu lieu que la semaine dernière.

— Ça va, je sais ce que tu en penses. Mais alors, si tout ça n'a rien à voir avec Josy, peux-tu m'expliquer ce qui s'est passé ? Tu as dit que la salle de bains était pleine de sang. Tu vas me dire que ce n'est pas Josy qu'on a massacrée là, mais une autre jeune fille ?

— Premièrement : il n'est pas sûr qu'il s'agisse du sang d'une jeune fille. Deuxièmement : non.

— Comment ça, « non » ?

— Personne n'a été massacré dans ta salle de bains, Viktor, car le sang ne provient pas d'une blessure.

— Comment veux-tu que ma salle de bains soit pleine de sang, si personne n'a été blessé ? hurla Viktor.

Il était épuisé, à bout de nerfs, à tel point qu'il ne se préoccupait plus de savoir si Anna l'écoutait dans le salon ou non.

— C'est ce que j'essaie de t'expliquer depuis tout à l'heure. Dans le sang, on a retrouvé des cellules de muqueuse.

— Qu'est-ce que ça signifie ? demanda Viktor, le souffle court. Tu veux dire que quelqu'un...

— Oui. Calme-toi, je t'en prie. Le laboratoire est formel. C'est du sang menstruel.

22

Chambre 1245, clinique de Wedding.

Dehors, la nuit était tombée. Dans les couloirs de la clinique, l'éclairage s'était mis en marche automatiquement ; dans la lumière blanche des néons, le docteur Roth paraissait encore plus pâle que d'habitude. Pour la première fois, Viktor Larenz remarqua que les tempes du médecin-chef étaient particulièrement dégarnies pour son âge. Jusque-là, il était parvenu à les masquer grâce à une coiffure bien étudiée. Mais, au cours de l'heure qu'il venait de passer à écouter le récit de Viktor, il n'avait cessé de se passer la main dans les cheveux, découvrant ainsi la peau de son crâne.

— Vous êtes nerveux, docteur Roth ?

— Non. Juste curieux d'entendre la suite.

Viktor lui demanda un verre d'eau, que Roth lui tendit avec une paille, afin qu'il pût boire tout en gardant ses mains attachées au lit.

— Mais j'ai plusieurs questions, poursuivit Roth, tandis que Viktor aspirait sa première gorgée.

— Par exemple ?

— Pourquoi n'avez-vous pas cherché Sindbad partout ? Si mon chien disparaissait, je ne pourrais pas rester une minute à la maison sans rien faire.

— Vous avez tout à fait raison. Je m'étonnais moi-même de ce comportement presque indifférent. Mais je crois que j'avais déjà épuisé toutes mes forces et toutes mes émotions dans la recherche de ma fille. Je me sentais comme un vétéran qui a déjà vu exploser tellement d'obus qu'il ne réagit même plus au sifflement des projectiles autour de lui, restant tranquillement assis dans sa tranchée. Vous comprenez ?

— Oui. Mais pourquoi n'avoir pas au moins prévenu votre femme des événements qui se jouaient à Parkum ? Lorsque le chien a disparu, vous auriez quand même dû décrocher votre téléphone !

— Mais je l'ai fait. J'essayais de la joindre presque quotidiennement. Au début, c'est vrai, je n'étais pas trop sûr de devoir lui parler d'Anna. Elle était déjà opposée à cette interview à laquelle je ne travaillais même plus. Si en plus elle avait appris que je me livrais à des séances thérapeutiques, elle serait revenue de New York le jour même. Mais chaque fois que je l'appelais, je tombais sur la standardiste. Tout ce que je pouvais faire, c'était laisser des messages à la réception.

— Et elle n'a jamais rappelé ?

— Si. Une fois.

— Et alors ?

Viktor fit un signe de tête en direction de la table de nuit, et le docteur Roth lui tendit à nouveau le verre d'eau.

— Combien de temps... ?

Viktor interrompit sa phrase pour boire une longue gorgée.

— Combien de temps nous reste-t-il ?

— Vingt minutes, je pense. Vos avocats sont déjà

arrivés et sont en train de discuter avec le professeur Malzius.

Mes avocats.

Viktor essaya de se rappeler quand il avait eu besoin d'une assistance juridique pour la dernière fois. Le spécialiste du code de la route qui lui avait sauvé son permis de conduire en 1997 ne lui serait d'aucune utilité au cours des semaines à venir. Cette fois, il lui fallait de vrais pros. Il ne s'agissait plus d'une simple histoire de tôle froissée.

Il s'agissait de sa vie.

— Et alors, ils sont vraiment bons ?

— Les avocats ? Oui. D'après ce que j'ai compris, ce sont les meilleurs experts en droit pénal que l'on puisse se payer en Allemagne.

— Et ils veulent que je leur dise ce qui est arrivé à Anna ?

— Entre autres. Ils sont d'ailleurs bien obligés, s'ils veulent pouvoir vous défendre. Il s'agit tout de même d'un meurtre.

Un meurtre.

Le mot était enfin lâché. Jusque-là, ils avaient tourné autour du pot, mais ils le savaient tous les deux : le docteur Larenz allait aller en prison. À moins que la fin de son histoire ne convainquît le juge qu'il n'avait pas eu d'autre choix que de tuer.

— Meurtre ou pas, je ne pense pas que j'aurai la force de reprendre tout mon récit depuis le début aujourd'hui. Et puis, j'ai toujours bon espoir que, dans vingt minutes, je pourrai partir d'ici.

— Oubliez ça.

Le docteur Roth lui reprit son verre et se passa la main dans les cheveux.

— Racontez-moi plutôt la suite. Qu'est-ce que ce sang menstruel venait faire là ? Et qu'est-ce qu'Anna vous a raconté d'autre, une fois de retour dans le salon ?

— Rien.

Roth le regarda d'un air suspicieux.

— Pendant que j'étais au téléphone avec mon détective privé, elle a quitté la maison sans que je le remarque. Elle avait laissé un mot sur le bureau : « Je ne veux pas vous déranger. Vous avez beaucoup à faire. Nous continuerons demain. » J'étais vraiment à bout de nerfs. Maintenant qu'elle était partie, il me fallait à nouveau attendre une nuit entière avant d'obtenir de nouvelles informations.

Sur Charlotte. Sur Josy.

— Alors, vous êtes allé vous coucher ?

— Non. Pas tout de suite. J'ai d'abord reçu une autre visite, tout à fait inattendue.

23

Dix minutes après la fin de sa discussion avec Kai, quelqu'un frappa à la porte. Viktor crut d'abord qu'Anna était revenue. Mais cet espoir vola en éclats lorsqu'il constata qu'il s'agissait en fait de Halberstaedt. Le maire avait à nouveau bravé la tempête pour lui rendre visite, et il se tenait à présent face à lui, l'air grave. Cette fois encore, il refusa d'entrer ; au lieu de cela, il tendit à Viktor un petit paquet.

— Qu'est-ce que c'est ?

— Un pistolet.

Viktor fit un pas en arrière, comme si Halberstaedt avait été atteint de quelque maladie contagieuse.

— Mais qu'est-ce que vous voulez que j'en fasse ?

— C'est pour vous protéger. Ça vaut mieux pour vous.

— Mais me protéger de quoi ?

— D'elle.

Halberstaedt fit un geste de la main derrière lui, en direction du chemin.

— J'ai vu qu'elle était revenue vous voir.

Viktor secoua la tête, perplexe.

— Écoutez. Vous savez que je vous aime bien.

Il sortit un mouchoir de sa poche et essuya son nez qui coulait.

— Mais je suis psychiatre. Je ne peux pas tolérer que vous espionniez mes patients.

— Et moi, je suis le maire et je me fais du souci pour vous.

— C'est vrai et je vous en suis très reconnaissant, vraiment. Mais je ne toucherai pas à ce pistolet tant que je n'aurai pas de raison valable de le faire.

Il voulut lui rendre le paquet, mais Halberstaedt garda les mains dans les poches de son pantalon de velours élimé.

— Il y a une raison, marmonna-t-il d'une voix sourde.

— Quoi ?

— Il y a une raison pour laquelle vous feriez mieux d'avoir une arme chez vous. Je me suis renseigné, au sujet de cette femme. J'ai parlé avec tous ceux qui l'ont vue sur l'île.

— Et alors ?

Visiblement, Kai Strathmann n'était pas la seule personne à chercher des informations sur Anna.

— Elle a fait drôlement peur à Burg.

— Michael Burg ? Celui qui conduit la navette ? Qu'est-ce qui a bien pu faire peur à un type de sa trempe ?

— Elle lui a dit qu'elle avait un compte à régler avec vous, docteur.

— Pardon ?

— Oui. Et que vous alliez payer de votre sang.

Tout est plein de sang.

Halberstaedt haussa les épaules.

— Croyez-moi si vous voulez, ça m'est égal. En tout cas, je dormirai plus tranquille en vous sachant armé, comme elle.

Viktor n'avait aucune idée de ce qu'il pouvait lui répondre. Quelque chose lui revint alors à l'esprit et il retint Halberstaedt par la manche, alors que celui-ci s'apprêtait à partir.

— Autre chose. Vous n'avez pas vu mon chien ?

— Sindbad est mort ?

La brutalité de la question le prit totalement au dépourvu. C'était comme si la terre s'était mise à trembler autour de lui.

— Qu'est-ce qui vous fait dire ça ? Je veux dire... Non. Du moins, j'espère. Il a juste disparu. Je vous ai laissé un message sur votre répondeur, ce matin.

— Mmh, je vois, dit Halberstaedt en hochant doucement la tête. Je vous avais bien dit qu'il y a quelque chose qui cloche chez cette femme.

Viktor s'apprêtait à lui dire qu'il n'y avait aucune preuve qu'Anna eût un quelconque rapport avec la disparition de Sindbad, mais il se ravisa et garda sa réponse pour lui.

— Je vais garder les yeux grands ouverts, lui promit Halberstaedt.

Viktor eut le sentiment qu'il ne pensait pas vraiment ce qu'il venait de dire.

— Merci.

— Et vous feriez mieux de faire pareil. Pas seulement à cause du chien. Cette femme est dangereuse.

Le maire repartit sans le saluer.

Après l'avoir suivi des yeux durant une minute, Viktor commença à avoir très froid, comme un petit garçon qui est resté trop longtemps dans la piscine et qui se met à claquer des dents. Il referma la porte au plus vite, pour éviter que le vent ne fît entrer encore plus d'humidité dans la maison.

Dans l'entrée, il se demanda s'il ne valait pas mieux jeter tout de suite le pistolet dans la benne à ordures. Finalement, il rangea le paquet dans le dernier tiroir de la commode en acajou, bien décidé à le rendre à Halberstaedt dès le lendemain.

Perdu dans ses pensées, il passa les minutes qui suivirent à fixer la braise qui s'éteignait doucement dans l'âtre en se demandant comment il fallait interpréter les derniers événements.

Sindbad avait disparu.

Quelqu'un, une jeune femme, peut-être une jeune fille, avait cambriolé son bungalow et y avait eu ses règles.

Et le maire de l'île était venu lui apporter une arme à feu.

Viktor retira ses chaussures, puis s'allongea sur le canapé. Il fouilla dans sa poche et avala son dernier comprimé de Valium, qu'il avait pourtant gardé pour la nuit suivante. Ensuite, il attendit que le médicament fît son effet en espérant que cela atténuerait les symptômes de sa grippe. Il ferma les yeux et essaya de faire abstraction de cette pression qu'il ressentait tout autour de son crâne. Durant un bref instant, il y parvint même, et comme l'une de ses narines n'était plus bouchée, il sentit à nouveau le parfum capiteux d'Anna qui, une demi-heure plus tôt, était encore assise à cet endroit précis.

Viktor réfléchit. Il ne savait pas ce qui lui faisait le plus peur à présent : le comportement étrange d'Anna ou les mystérieuses prophéties du maire.

Il n'était pas encore parvenu à trancher, lorsqu'un cauchemar prit possession de son esprit.

24

Ce rêve le poursuivait depuis la disparition de Josy. Il revenait le hanter de manière irrégulière, tantôt plusieurs fois par semaine, tantôt une fois par mois. Mais son déroulement restait toujours le même. Ça se passait au milieu de la nuit, Viktor était au volant de sa Volvo, avec Josy assise à côté de lui. Viktor avait entendu parler d'un spécialiste d'Allemagne du Nord qui aurait pu venir en aide à son enfant. Voilà plusieurs heures qu'ils étaient en route vers son cabinet, qui se trouvait au bord de la mer. La voiture roulait bien trop rapidement, mais Viktor ne parvenait pas à ralentir. Josy avait beau le lui demander, il n'y arrivait pas. Heureusement, la route était toute droite. Pas de virages, pas d'embranchements. Nulle part on ne voyait de feu rouge ni de carrefour. De temps à autre, ils croisaient un autre véhicule, mais la voie était suffisamment large et, en dépit de leur vitesse excessive, ils ne semblaient jamais être en danger. Au bout d'un moment, Viktor demandait à Josy s'ils n'auraient pas dû être arrivés à la mer depuis longtemps. Sa fille haussait les épaules. Elle aussi semblait s'étonner de la durée du voyage. À ce rythme, ils auraient dû atteindre la plage beaucoup plus tôt. Il n'y avait plus aucun véhicule en vue, et ce n'était pas la seule chose bizarre : dehors, il se mettait à faire de plus en plus sombre. Plus ils avançaient, moins il y avait de lampadaires. Au lieu de cela, la vue était bouchée par des arbres toujours plus nombreux. Au bout d'un moment, il n'y avait plus aucun éclairage et la route, toujours plus étroite, s'enfonçait dans une épaisse forêt.

À ce moment de son rêve, Viktor était toujours parcouru par un premier frisson d'horreur. Ce n'était pas de la crainte ni même de la peur, mais un indéfinissable sentiment d'épouvante, qui le paralysait et gagnait en intensité alors qu'il s'apercevait qu'il ne pouvait pas ralentir. Il appuyait sur le frein, mais cela n'avait aucun effet. Au contraire, la voiture roulait toujours plus vite sur cette route sans virages. Viktor allumait alors la lampe de la Volvo et Josy se mettait à chercher l'itinéraire sur la carte. Mais elle ne parvenait pas à repérer la route sur laquelle ils se trouvaient.

Finalement, elle avait un rire de soulagement et faisait un signe vers l'horizon.

— Là-bas, il y a de la lumière. Il doit y avoir quelque chose.

Au loin, Viktor apercevait lui aussi une faible lueur, qui devenait de plus en plus claire à mesure qu'ils approchaient.

— C'est sûrement un carrefour ou un village. Peut-être déjà la plage. Il suffit de continuer tout droit.

Viktor hochait la tête, retrouvant un peu de son calme. Là-bas, ils seraient en sécurité. Il se mettait alors délibérément à accélérer, pressé de quitter cette sombre forêt.

Mais soudain, l'horreur, l'épouvante le saisissait à nouveau.

Car, d'un seul coup, il reconnaissait tout ce qui les

entourait. Il savait quelle était cette lumière qui les attendait au loin. Il comprenait l'erreur de Josy et la sienne, qui avait commencé par sa décision d'entreprendre ce voyage au milieu de la nuit. Joséphine commençait elle aussi à avoir peur et jetait des regards inquiets par la fenêtre.

Au bord de la route, les arbres avaient disparu. Il n'y avait plus rien. Seulement de l'eau, à perte de vue. Noire, froide et infiniment profonde.

Mais Viktor savait qu'il avait compris trop tard.

Cela faisait près d'une heure qu'ils roulaient sans s'en douter sur une longue jetée. Ils avaient cherché la mer, alors qu'elle se trouvait en fait déjà sous leurs pieds. La côte était plusieurs kilomètres derrière eux, et ils fonçaient vers les feux situés au bout du quai, sans aucune possibilité de s'arrêter.

Viktor essayait de tourner le volant, mais il ne fonctionnait pas non plus. Ce n'était plus lui qui conduisait la voiture, celle-ci avançait toute seule.

La Volvo roulait à tombeau ouvert jusqu'à l'extrémité de la jetée et poursuivait sa course dans le vide au-dessus de la mer, avant d'amorcer sa chute. Tétanisé, Viktor regardait à travers le pare-brise, essayant d'y voir quelque chose dans la lueur des feux. Mais, devant lui, il n'y avait rien d'autre que la mer infinie qui s'apprêtait à les engloutir. Josy, la voiture et lui.

Viktor se réveillait toujours au moment précis où la voiture allait heurter la surface de l'eau. C'était le pire moment de son cauchemar. Non pas parce qu'il allait bientôt se noyer avec sa fille unique, mais parce que, juste avant le choc, il faisait l'erreur de regarder dans le rétroviseur. Et ce qu'il voyait le faisait hurler de terreur, réveillant ainsi toute la maisonnée. C'était sa pire vision d'horreur. Il n'y avait rien.

Le rétroviseur était vide.

La jetée sur laquelle il avait si longtemps roulé s'était évanouie, comme si elle n'avait jamais existé.

25

Viktor se réveilla en sursaut et constata que son pyjama était trempé de sueur, de même que ses draps. Durant son cauchemar, ses maux de gorge avaient encore empiré.

Mais qu'est-ce que j'ai ? songea-t-il en attendant que son rythme cardiaque revînt à la normale. Il ne se rappelait pas s'être levé du canapé pour monter se coucher. Et encore moins s'être déshabillé. Et il y avait autre chose qu'il ne pouvait s'expliquer : la température de la chambre. Cherchant à tâtons dans le noir, Viktor alluma le rétro-éclairage du réveil portatif qu'il avait laissé à droite de son lit. Il était à peine 3 h 30 et le thermomètre intégré dans l'appareil indiquait seulement 8°C. Visiblement, le générateur était tombé en panne. Viktor essaya d'allumer la lampe de chevet et, de fait, il ne se passa rien. La pièce resta plongée dans l'obscurité.

Bon sang ! D'abord Sindbad, puis Anna, le rhume, le cauchemar et maintenant...

Viktor repoussa sa couverture et s'empara de la lampe torche qu'il gardait auprès de son lit pour ce genre de situation. Il descendit en tremblant les vieux escaliers en bois. Bien qu'il ne fût pas d'un naturel peureux, il eut comme un mauvais pressentiment en voyant le faisceau lumineux de la lampe glisser sur les photos de famille accrochées au mur. Sa mère, souriante, promenant les chiens sur la plage. Son père, la pipe aux lèvres, installé devant la cheminée. Toute la famille réunie, admirant le poisson qu'il rapportait de la pêche.

Comme au début d'une anesthésie, des souvenirs surgissaient dans son esprit, l'espace d'une seconde, avant de disparaître aussitôt dans l'obscurité.

Lorsque Viktor ouvrit la porte d'entrée, un vent violent pénétra dans la maison, portant avec lui des gouttes d'eau et quelques feuilles mortes. *Formidable*, pensa-t-il. *J'avais déjà la grippe, il ne me manquait plus qu'une pneumonie.*

Il mit ses chaussures de sport et passa un K-way par-dessus son pyjama. Ainsi équipé, il courut jusqu'à la cabane abritant le générateur, qui se trouvait à vingt mètres environ de la terrasse, derrière la maison. Sous l'effet de la pluie, le chemin sableux était devenu difficilement praticable : il était déjà couvert de flaques, que la faible lueur de sa lampe ne lui permettait guère de repérer. Aux deux tiers du parcours, ses chaussures étaient déjà complètement trempées, ainsi que le bas de son pantalon. Malgré la pluie qui lui fouettait le visage, Viktor se força à ralentir le pas, afin de ne pas risquer de glisser dans l'obscurité. Dans sa trousse de voyage, il y avait tout juste les médicaments qu'il fallait pour traiter un rhume, mais pas le matériel nécessaire pour guérir une éventuelle fracture. Se casser une jambe en pleine nuit, sur une île perdue en proie à la tempête, voilà bien la dernière chose dont il avait besoin.

La cabane de tôle se trouvait à la limite entre sa propriété privée et la plage publique, lesquelles étaient séparées par une palissade blanche décrépite.

Viktor se souvenait très bien de la corvée qui consistait à repeindre cette barrière pour la protéger des intempéries. Toute la famille devait s'y mettre. Le bois – déjà en état de décomposition à l'époque – était d'abord poncé, puis recouvert de laque protectrice, avant de recevoir une couche de peinture blanche à la puanteur insupportable. Et, à chacune de ces étapes, il fallait prêter assistance à son père. Mais aujourd'hui, après des années de négligence, la palissade était en tout aussi mauvais état que le générateur que Viktor espérait remettre en route.

Du revers de la main, il essuya les gouttes de pluie qui dégoulinaient sur son front. À peine avait-il posé la main sur la poignée en plastique qu'il comprit son erreur : les clés. Elles étaient accrochées dans la cave, à côté de la boîte à fusibles, et il avait oublié de les prendre.

Merde !

Furieux, Viktor donna un violent coup de pied contre la porte en métal. Le vacarme qui en résulta le fit sursauter.

— Bah, dit-il comme pour lui-même, qu'est-ce que ça peut faire ? Personne ne peut m'entendre, ici, surtout par ce temps.

Malgré le froid, il transpirait. Viktor enleva sa capuche. Durant une fraction de seconde, il eut soudain l'impression que tout tournait au ralenti. C'était comme si quelqu'un avait arrêté son horloge interne.

Trois choses remontaient maintenant à sa conscience. La première, c'était le bruit qu'il entendait, maintenant que ses oreilles n'étaient plus recouvertes par la capuche : le générateur vrombissait.

Comment peut-il faire du bruit, s'il ne fonctionne pas ?

La deuxième, c'était la lumière. Viktor se retourna et vit que sa chambre était éclairée. La lampe de chevet qu'il avait vainement tenté d'allumer quelques minutes plus tôt jetait maintenant une douce lumière sur la pièce.

Et la troisième, c'était une silhouette. Elle se tenait debout dans sa chambre et regardait par la fenêtre. Juste dans sa direction.

Anna ?

Viktor jeta sa lampe par terre et se mit à courir. Mais c'était une erreur. Alors qu'il avait parcouru la moitié du chemin menant au perron, la lumière s'éteignit dans la chambre, et tout fut de nouveau plongé dans l'obscurité la plus totale. Viktor dut chercher à tâtons l'endroit où il avait laissé tomber la lampe avant de pouvoir regagner la maison. Il y faisait toujours un noir d'encre, que seule atténuait la lueur fantomatique de sa lampe torche. Il fonça vers l'escalier et monta jusqu'à sa chambre. Rien.

Hors d'haleine, Viktor inspecta tous les coins de la pièce. Tout était en ordre : les fauteuils près de la fenêtre étaient bien à leur place, tout comme l'antique commode, la coiffeuse d'Isabel sur laquelle il avait laissé ses CD, et l'imposant lit conjugal qu'il avait hérité de ses parents. Il n'y avait personne, comme Viktor put s'en assurer en allumant enfin la lumière. Visiblement, le générateur fonctionnait à nouveau.

À supposer qu'il soit jamais tombé en panne...

Viktor s'assit sur le rebord du lit et essaya de souffler un peu et de reprendre ses esprits. Qu'est-ce qui lui arrivait ? Est-ce que tout ça était trop pour lui ? Anna, Josy, Sindbad ? Il venait de sortir en pleine tempête, alors même qu'il était malade ; il s'était rendu jusqu'à un générateur prétendument en panne, qui s'était subitement remis à fonctionner ; et, pour finir, il s'était lancé à la poursuite d'un fantôme.

Viktor se leva et fit le tour du lit. Son regard resta fixé sur le réveil : 20,5 °C, tout était parfaitement normal.

Tout, sauf mon comportement, songea-t-il en secouant la tête. *Mais qu'est-ce que j'ai ?*

Il redescendit fermer la porte à clé.

Tout ça vient sûrement de mon cauchemar, de la disparition de Sindbad ou de mon rhume, se rassura-t-il. À peine le verrou poussé, Viktor rouvrit la porte. Il se pencha vers le pot de fleurs et ramassa la clé de secours qui était cachée dessous. *On n'est jamais trop prudent.* Lorsqu'il eut vérifié que les volets du rez-de-chaussée étaient eux aussi bien fermés, il se sentit mieux.

De retour dans son lit, il avala une bonne rasade de sirop contre la toux et s'endormit pour quelques heures d'un sommeil agité.

Conformément aux prévisions météorologiques, le vent soufflait toujours plus violemment sur la petite île. Il propulsait des vagues de plusieurs mètres de haut vers la côte, qui allaient éclater contre les dunes. Les bourrasques brisaient les branches des arbres, faisaient trembler les fenêtres des maisons et effaçaient toutes les empreintes dans le sable. Y compris celles qu'une femme de petite taille avait laissées derrière elle en quittant la maison du docteur Larenz.

26

Parkum, un jour avant la vérité.

Peu avant 8 heures, Viktor fut réveillé par la sonnerie du téléphone. Il se traîna péniblement jusqu'au rez-de-chaussée pour décrocher le combiné, s'attendant à entendre enfin la voix d'Isabel. Mais il se trompait.

— Vous avez lu le mot que je vous ai laissé ?

Anna.

— Oui.

Viktor se racla la gorge, puis se remit à tousser. Il lui fallut plusieurs secondes avant de pouvoir reprendre la conversation.

— Hier, je ne voulais pas vous déranger, mais cette nuit, j'ai encore beaucoup réfléchi.

Et tu es allée te promener, c'est ça ? Peut-être jusque dans ma chambre ?

— Et maintenant, je crois que j'ai enfin la force de vous parler de la fin.

La fin de Josy.

— Très bien, dit Viktor d'une voix éraillée.

Il s'étonnait qu'Anna n'eût pas encore fait de commentaire sur la dégradation de son état de santé. À en juger par le son de sa voix, elle n'était pas non plus très en forme ce matin-là, mais cela pouvait tout aussi bien venir de la mauvaise qualité de la ligne. On entendait un bruit de friture qui rappelait les communications transatlantiques des années 1970.

— Si ça ne vous ennuie pas, je voudrais vous en parler dès maintenant, au téléphone. Je ne me sens pas assez bien pour venir vous voir aujourd'hui. Mais j'aimerais quand même me libérer de ce poids.

— Bien sûr.

Viktor jeta un œil sur ses pieds nus, agacé de ne pas avoir eu au moins le temps de mettre ses chaussons et d'enfiler un peignoir.

— Je crois que je vous ai raconté que nous avons dû fuir de ce château où habitait Charlotte ?

— Oui. Pour échapper au « Mal », c'est ça ?

À l'aide de son pied, Viktor fit glisser jusqu'à lui un petit tapis en laine qui se trouvait d'ordinaire sous la table basse, afin de ne plus être pieds nus sur le parquet.

— Nous avons couru jusqu'à la voiture et nous sommes parties pour Hambourg. Charlotte ne m'a pas expliqué pourquoi il fallait aller là-bas. Elle me donnait simplement des indications quant à la route à suivre, et je lui obéissais.

— Que s'est-il passé à Hambourg ?

— Nous avons pris une chambre au Hyatt, dans la Mönckerbergstraße. C'est moi qui avais choisi cet hôtel de luxe ; en des jours meilleurs, c'était là que j'avais mené avec succès les premières négociations avec mon nouvel agent. J'espérais que l'ambiance feutrée du lieu raviverait en moi de bons souvenirs.

Viktor hocha la tête. Il était lui-même souvent descendu dans ce cinq étoiles, si possible dans la grande suite.

— Malheureusement, c'est le contraire qui est arrivé. Je me sentais toujours plus déprimée, toujours plus nerveuse. J'étais dans une confusion totale. Pour ne rien arranger, la présence de Charlotte me pesait de plus en plus. Elle n'allait pas bien du tout. Et je me faisais sans cesse des reproches. J'ai donc fini par lui redonner des médicaments, et lorsqu'elle s'est endormie, je me suis remise au travail.

— Pour écrire la suite de votre livre ?

— Oui. Il me fallait écrire la fin, si je ne voulais pas vivre indéfiniment dans ce cauchemar. Du moins, c'est ce que je croyais. Et, après avoir longuement réfléchi, j'ai trouvé un semblant de fil rouge pour les chapitres suivants.

— À savoir ?

— Je devais trouver la cause de la maladie de Charlotte en prenant en compte tous les indices qu'elle m'avait montrés. Elle avait dit que tout avait commencé dans le bungalow. J'ai donc d'abord pensé que je devais écrire l'histoire de telle sorte que les premiers symptômes apparaissent dans cette maison au milieu des bois.

Non, songea Viktor. *Tout a commencé avec le médecin de garde, le lendemain de Noël. Pas à Sacrow, mais à Schwanenwerder.*

— Mais ensuite, j'ai compris que, lorsqu'elle disait que tout avait « commencé » là, cela devait signifier tout autre chose. Elle m'avait envoyé dans le bungalow pour voir s'il y manquait quelque chose.

La table de maquillage ? La télévision ? Le poster de boys band ?

— Il fallait que je trouve ce qui avait changé. Je savais que quelque chose de mal avait dû se passer là. Quelque chose de si terrible que Charlotte refusait à présent d'entrer dans la maison. Et cela devait avoir un lien avec la personne qui se trouvait dans la chambre, au moment où je voulais y entrer. Viktor patienta jusqu'à ce qu'il fût sûr qu'Anna ne continuerait pas d'elle-même.

— Et alors ?

— Comment ça, alors ?

Il faillit lui hurler de terminer enfin son histoire sans se faire prier, mais il parvint à se contrôler. Il fallait absolument éviter d'interrompre la conversation à un moment décisif, comme cela avait été le cas les jours précédents.

— Qu'avez-vous écrit, finalement ?

— Vous vous le demandez encore ? Mais enfin, tous les indices sont devant vous.

— Comment ça ?

— Vous ne comprenez toujours pas ? Pourtant, vous êtes psychiatre. Il vous suffit de combiner tous ces éléments entre eux.

— Je ne suis pas écrivain.

— Ne commencez pas à ergoter comme Charlotte, plaisanta Anna.

Mais Viktor ne réagit pas. Il attendait qu'elle lui donnât une réponse.

Voilà la situation dans laquelle il se trouvait depuis quatre ans : il attendait. Dévoré par la peur. À la recherche de réponses. Il avait imaginé des centaines de milliers de variantes différentes concernant la mort de sa fille et, chaque fois, il avait souffert avec elle. Aussi, il pensait être préparé à tout. Mais quand il entendit finalement la réponse d'Anna, il sut qu'il s'était trompé.

— Charlotte a été empoisonnée, évidemment !

Viktor n'était pas préparé à ça. Le sentiment d'horreur qui l'envahissait n'était tempéré que par le froid glacial qui émoussait ses sens. Il aurait eu envie de se lever et de courir aux toilettes pour vomir. Mais il n'en avait pas la force.

— Docteur Larenz ?

Il savait qu'il fallait lui dire quelque chose. N'importe quoi qui pût la laisser dans l'illusion qu'il n'était qu'un simple psychiatre, et non le père de la fille qui hantait ses visions. Charlotte n'était qu'une hallucination, le résultat d'une réaction chimique anormale dans son cerveau.

Pour gagner un peu de temps, il finit par lui sortir l'expression favorite de tous les psychologues :

— Continuez.

Mais c'était une erreur. Car ce qu'Anna lui dit alors fut encore plus difficile à supporter.

27

— Empoisonnée ?

Si flegmatique d'ordinaire, le détective privé avait tout de suite haussé la voix. Viktor était parvenu à joindre Kai dans sa voiture, alors qu'il revenait de Schwanenwerder pour regagner son bureau du centre-ville.

— Comment est-ce que cette Anna Spiegel a pu avoir une idée pareille ?

— Je ne sais pas. Apparemment, elle est arrivée à cette hypothèse en recoupant les faits qu'elle avait à sa disposition.

— Les faits ? Ses hallucinations, tu veux dire !

Viktor entendit un coup de klaxon impatient. Sans doute Kai téléphonait-il encore sans son kit mains-libres, alors qu'il était au volant sur l'autoroute.

— Exactement. Elle m'a dit qu'il s'était passé quelque chose dans le bungalow. Quelque chose de très grave, qui a provoqué un changement profond chez Josy.

— Chez Charlotte, rectifia Kai.

— Bien sûr. Mais imaginons un instant qu'il s'agisse vraiment de ma fille. Dans ce cas, cela signifie que Joséphine a vécu dans cette maison quelque chose qui l'a traumatisée. Quelque chose de mal. C'est comme ça que tout a commencé.

— Comment ça ? Quelqu'un serait venu et l'aurait empoisonnée ?

— Oui.

— Et qui donc, je te prie ?

— Josy elle-même.

— Répète-moi ça !

Le bruit de fond sur la ligne diminua légèrement. Sans doute Kai s'était-il rangé sur la bande d'arrêt d'urgence.

— Josy. Elle s'est empoisonnée elle-même. Voilà le clou de l'histoire d'Anna. L'expérience qu'elle a vécue a dû être si horrible qu'elle a décidé de mettre fin à ses jours. Lentement, à coups de petites doses réparties sur plusieurs mois, afin que les médecins ne se rendent compte de rien.

— Attends. Qu'est-ce que tu racontes ? *Pourquoi* est-ce qu'elle aurait fait une chose pareille, bon sang ?

— Tu n'es pas psychiatre, mais tu as peut-être déjà entendu parler du syndrome de Münchhausen ?

— C'est quand on ment de manière pathologique ?

— Presque. Les patients atteints de ce syndrome se font eux-mêmes du mal pour que les autres s'occupent d'eux. Ce sont des gens qui ont découvert qu'on leur accorde plus d'attention s'ils sont en mauvaise santé.

— Et qui prennent du poison pour ça ? Juste pour qu'on vienne à leur chevet ?

— Exactement. Ils aiment qu'on leur offre des cadeaux, qu'on leur cuisine de bons petits plats, et surtout qu'on prenne soin d'eux et qu'on s'apitoie sur leur sort.

— Mais c'est fou.

— Ces gens-là sont même très gravement malades. Il est difficile de les soigner, car ce sont souvent d'excellents acteurs. Ils peuvent simuler les pires maladies de manière crédible, et même les médecins et les psychologues les plus expérimentés tombent dans le panneau. Au lieu de s'intéresser aux troubles psychiatriques de leurs patients, ils se focalisent sur leurs symptômes imaginaires. Voire sur leurs symptômes réels, car certains n'hésitent pas, par exemple, à boire du désherbant pour rendre plus crédibles leurs histoires de mal de ventre.

— Attends, tu... tu ne crois quand même pas que ta propre fille... Bon Dieu, elle avait seulement onze ans, quand la maladie s'est déclarée !

— S'il s'agit bien d'une maladie... Écoute, je ne sais moi-même plus très bien quoi penser. J'en suis réduit à me fier aux hallucinations d'une malade mentale. Alors, je peux me satisfaire de n'importe quelle explication, même la plus improbable, pourvu qu'elle jette un peu de lumière sur le chapitre le plus noir de mon existence. Donc, oui, je pense que c'est une explication possible. La seule que nous ayons trouvée à ce jour, aussi horrible qu'elle puisse paraître...

— Bon. Oublions un instant que ce que nous sommes en train de faire est complètement fou.

Kai avait redémarré et roulait de nouveau sur l'autoroute.

— Admettons qu'Anna parle vraiment de Josy. Et admettons qu'elle ait raison en affirmant que ta fille s'est elle-même empoisonnée. Dans ce cas-là, ce que j'aimerais savoir, c'est *avec quoi*. Et ne me dis pas qu'une fille de douze ans est en mesure de savoir quel produit utiliser pour se faire mourir à petit feu pendant près d'un an, sans qu'aucun médecin découvre le pot aux roses.

— Ça, je n'en ai aucune idée. Mais écoute-moi bien : peu m'importe que l'histoire d'Anna soit exacte ou non, ce que je veux savoir, c'est si elle a quelque chose à voir avec la disparition de ma fille. Et je te prie de continuer tes recherches en ce sens.

— Très bien, je vais essayer de t'aider, d'autant que je ne suis pas resté inactif ces derniers jours...

— Tu as regardé les vidéos ?

Viktor avait des sueurs froides, et il ne pouvait déterminer si c'était la peur ou la maladie.

— Oui. J'ai rempli la dernière mission que tu m'as confiée : je suis allé chercher les enregistrements de la caméra de surveillance, dans ton coffre-fort à Wannsee. Eh bien, tiens-toi bien...

— Elles ont disparu ?

— Non. Mais les CD-Rom des premières semaines ont été effacés.

— C'est impossible, il y avait une protection. On ne peut pas les effacer. Seulement les détruire.

— N'empêche. Je les ai sortis du coffre hier et j'ai tout visionné ce matin. Il n'y a rien dessus.

— Tous les CD sont effacés ?

— Non, justement, c'est ça qui est bizarre. Seulement ceux de la première semaine. Je viens de retourner chez toi pour vérifier que je n'avais rien oublié.

Viktor s'agrippa au rebord de la cheminée, car il craignait de perdre l'équilibre.

— Alors, qu'est-ce que tu dis de ça ? demanda-t-il au détective. Tu crois toujours que tout ça n'est qu'une coïncidence ?

— Non, mais...

— Il n'y a pas de « mais ». C'est la première piste

depuis quatre ans, alors n'essaie pas de m'en détourner.

— Je n'en ai pas l'intention. Seulement, il faut que tu saches qu'il y a bel et bien un « mais ».

— À savoir ?

— Le « mais » en question, c'est *Anna Spiegel.*

— Qu'est-ce qu'elle a ?

— Il y a quelque chose qui cloche chez elle.

— Oh, tu ne vas pas recommencer...

— Il ne s'agit pas de ça. J'ai fait mes devoirs, tu sais. On a tout vérifié sur elle.

— Et alors ?

— Rien.

— Comment ça ?

— On n'a rien trouvé à propos de cette femme, absolument rien.

— Et alors, ça ne te paraît pas bon ?

— Non. Ça ne me paraît pas bon du tout, parce que ça signifie que cette femme n'existe pas.

— Qu'est-ce que tu veux dire par là ?

— C'est comme je te le dis : il n'y a pas d'écrivain qui porte ce nom. Et encore moins d'auteur à succès. Même pas au Japon. Son père n'était pas animateur radio à l'AFN. Et elle n'a jamais vécu à Steglitz ni même à Berlin.

— Bon sang, et son passage à la clinique, tu as vérifié ça ?

— Pour l'instant, ils refusent de répondre. Je n'ai pas encore eu le temps de trouver quelqu'un, dans cet hôpital de luxe, qui accepte de trahir le secret médical pour un peu d'argent de poche. En attendant, je comptais interroger ton successeur, van Druisen.

— Non.

— Comment ça, « non » ?

— Ça, j'en fais *mon* affaire. Je suis médecin. Ce sera plus facile pour moi de soutirer des informations à van Druisen ou à l'hôpital. De ton côté, continue tes recherches et examine la chambre de Josy. Comme tu le sais, personne n'y est plus entré depuis sa disparition. Peut-être que tu y trouveras des indices.

Du poison ? Des comprimés ?

Viktor n'eut pas besoin de préciser ce qu'il avait en tête.

— OK.

— Vérifie aussi si le personnel de l'hôtel Hyatt à Hambourg se souvient d'une femme blonde qui aurait habité là quelque temps avec une enfant malade, il y a quatre ans, pendant l'hiver.

— Pour quoi faire ?

— Fais-moi confiance.

— Il y a quatre ans ? Ça m'étonnerait que je trouve quelqu'un qui travaillait déjà là à l'époque.

— Fais-le quand même.

— D'accord. Mais maintenant, à moi de te demander quelque chose.

— Vas-y.

— Fais attention à toi. Évite-la. Ne laisse pas cette Anna Spiegel rentrer chez toi, aussi longtemps qu'on ne saura pas qui elle est vraiment. Elle peut être dangereuse.

— On va voir.

— Écoute, je suis sérieux. C'est ma condition : moi, je remplis les missions que tu m'as confiées, mais toi, tu évites tout contact direct avec elle.

— Bon, je vais essayer.

Après avoir raccroché, Viktor n'avait plus qu'une seule idée en tête :

Fais attention à toi. Cette femme est dangereuse.

En l'espace de vingt-quatre heures, il avait entendu ces paroles de la part de deux personnes différentes. Et peu à peu, il commençait lui-même à y croire.

28

— Clinique psychiatrique de Dahlem, Karin Vogt, j'écoute ?

— Bonjour, docteur Viktor Larenz à l'appareil. Je suis actuellement en charge du traitement d'une de vos anciennes patientes et je voudrais m'entretenir avec le collègue qui était responsable d'elle chez vous.

— Et comment s'appelle le collègue en question ? demanda Karin d'une voix mélodieuse.

— Justement, j'ai un petit problème. Je ne sais pas de qui il s'agit. Je peux seulement vous donner le nom de la patiente.

— Dans ce cas, je crains que ce soit impossible, monsieur. Comme vous le savez, les données concernant les patients sont soumises au secret médical et doivent rester strictement confidentielles. Cela concerne aussi le nom du médecin traitant. Mais puisqu'il s'agit de votre patiente, pourquoi ne lui posez-vous pas la question ?

Parce que je ne sais pas où elle est. Parce que je ne veux pas qu'elle soit au courant de mes recherches. Parce qu'elle a peut-être enlevé ma fille.

Il préféra lui donner une réponse moins louche :

— Dans son état, il n'est pas possible de lui parler.

— Dans ce cas-là, regardez dans le dossier médical.

Sa voix était déjà nettement moins mélodieuse.

— On ne m'a pas donné son dossier, elle est venue me voir d'elle-même. Écoutez, j'apprécie que vous cherchiez à protéger la vie privée de vos patients et je ne voudrais pas vous déranger dans votre travail. Je ne vous demanderai donc qu'un tout petit service : regardez dans votre ordinateur si vous trouvez le nom que je vais vous donner et, si c'est le cas, passez-moi directement le service concerné. Comme ça, vous aiderez cette patiente sans avoir à trahir le secret médical.

Viktor imaginait sans peine la standardiste indécise, en train de balancer la tête de gauche à droite.

— S'il vous plaît.

Il souriait en lui parlant. Visiblement, ce ton affable eut l'effet souhaité. Viktor entendit son interlocutrice taper sur son clavier.

— Comment s'appelle-t-elle ?

— Spiegel, répondit-il du tac au tac. Anna Spiegel.

Elle cessa instantanément de taper et, de mélodieuse, sa voix devint glaciale.

— C'est une mauvaise plaisanterie, je présume ?

— Pourquoi ?

— Et qui voulez-vous que je cherche, encore ? Elvis Presley ?

— Je crois que je ne comprends pas...

— Écoutez, si c'est une plaisanterie, elle est de très mauvais goût. Et je vous rappelle que la loi interdit d'enregistrer des conversations téléphoniques sans autorisation.

Viktor, surpris par la tournure de la conversation, décida de contre-attaquer :

— Faites bien attention à ce que je vais vous dire : je suis le docteur Viktor Larenz, et il n'est pas dans mes habitudes de faire des plaisanteries au téléphone. Si vous ne me donnez pas immédiatement le renseignement que je vous demande, je me plaindrai personnellement auprès du docteur Malzius, la prochaine fois que nous irons jouer au golf ensemble.

Viktor détestait autant le directeur de la clinique que le golf, mais ce mensonge ne manqua pas de faire son petit effet.

— Bon, je suis désolée de m'être emportée, docteur Larenz, mais votre question est macabre. Du moins, de mon point de vue.

— Macabre ? Qu'est-ce que ça a de macabre, si je vous demande des renseignements concernant Mlle Spiegel ?

— C'est moi qui l'ai trouvée. Vous ne lisez pas les journaux ?

Trouvée ?

— Où était-elle ?

— Par terre. C'était horrible. Écoutez, je suis désolée, mais je dois arrêter. J'ai trois appels en attente.

— Qu'est-ce que vous voulez dire par « c'était horrible » ?

Viktor essayait désespérément de trouver un sens à tout ce qu'elle lui disait, mais sans succès.

— Eh bien, qu'est-ce que vous diriez, vous, si vous trouviez une femme étouffée par son propre sang ?

Morte ? Anna est morte ? Mais comment est-ce possible ?

— C'est impossible. Anna est encore venue me voir hier. Chez moi.

— Hier. Ça m'étonnerait. Il y a six mois que j'ai retrouvé son corps dans la salle des infirmières, alors que je devais prendre la relève.

Il y a six mois ? Prendre la relève ? Dans la salle des infirmières ?

— Mais qu'est-ce qu'une patiente peut bien faire dans la salle des infirmières ?

De toutes les questions qu'il voulait lui poser, ce fut la première qui sortit de sa bouche.

— Bon, je ne sais pas si vous êtes sérieux, mais sachez qu'Anna n'était pas une patiente. C'était une étudiante qui faisait un stage chez nous. Et, maintenant, elle est morte. Quant à moi, je suis encore en vie et je dois travailler, d'accord ?

— D'accord.

Non, pas du tout.

— Une dernière question, je vous prie. Comment est-elle morte ?

— Empoisonnée. Anna Spiegel a été empoisonnée.

Viktor laissa tomber le combiné et regarda par la fenêtre en direction de la mer. Tout devenait de plus en plus confus, de plus en plus obscur.

Comme le ciel noir et pluvieux au-dessus de Parkum.

29

Lorsqu'il fut pris de vertiges, de diarrhée et même de troubles visuels, Viktor aurait dû comprendre qu'il ne pouvait s'agir d'une grippe ordinaire. L'aspirine enrichie en vitamine C et le spray nasal Kamillosan ne lui étaient d'aucune aide. Quant au thé, qui avait toujours atténué son mal de gorge, il semblait maintenant provoquer l'effet inverse. Chaque nouvelle tasse paraissait un peu plus amère que la précédente, comme si Viktor avait laissé les feuilles de thé infuser beaucoup trop longtemps.

L'avant-dernière visite d'Anna marqua le début de la fin. Elle arriva sans prévenir, le tirant de sa sieste fiévreuse.

— Ça ne va toujours pas mieux ?

Telle fut la première question qu'elle lui posa en le voyant entrouvrir la porte en robe de chambre. Il ne savait pas depuis combien de temps elle avait frappé. Au bout d'un moment, il s'était rendu compte que le bruit de marteau-piqueur qu'il entendait dans son rêve provenait en fait des coups répétés de heurtoir contre la porte d'entrée.

— Ça va, ça va. Est-ce que nous n'avions pas pris rendez-vous pour ce soir ?

— C'est vrai, je suis désolée. D'ailleurs je ne vais pas vous déranger plus longtemps. Je voulais juste vous donner ça.

Viktor vit qu'elle avait quelque chose dans les mains et ouvrit un peu plus largement la porte. Son aspect l'effrayait un peu. Elle avait beaucoup changé et avait l'air beaucoup moins en forme que lors de ses visites précédentes. Les cheveux en bataille, le chemisier légèrement froissé. Elle jetait des regards autour d'elle, l'air perdu, tandis que ses longs doigts souples tambourinaient contre la surface d'une enveloppe de papier kraft qu'elle tenait des deux mains.

— Qu'est-ce que c'est ?

— La fin de l'histoire. Les dix derniers chapitres, tels que je les ai vécus avec Charlotte. Je les ai couchés sur le papier ce matin, de mémoire, alors que je n'arrivais pas à m'endormir.

Quand ça ? Avant que nous ne nous parlions au téléphone ? Après être entrée chez moi par effraction ?

Elle lissa le papier du bout des doigts, comme s'il s'agissait d'un cadeau bien emballé. Viktor hésita. La voix de la raison lui dictait de ne pas laisser entrer Anna chez lui.

Cette femme est dangereuse.

Toutes les informations dont il disposait semblaient indiquer que cette femme n'était pas ce qu'elle prétendait être. Elle avait tout de même pris le nom d'une étudiante assassinée. D'un autre côté, il avait maintenant à portée de main la clé qui lui permettrait de comprendre le sort de Josy. Il pouvait la prier d'entrer et lui poser enfin toutes les questions qui menaçaient de lui faire perdre la raison.

Son vrai nom. Quel genre de compte ils avaient à régler.

Et il pouvait le faire sans courir le risque de ne pas entendre la fin de l'histoire de Charlotte.

— Attendez !

Viktor avait pris sa décision et ouvrit grand la porte.

— Entrez au moins quelques instants, pour vous réchauffer un peu.

— Merci !

Anna secoua ses cheveux mouillés et avança timidement dans l'entrée.

Il la laissa passer devant lui et se diriger vers le salon, restant pour sa part debout à côté de la commode. Il ouvrit le tiroir où se trouvait le paquet de Halberstaedt, caressa du bout des doigts l'emballage froissé, puis dénoua la grosse ficelle marron du carton.

— Est-ce que je peux vous demander du thé ?

Viktor sursauta et laissa immédiatement retomber le paquet. Anna se tenait devant lui, dans l'encadrement de la porte. Elle avait déjà retiré son manteau et portait une jupe-culotte noire et un chemisier gris clair qu'elle avait mal boutonné.

— Bien sûr.

Il sortit un mouchoir du tiroir et le referma. Si elle avait vu le paquet, elle n'en laissait en tout cas rien paraître. Viktor la pria de s'installer dans le salon et revint bientôt avec une théière à moitié vide. Il était si diminué physiquement qu'il lui aurait été rigoureusement impossible de la porter jusqu'au salon si elle avait été pleine.

— Merci.

Anna ne prêtait pas attention à Viktor et ne s'étonna pas des grosses gouttes de sueur qu'il épongea de son front, avant de se traîner lentement jusqu'à son bureau.

— Je crois qu'il vaut mieux que je m'en aille, dit-elle, alors qu'il était à peine assis.

— Mais vous n'avez même pas bu votre thé.

Il tira la première feuille de l'enveloppe et lut le titre de l'histoire : *La Traversée.*

Il remarqua immédiatement qu'elle avait dû utiliser une imprimante laser. Elle était sans doute venue avec son ordinateur portable, et Trudi, la gérante de l'auberge, avait dû la laisser imprimer dans son bureau.

— Non, vraiment, il faut que j'y aille.

— D'accord, je lirai ça plus tard.

D'une main hésitante, Viktor remit la feuille dans l'enveloppe.

— Mais avant que vous ne partiez, il faut que je vous parle, à propos d'hier...

Anna fixait le plafond, nerveuse, serrant les poings. Elle était comme métamorphosée et semblait en proie à une profonde agitation intérieure. Viktor n'avait qu'une envie : l'interroger au sujet de la nuit dernière. Lui avait-elle rendu visite ? Et pourquoi lui mentait-elle au sujet de son nom ? Mais, vu l'état dans lequel elle se trouvait, il n'osait prendre le risque de la troubler encore davantage. Si cruciales que fussent ces questions, Anna demeurait sa patiente. Et il voulait éviter de déclencher chez elle une nouvelle crise. En tant que médecin, il fallait qu'il se penche enfin sur la cause de ses multiples visites : sa schizophrénie.

— Encore combien de temps ? lui demanda-t-il doucement.

— Jusqu'à ma prochaine crise ?

— Oui.

— Une journée ? Douze heures ? Je ne sais pas. Les premiers symptômes sont déjà là, répondit-elle d'une voix faible.

— Les couleurs, c'est ça ?

— Oui. D'un seul coup, tout me semble plus coloré, sur cette île. C'est comme si les arbres avaient été peints. Et la mer est sombre, mais scintillante. Malgré la pluie, les couleurs sont si intenses, si lumineuses, que je n'en ferme plus les yeux. Et il y a autre chose : les odeurs. Je sens beaucoup plus nettement qu'avant les effluves salés de l'écume. Toute l'île est emplie d'un délicieux parfum que je suis la seule à percevoir.

Viktor s'en était douté : Anna était peut-être dangereuse, mais elle était bel et bien malade. Et la perspective de se retrouver en tête à tête sur cette île avec une patiente en proie à des crises hallucinatoires n'avait rien de réjouissant.

— Entendez-vous déjà des voix ?

Anna secoua la tête.

— Pas encore. Mais ce n'est plus qu'une question de temps. Chez moi, tout se déroule comme dans les manuels de psychiatrie. D'abord les couleurs, puis les voix, et enfin les hallucinations. Au moins, cette fois, je suis sûre que Charlotte ne reviendra pas me tourmenter.

— Et pourquoi ?

— Parce que Charlotte ne reviendra plus. Elle ne reviendra jamais.

— Comment pouvez-vous en être aussi sûre ?

— Lisez ce que j'ai écrit, et alors...

Viktor n'entendit pas la fin de sa phrase, car le téléphone se mit à sonner.

— Qu'est-il arrivé à Charlotte ? demanda-t-il sans se laisser déranger.

— Allez décrocher, docteur Larenz. Je me suis déjà habituée à ce qu'on vous appelle pendant que je suis chez vous. D'ailleurs, je pensais rentrer à l'auberge.

— Non. Pas pour le moment. Je ne peux pas vous laisser partir dans cet état. Vous êtes à deux doigts d'avoir une crise, il vous faut de l'aide.

Et moi, j'ai besoin d'informations. Qu'est-il arrivé à Charlotte ?

— Attendez au moins que j'aie terminé la conversation, lui dit Viktor.

Anna fixa le parquet tout en grattant nerveusement l'ongle de son pouce droit, qui commençait déjà à rougir.

— Très bien, je reste, finit-elle par céder. Mais je vous en prie, faites enfin cesser ces sonneries insupportables.

30

Viktor décrocha le téléphone dans la cuisine.

— Enfin, pas trop tôt ! Écoute, il s'est passé quelque chose d'incroyable ! débita Kai, bouillant d'impatience.

— Attends.

Viktor reposa le combiné, retira ses chaussons et traversa en silence le couloir, pieds nus, tout en faisant mine de téléphoner.

— Oui, oui... hmm... D'accord, c'est noté.

Satisfait, il vit à travers l'entrebâillement de la porte qu'Anna n'avait pas bougé.

— Bon, qu'est-ce qu'il y a ? demanda-t-il une fois de retour dans la cuisine.

— *Elle* est encore chez toi ?

— Oui.

— On n'avait pas conclu un marché ?

— Elle est revenue sans prévenir. Vu la tempête, je pouvais difficilement la mettre dehors. Alors ? Qu'est-ce qui se passe ?

— Aujourd'hui, j'ai reçu un fax au bureau.

— De qui ?

— Je ne sais pas exactement. Je pense qu'il faudrait que tu regardes ça toi-même.

— Comment ça ? Qu'est-ce qu'il y a écrit ?

— Rien.

— Tu as reçu un fax sur lequel il n'y a rien ? C'est ça que tu voulais me dire ?

— Non, pas vraiment. Il y a bien quelque chose. Mais c'est une image.

— Une image ? Et pourquoi veux-tu que je la regarde ?

— Parce qu'il me semble que ça vient de ta fille. Je crois que c'est un dessin de Josy.

Tremblant, Viktor s'appuya contre le réfrigérateur et ferma les yeux.

— Quand ?

— Le fax ?

— Oui. Quand est-ce que tu l'as reçu ?

— Il y a une heure. Et c'est arrivé par ma ligne privée. À part toi, il n'y a que très peu de gens qui connaissent ce numéro.

Viktor respira profondément, puis se remit à tousser.

— Je ne sais pas quoi dire, Kai.

— Tu as un fax, à Parkum ?

— Oui, dans le salon.

— Très bien. Je t'envoie ça dans dix minutes. D'ici là, tâche de la mettre dehors. Je te rappelle plus tard, tu me diras ce que tu en penses.

Viktor lui donna son numéro de fax, puis raccrocha.

Lorsqu'il retourna dans le couloir, il vit que la porte du salon était fermée. Il laissa échapper un juron, s'attendant au pire. Avait-elle à nouveau pris la fuite ? Il ouvrit aussitôt la porte et se rendit compte avec soulagement qu'il s'était trompé. Anna. Elle était là, dos à lui, face à son bureau.

Mais soudain, son soulagement se mua en horreur.

Car Anna n'avait pas remarqué son retour et ne manifestait aucune intention de se retourner. Au lieu de cela, elle était en train de verser discrètement une substance blanche dans son thé.

31

— Sortez de chez moi, immédiatement !

Anna se retourna lentement et le regarda sans comprendre.

— Oh ! Vous m'avez fait peur, docteur. Qu'est-ce qui vous a pris ?

— Ce serait plutôt à moi de vous le demander. Cela fait des jours que je me demande pourquoi mon thé a un goût bizarre. Et depuis que vous êtes sur l'île, je me porte de plus en plus mal. Mais maintenant, je comprends pourquoi.

— Mais enfin, docteur, asseyez-vous et reprenez vos esprits. Vous semblez vraiment à bout de nerfs...

— Et ça vous étonne ? Qu'est-ce que vous avez mis dans mon thé ?

— Pardon ?

— Qu'est-ce que c'est ? cria Larenz.

Sa voix se brisa, chaque mot qu'il prononçait le faisait souffrir.

— Ne soyez pas ridicule, lui répondit-elle posément.

— QU'EST-CE QUE C'EST ? hurla-t-il.

— Du paracétamol.

— Du para... ?

— Oui, contre le rhume et les états grippaux. Voyez

vous-même. Depuis cette histoire avec Charlotte, j'en ai toujours sur moi.

Elle ouvrit son élégant sac à main gris.

— Vous aviez l'air si mal en point que j'ai voulu vous aider. Évidemment, je vous aurais prévenu avant que vous ne buviez la première gorgée. Enfin, vous ne croyiez tout de même pas que j'allais vous empoisonner ?

Viktor n'avait plus aucune idée de ce qu'il devait croire ou non.

Sindbad avait disparu. Il était pris de fièvre et de frissonnements. Tous les symptômes d'une mauvaise grippe. *Ou d'un empoisonnement.* Ses médicaments n'avaient aucun effet.

Et deux personnes l'avaient plusieurs fois mis en garde.

Fais attention à toi. Elle est dangereuse.

— Vous croyez peut-être que je veux me suicider au passage ? lui demanda Anna. Regardez. Comme je ne me sens pas très bien non plus, j'en ai mis aussi dans ma tasse. Et j'en ai déjà bu une longue gorgée.

Viktor continuait à la fixer d'un air hébété ; la tension l'empêchait de trouver ses mots.

— Je ne sais vraiment pas ce que je dois penser, se mit-il à hurler. Je ne sais pas non plus si vous m'avez cambriolé la nuit dernière. J'ignore pourquoi vous avez demandé une arme chez le quincaillier et pourquoi vous avez acheté un grand couteau et du fil de pêche. Et je ne sais pas quel genre de compte nous avons à régler.

Viktor se rendait bien compte combien ses paroles devaient paraître confuses, bien que toutes ces questions fussent pleinement justifiées.

— Bon Dieu, je ne sais même pas qui vous êtes !

— Et moi, je ne sais pas ce que vous me voulez, docteur Larenz. De quoi parlez-vous ? Qu'est-ce que c'est que cette histoire de compte à régler ?

— Aucune idée. C'est vous qui avez dit à Michael Burg que j'allais payer de mon sang...

— Vous avez de la fièvre ?

Oui, songea-t-il, *et je comprends enfin pourquoi.*

— Je n'ai pas échangé le moindre mot avec Burg, quand il m'a déposée sur l'île.

Elle aussi commençait à élever la voix.

— Je ne vois vraiment pas de quoi vous parlez.

Anna se leva et passa les mains sur sa jupe.

Encore une fois, quelqu'un mentait. Soit Anna, soit Halberstaedt.

— Mais si c'est l'opinion que vous avez de moi, je pense qu'il est inutile que nous poursuivions notre thérapie.

Pour la première fois, Viktor voyait sa patiente en colère.

Elle prit son manteau et son sac à main et se rua vers la porte. À peine sortie du salon, elle revint pourtant en arrière. Et avant que Viktor eût le temps de réagir, elle fit la pire chose imaginable.

Elle se saisit de l'enveloppe brune qui était sur le bureau et la balança dans la cheminée, où elle prit immédiatement feu.

— Non !

Viktor aurait voulu bondir vers l'âtre pour sauver le manuscrit, mais il était si faible qu'il ne put faire le moindre mouvement.

— Puisque nous arrêtons les séances, j'imagine que tout ça n'a plus de valeur pour vous.

— Attendez ! lui cria-t-il.

Mais Anna avait déjà fait demi-tour et claqué la porte de la maison derrière elle.

Elle était partie. Et, avec elle, il perdait son unique espoir de jamais découvrir la vérité sur Josy. Celle-ci était partie en fumée, une fumée qui s'échappait à présent lentement par le conduit de la cheminée.

32

Viktor se laissa retomber dans le canapé en gémissant.

Mais qu'est-ce qu'il y a ? Qu'est-ce qui se passe sur cette île ?

Il croisa les bras et remonta les genoux jusqu'au menton.

Merde.

Non seulement il transpirait, mais il était à nouveau saisi de tremblements.

Mais qu'est-ce que j'ai ? Maintenant, je ne saurai jamais la vérité sur Josy.

Elle voulait t'empoisonner, lui disait une petite voix intérieure. *Du paracétamol*, répondait sa mauvaise conscience.

Au bout d'un moment, les tremblements perdirent en intensité et il parvint à se relever sans trop de difficultés.

Viktor mit la porcelaine pleine de thé froid sur un petit plateau et se dirigea vers la cuisine. Alors qu'il jetait un regard perplexe sur les deux tasses, il trébucha par-dessus le seuil de la porte, laissant tout tomber sur le parquet du couloir. À présent, il lui était impossible de vérifier ses soupçons. Mais il était certain de ce qu'il avait vu, juste avant que le thé ne se renversât. Les tasses : elles étaient toutes les deux pleines à ras bord. Il aurait pu jurer qu'Anna n'avait pas touché à son thé.

Avant même qu'il eût le temps d'aller chercher une serpillière dans la cuisine, il entendit le ronronnement caractéristique de son vieux téléfax.

Sans plus se soucier des débris qui jonchaient le sol, il retourna au salon. Avant même de s'approcher, il vit que quelque chose ne tournait pas rond. Il prit lentement l'unique feuille que l'appareil venait de recracher et la plaça sous la lumière de la lampe. Mais il avait beau la retourner dans tous les sens, il n'y avait rien à voir. Pas d'image. Nulle trace d'un dessin de sa fille. Juste un grand rectangle noir.

33

Lorsque Halberstaedt vint lui apporter l'affreuse nouvelle, Viktor était déjà tellement à bout qu'il ne se rappelait même plus son propre numéro de téléphone. Et encore moins celui de Kai. Le détective n'avait pas tenu parole : au bout de vingt minutes, il n'avait toujours pas rappelé et Viktor décida d'essayer de le joindre lui-même. Mais la fièvre qui montait affectait visiblement sa mémoire. C'était comme si quelqu'un avait mélangé toutes les informations stockées dans son cerveau pour en faire une informe bouillie de chiffres. Aussi, il ne put informer Kai que son fax n'était pas passé.

Mais, dans l'immédiat, c'était bien le cadet de ses soucis. Il avait une peur panique du poison. Son dos le faisait souffrir comme s'il avait pris un coup de soleil et un violent mal de crâne était venu s'ajouter à ses douleurs à la nuque. Il n'y avait aucun médecin sur l'île, hormis lui-même. Vu la violence du vent et la mer déchaînée, même un hélicoptère de l'armée ne se serait risqué jusque-là qu'en cas d'extrême urgence. Et Viktor ne savait pas même s'il se trouvait dans un tel cas. Anna avait-elle dit la vérité ? Ou avait-elle menti et l'avait-elle bel et bien empoisonné par petites doses au cours des derniers jours ?

Comme Charlotte ? Comme Josy ?

En avait-elle même eu la possibilité ? Viktor décida d'attendre quelques heures. En aucun cas il ne voulait risquer la vie des médecins urgentistes, alors que la tempête du siècle faisait rage. Peut-être ceux-ci se seraient-ils ensuite rendu compte qu'ils avaient bravé les éléments à cause d'une simple grippe. Et, heureusement, il avait sur lui du charbon actif et d'autres médicaments contre les intoxications, qu'il s'empressa d'avaler.

Plus tard, Viktor songea que l'état déplorable dans lequel il se trouvait l'avait peut-être aidé à supporter l'horrible nouvelle que Halberstaedt lui avait apportée. La maladie et les effets secondaires des médicaments avaient embrumé son esprit, à tel point qu'il n'était plus en mesure de réagir à l'image de mort qu'il découvrit sur son perron.

— Je suis désolé, docteur, dit le maire.

Il tenait des deux mains sa casquette noire, qu'il faisait nerveusement tourner sur elle-même.

Viktor tituba en se penchant sur le cadavre de son chien.

— J'ai retrouvé Sindbad à côté d'une benne à ordures, derrière l'auberge.

Viktor avait l'impression d'entendre les paroles de Halberstaedt comme à travers un épais rideau de théâtre. Il s'agenouilla et caressa doucement ce qui restait de son golden retriever. Il n'y avait pas besoin d'être vétérinaire pour constater que, à l'évidence, l'animal avait été battu à mort. Deux de ses pattes étaient brisées, de même que la mâchoire et la colonne vertébrale.

— Vous savez qui y habite ?

— Quoi ?

Tout en essuyant ses larmes, Viktor leva les yeux vers le maire. Sindbad avait aussi été étranglé. Autour de son encolure, un fil de pêche pénétrait profondément dans sa chair.

— Cette femme. Elle habite à l'auberge. Et si vous voulez mon avis, c'est elle qui a fait ça.

La première réaction de Viktor fut d'acquiescer. Il faillit lui dire de l'attendre, le temps de chercher son arme pour aller l'abattre. Mais il se reprit aussitôt.

— Écoutez, je ne peux pas vous parler maintenant. Et encore moins vous entretenir du comportement de ma patiente.

Elle n'est pas nette. Du fil de pêche...

— Parce que c'est toujours votre patiente ? D'après ce que j'ai vu, elle est revenue de chez vous en larmes, hors d'elle.

— Ça non plus, ça ne vous regarde pas, répondit Viktor d'une voix entrecoupée de sanglots.

— Très bien, docteur. Restons calmes. En tout cas, vous avez bien mauvaise mine.

— Ça vous étonne ?

— Je ne sais pas. Même pour quelqu'un qui vient de perdre son chien... Je peux vous aider ?

— Non.

Viktor se pencha à nouveau par-dessus le corps supplicié de son chien. Il vit alors qu'il avait aussi des plaies au ventre. Des plaies profondes.

Comme si on lui avait donné des coups de couteau.

— Enfin, si. Vous pouvez faire quelque chose pour moi.

Viktor se releva.

— Vous pourriez enterrer Sindbad ? Pour moi, c'est trop dur, physiquement et moralement.

— Pas de problème.

Halberstaedt remit sa casquette et en tapota la visière du bout des doigts.

— Je sais où trouver la pelle, docteur, dit-il en faisant un signe vers la cabane à outils. Mais avant de le faire, il faut que je vous montre quelque chose. Peut-être que ça vous fera comprendre combien la situation est grave.

— Et quoi donc ?

— Regardez.

Halberstaedt lui tendit un papier verdâtre maculé de sang.

— J'ai trouvé ça dans la gueule de Sindbad.

Viktor déplia la feuille chiffonnée.

— Mais c'est un...

— ... un relevé de compte bancaire, effectivement. Et si je ne me trompe pas, il s'agit du vôtre.

Viktor gratta un peu de sang séché sur le coin droit du document, faisant ainsi apparaître le logo de sa banque. Il s'agissait du compte sur lequel Isabel et lui déposaient leurs économies.

— Regardez-le bien, lui dit Halberstaedt.

En haut à gauche, il déchiffra la date et le numéro du relevé.

— Mais c'est *aujourd'hui* !

— Exactement.

— Mais comment est-ce possible ? se demanda Viktor.

Il n'y avait pas un seul distributeur de billets sur l'île. Mais c'est au moment de lire le solde du compte qu'il fut vraiment pris de panique.

Deux jours plus tôt, le compte était encore créditeur de 450 322 euros.

La veille, quelqu'un avait retiré tout l'argent d'un coup.

34

Chambre 1245, clinique de Wedding.

— Vous ne vous étiez jamais interrogé sur le comportement d'Isabel auparavant ?

Au mépris du règlement intérieur, le docteur Roth avait allumé une cigarette. Il laissait Larenz en tirer quelques bouffées au fil de son récit.

— Non. Et l'idée qu'elle ait pu être liée à tout ça était si effrayante que j'ai préféré ne plus y penser.

— Mais, à part vous, elle était pourtant la seule à pouvoir accéder à votre compte.

— C'est exact. Elle avait accès à tous mes comptes. S'il n'y avait pas eu d'erreur de la part de la banque, c'était elle qui avait dû effectuer le retrait. Du moins, c'est ce que je pensais.

Le bipeur du docteur Roth se remit à sonner mais, cette fois-ci, il préféra ignorer le signal et demeura dans la chambre.

— Vous n'y allez pas ?

— Ce n'est pas important.

— C'était votre femme ?

Roth ignora la plaisanterie.

— Parlons plutôt de la vôtre, docteur. Pourquoi n'avez-vous pas chargé Kai de surveiller Isabel de plus près ?

— Vous vous souvenez de l'affaire du journal intime de Hitler ? Ce document falsifié que le magazine *Stern* avait publié en le croyant authentique ?

— Bien sûr.

— Il y a très longtemps, j'ai eu une discussion avec un journaliste qui travaillait chez eux et qui avait été directement mêlé au scandale.

— Je suis curieux d'entendre la suite.

— Je l'ai rencontré dans les coulisses d'un talk-show auquel j'étais invité. Au début, il ne voulait pas parler de tout ça, mais, après l'émission, deux ou trois bières à la cafétéria ont fini par le rendre plus loquace. Et là, il m'a avoué quelque chose que je n'oublierai jamais.

— À savoir ?

— Il m'a dit : « Dans cette histoire de journal intime, nous étions allés si loin qu'il était devenu inimaginable pour nous que tout cela ne soit pas vrai. Aussi, nous avons systématiquement ignoré tout ce qui indiquait que nous avions été roulés par un faussaire. Au contraire, nous consacrions tous nos efforts à chercher des indices prouvant que ce journal était authentique. »

— Qu'est-ce que vous voulez dire par là ?

— J'avais la même attitude vis-à-vis d'Isabel : quand vous ne voulez pas que quelque chose soit vrai, alors ça n'est pas vrai, un point c'est tout.

— Et c'est pour ça que vous n'avez pas fait de recherches à son sujet ?

— Si, je l'ai fait. Mais pas tout de suite. Dans l'immédiat, j'avais bien d'autres soucis.

Viktor tira encore une fois sur la cigarette que lui tendait le docteur Roth.

— Il mc fallait d'abord sortir vivant de cette île.

35

— Aide-moi !

Deux mots. Et la première pensée qui traversa la tête de Viktor fut qu'Anna venait de le tutoyer pour la première fois.

Le temps était toujours plus menaçant. Un épais massif nuageux se dressait au-dessus de l'île, tel un mur de béton gris, et semblait s'approcher toujours plus près de la maison. À présent, la tempête faisait rage. Quand Viktor sortit du lit pour aller voir qui tambourinait contre la porte, la météo annonçait un vent de force 10 à 11. Mais ces intempéries n'avaient guère d'effet sur Viktor. Peu avant, il avait pris un puissant somnifère, afin d'échapper quelques heures durant à sa maladie et à tous ses problèmes. Maintenant, ses sens étaient émoussés par les barbituriques. Au moment où il ouvrit la porte, toute son attention se porta sur une catastrophe qui n'avait rien de météorologique : contre toute attente, Anna était revenue, et jamais Viktor n'aurait cru possible que l'état de santé d'une personne se dégradât aussi rapidement. Cela ne faisait qu'une heure et demie que, furieuse, elle était partie de chez lui. À présent, son visage était blafard, ses cheveux pendaient en mèches désordonnées, et ses pupilles semblaient dilatées par la peur. Elle faisait peine à voir, d'autant plus que ses vêtements étaient trempés et maculés de boue.

— Aide-moi !

Ces deux mots furent les derniers qu'elle prononça ce jour-là. Anna s'écroula sous les yeux de Viktor en essayant dans un ultime réflexe de s'agripper à son pull-over bleu. Il crut d'abord qu'elle avait une crise d'épilepsie. Il n'était pas rare que l'épilepsie fût à l'origine de la schizophrénie. Mais il écarta bientôt cette hypothèse : Anna n'était pas saisie de spasmes, et elle n'avait pas non plus la bave aux lèvres. Elle n'avait pas tout à fait perdu connaissance, mais elle paraissait absente, comme si elle avait consommé des drogues dures.

Viktor décida de la porter dans la maison. Lorsqu'il la souleva du plancher en bois du perron, il fut surpris de constater combien elle était lourde. Son poids ne correspondait pas du tout à son allure gracile.

Je ne suis vraiment plus très en forme, pensa-t-il en traînant péniblement Anna jusqu'à la chambre d'amis du premier étage.

Sa tête bourdonnait de plus en plus fort, à mesure qu'il montait l'escalier. Sous l'effet des somnifères, son propre corps s'alourdissait de seconde en seconde.

La chambre d'amis se trouvait juste en face de la sienne, à l'autre bout du couloir. Heureusement, il avait fait préparer tous les lits avant son arrivée. Après avoir allongé Anna sur le drap en lin blanc, il lui retira son manteau de cachemire et dénoua le foulard en soie qu'elle portait autour du cou, afin de pouvoir prendre son pouls.

Tout est normal.

Se fiant à son intuition, il ouvrit successivement ses

paupières et examina ses yeux à l'aide d'une petite lampe de poche. Pas de doute. Anna n'allait vraiment pas bien. Ses pupilles ne réagissaient à la lumière qu'avec un long retard. Cela n'était pas forcément inquiétant en soi et pouvait provenir de la prise de médicaments. En tout cas, cela prouvait qu'Anna ne faisait pas semblant. Elle était malade ou, du moins, complètement épuisée. Exactement comme lui. Mais pourquoi ?

Avant même de chercher la réponse, Viktor décida de lui ôter ses vêtements trempés. Bien que cette décision fût pleinement justifiée d'un point de vue médical, il ne put réprimer une certaine gêne en lui retirant son pantalon, son chemisier et ses élégants sous-vêtements de soie. Très vite, il l'enveloppa dans un peignoir blanc, puis la recouvrit d'une fine couverture. Anna était tellement à bout de forces qu'elle s'était endormie avant même qu'il eût terminé.

Viktor l'observa encore un moment, concentrant son attention sur sa respiration lente et régulière. Visiblement, il s'agissait d'un simple collapsus cardiovasculaire. Anna ne courait donc aucun danger.

Néanmoins, cette situation ne lui plaisait guère. Il était lui-même malade et complètement épuisé. Il avait maintenant dans sa chambre d'amis une patiente schizophrène qui avait peut-être pour intention de le tuer. Et qu'il devait faire parler dès son réveil. À propos du relevé bancaire, de Sindbad, de Josy.

Si les somnifères et les antibiotiques ne lui avaient pas ravi toutes ses forces, il aurait pris le risque de ramener lui-même Anna au village, sans plus tarder.

Viktor réfléchit un instant, puis décida de descendre appeler de l'aide.

Au moment précis où il décrocha le téléphone, un éclair illumina la plage. Viktor reposa immédiatement le combiné et commença à compter lentement. Il n'était arrivé qu'à quatre quand la maison fut secouée par un violent coup de tonnerre. L'orage devait être à moins de deux kilomètres. Il fit vite le tour de toutes les pièces en débranchant tous les appareils électriques, afin d'éviter qu'ils fussent endommagés. Après s'être occupé du petit téléviseur qui se trouvait dans la chambre d'Anna, il constata que celle-ci bougeait dans son sommeil en poussant de profonds soupirs. Son état semblait s'améliorer de minute en minute. D'ici à une ou deux heures, elle serait à nouveau sur pied.

Bon sang. Elle va sûrement se réveiller une fois que je serai endormi.

Il fallait à tout prix éviter ça. En aucun cas il ne voulait être livré à elle, sans défense, dans sa propre maison. Il redescendit l'escalier, mais dut s'asseoir au milieu des marches pour ne pas perdre l'équilibre.

Lorsqu'il atteignit le téléphone, Viktor était tellement à bout de forces qu'il lui fallut plusieurs secondes pour se rendre compte qu'il n'y avait pas de tonalité. La ligne était coupée. Il eut beau décrocher et raccrocher plusieurs fois le vieux combiné, rien à faire.

— Putain de tempête. Putain d'île.

Visiblement, les intempéries avaient coupé la ligne. Viktor s'assit sur le canapé et chercha désespérément une solution. Une patiente dangereuse était allongée sur le lit de la chambre d'amis. Il n'avait pas la force de marcher jusqu'au village. Et les médicaments qui coulaient dans ses veines étaient en train d'étourdir ses sens.

Que faire ?

Au moment où il trouva la solution, il s'endormit.

36

Cette fois, le rêve se déroula de manière un peu différente. Il fonçait toujours vers la mer déchaînée mais, à présent, ce n'était plus Josy qui l'accompagnait. Au début, il ne parvenait pas à reconnaître la passagère qui était assise à côté de lui. Il cherchait désespérément à identifier cette jeune femme qui tambourinait du bout des doigts sur le tableau de bord. Il la reconnut enfin et ouvrit la bouche pour crier son nom.

Anna.

Mais il ne put émettre le moindre son, car une main se plaqua soudain contre sa bouche pour l'empêcher de parler.

Mais qu'est-ce que... ?

Terrifié, Viktor se rendit compte que son cauchemar cédait la place à une réalité plus atroce encore. Il était allongé sur le canapé, mais il ne dormait plus. Il s'était réveillé, et la main sur sa bouche était bien réelle.

Je n'ai plus d'air, pensa Viktor en essayant de repousser son agresseur. Mais les somnifères et la maladie jouaient en sa défaveur : il parvenait à peine à bouger les mains, comme si un poids invisible le maintenait plaqué sur le sofa.

J'étouffe. C'est foutu. Halberstaedt avait raison.

Dans un ultime effort, Viktor parvint à se tourner sur

le côté et se mit à donner des coups de pied dans tous les sens. Le poids se fit d'abord plus écrasant encore. Puis son pied toucha quelque chose de mou. Un craquement, un cri étouffé, puis plus rien. Soudain, la main avait disparu, de même que le poids qui l'écrasait. Ses poumons se remplirent d'air et Viktor se mit à tousser violemment.

— Anna ?

Toujours allongé sur le canapé, Viktor avait crié son nom de toutes ses forces en agitant les bras comme un noyé appelant à l'aide.

— Anna ?

Pas de réponse.

Est-ce que je rêve ou est-ce que tout ça est bien réel ?

L'apathie dans laquelle l'avaient plongé la fièvre et les somnifères cédait à présent la place à un sentiment de panique.

Au secours ! La lumière ! Il me faut de la lumière !

— Aaannaaaaa !!

Viktor entendit son propre cri. Il avait l'impression d'être un plongeur remontant lentement à la surface.

Où est ce putain d'interrupteur ?

Viktor était parvenu à se lever et cherchait le bouton à tâtons. Il finit par le trouver, et le plafonnier jeta sur le salon une lumière d'une clarté irréelle. Lorsque ses yeux s'y furent habitués, il regarda autour de lui.

Rien. Je suis seul. Il n'y a personne.

Il se dirigea lentement vers la fenêtre, mais celle-ci était fermée. À peine avait-il atteint le bureau qu'il entendit claquer une porte derrière lui. Il se retourna d'un coup et entendit quelqu'un monter précipitamment les escaliers, pieds nus.

— Aide-moi !

Les deux mots que son hôte indésirable lui avait dits quelques heures plus tôt, c'était maintenant lui qui les prononçait. Après un bref répit, la terreur était de retour. Il se traîna en boitant jusqu'à la porte.

Qu'est-ce qui se passe ici ? Qu'est-ce que c'était ? Seulement un rêve ?

Viktor ouvrit brusquement le tiroir de la commode et chercha le pistolet. *Il avait disparu.*

À l'étage, quelqu'un traversait le couloir d'un pas lourd.

Pris de panique, il fouilla à nouveau dans le tiroir et finit par trouver dans un coin le paquet à moitié ouvert, caché sous ses mouchoirs en lin. Les mains tremblantes, il arracha l'emballage et chargea l'arme. Stimulé par une poussée d'adrénaline, il monta alors les escaliers en courant.

Il avait atteint la dernière marche lorsqu'il entendit claquer la porte de la chambre d'amis, à l'autre bout du couloir.

— Anna, mais qu'est-ce que...

Viktor retint sa respiration, ouvrit brusquement la porte de la chambre et pointa son pistolet en direction du lit. Il était à deux doigts de tirer. Mais la surprise lui ôta ses dernières forces.

Il baissa son arme.

Je ne peux pas le croire, se dit-il en refermant la porte derrière lui, complètement essoufflé.

C'est impossible. Absolument impossible !

Quelque chose ne tournait pas rond, mais il était incapable de dire quoi. Il ne savait qu'une chose : cette chambre dans laquelle Anna dormait encore paisiblement quelques heures plus tôt, et où il venait de l'entendre se réfugier, était vide. Et il n'y avait nulle trace d'elle ailleurs dans la maison.

Une demi-heure plus tard, alors que Viktor avait terminé de contrôler une nouvelle fois toutes les portes et fenêtres, sa fatigue avait disparu. Les médicaments commençaient à perdre de leur effet, et Anna en avait fait assez pour l'empêcher de se rendormir. Elle l'avait agressé puis avait fui, bravant l'orage et la tempête. Et nue, de surcroît ! Car tous ses vêtements étaient là, éparpillés sur le sol de la chambre d'amis. Même le peignoir. Elle n'avait rien emporté.

Tandis que Viktor se préparait un café bien serré, les mêmes questions tournaient sans relâche dans sa tête :

Qu'est-ce qu'Anna voulait de lui ?
Et si cette agression n'avait été qu'un rêve ?
Mais alors, pourquoi avait-elle disparu ?
Et qui était-elle ?

À 4 h 30, il prit deux comprimés de Tylenol et un cachet d'ibuprofène, afin de se donner des forces. Pour lui, la journée ne faisait que commencer.

37

Parkum, le jour de vérité.

Dans certaines circonstances, même les personnes les plus intelligentes se montrent parfois incapables de réfléchir avec logique. Tel était le cas de Viktor : l'épuisement et la maladie faisaient fonctionner son cerveau au ralenti, et il se laissait envahir par des pensées obsédantes dont il ne pouvait se débarrasser. Les événements de la nuit passée ne lui laissaient aucun répit. Tout cela était inexplicable. Il avait beau se creuser la tête sans relâche, il ne trouvait aucune réponse satisfaisante aux nombreuses interrogations qui le taraudaient.

Charlotte, Sindbad, Josy, le poison.

Au final, tout cela renvoyait à une seule et unique question : *qui était Anna Spiegel ?* Il lui fallait trouver la solution, avant qu'il ne fût trop tard. Il envisagea un temps de faire appel à la police. Mais qu'est-ce qu'il allait leur raconter ? Son chien était mort, il était souffrant, quelqu'un avait essayé de le tuer et son compte avait été vidé. Mais il ne pouvait fournir aucune preuve sérieuse qu'Anna eût un lien avec tout ça.

Comme on était dimanche, il lui fallait patienter jusqu'au lendemain pour joindre sa banque et essayer d'annuler la dernière opération. Mais il ne pouvait attendre aussi longtemps. Il lui fallait donc agir seul, dès aujourd'hui. Malgré l'agression qu'il avait subie, il se sentait un peu mieux. Cela pouvait s'expliquer par le fait qu'il n'avait plus bu de thé depuis la veille et que les médicaments antipoison commençaient à faire leur effet.

Il était dans la salle de bains lorsqu'un bruit inhabituel le fit à nouveau tressaillir. Quelqu'un était devant la porte. Mais ce n'était ni le son des bottes en caoutchouc de Halberstaedt ni celui des talons aiguilles d'Anna. Saisi d'une crainte soudaine et irrationnelle, il sortit le pistolet qu'il portait maintenant sur lui en permanence, se glissa jusque dans l'entrée et jeta un coup d'œil à travers le judas. Qui pouvait bien venir le déranger de si bon matin ?

Personne.

Viktor se mit sur la pointe des pieds, puis plia les genoux. Mais quel que fût l'angle par lequel il regardait dehors, il ne voyait pas âme qui vive. Alors qu'il s'apprêtait à tourner la lourde poignée en laiton afin d'entrouvrir la porte, il entendit un bruit de papier froissé sous son pied droit. Il se baissa et ramassa une enveloppe que quelqu'un avait visiblement glissée sous la porte.

C'était un télégramme. Autrefois, avant l'invention du fax et de l'e-mail, il recevait souvent des messages par cette voie. Mais maintenant que tout le monde était joignable sur son portable jusque dans le moindre village, il avait cru que ce moyen de communication avait définitivement disparu. Certes, il n'y avait pas de réseau GSM sur l'île, mais il avait tout de même son téléphone fixe, et les informations importantes lui étaient accessibles par Internet. Qui donc pouvait lui envoyer ainsi un télégramme ?

Viktor rangea le pistolet dans la poche de son peignoir et ouvrit la porte pour voir si le facteur était encore là. Mais il n'y avait rien ni personne, hormis un chat noir trempé qui marchait en direction du village. Si quelqu'un avait gravi les marches de son perron quelques minutes plus tôt, il avait dû disparaître au plus vite dans la forêt toute proche. Les noires branches des sapins ployaient sous le poids des gouttes de pluie et semblaient engloutir le moindre rayon de lumière.

Tremblant, Viktor referma la porte à clé. Il ne savait plus si c'était le froid, la peur ou la maladie qui le faisait ainsi frissonner. Il ôta son peignoir trempé de sueur et le laissa négligemment tomber par terre. Après avoir enfilé un épais gilet de laine qu'il avait sorti du placard, il déchira hâtivement l'enveloppe blanche et en sortit le télégramme. Il ne comportait qu'une seule phrase. Ce n'est qu'au bout de la troisième lecture qu'il en comprit le sens, et il en eut le souffle coupé.

TU DEVRAIS AVOIR HONTE !

Voilà ce qui était écrit en lettres majuscules sur le papier de la poste. Et puis il y avait le nom de l'expéditeur. Il dut s'asseoir. Son regard s'obscurcit. L'expéditeur était *Isabel*. Mais qu'est-ce que cela signifiait ? Viktor avait beau réfléchir, tout cela restait parfaitement incompréhensible. Pourquoi était-il censé avoir honte ? Qu'est-ce que sa femme avait bien pu découvrir sur lui, alors qu'elle se trouvait à Manhattan ? Et pourquoi lui avait-elle envoyé un télégramme, au lieu de lui téléphoner ? Qu'est-ce qui avait pu mettre sa femme en colère au point qu'elle refusât de lui parler, alors qu'il avait justement besoin d'elle de toute urgence ?

Viktor décida d'essayer de rappeler New York. Il se dirigea vers le téléphone et décrocha le combiné mais, comme la veille, il ne se passa rien. La ligne dont il avait absolument besoin pour joindre Isabel était toujours coupée.

Mais qu'ont donc fait les techniciens depuis hier ? Ils ont joué aux cartes ? pensa Viktor, agacé. On pouvait supposer que la tempête avait fait tomber un poteau ou endommagé la ligne sous-marine qui reliait le réseau de l'île au continent. Mais il découvrit bientôt une explication beaucoup plus triviale. Il fut d'abord soulagé, car le problème était simple à résoudre. Mais, très vite, il fut envahi par une terrible angoisse : jusqu'à l'appel de Kai, deux jours plus tôt, le téléphone avait fonctionné. Ensuite, il avait cessé de sonner. Pour une raison très simple : quelqu'un l'avait débranché.

38

Comme Isabel n'était pas joignable, il décida d'agir. Il ne pouvait rester assis là face au téléphone à attendre un hypothétique appel de sa femme, de Kai ou d'Anna. Alors qu'il n'avait fait jusque-là que subir les événements, il était grand temps pour lui de passer à l'offensive.

Il lui fallut plusieurs minutes avant de parvenir à ouvrir le tiroir du haut de la commode dans le couloir. Là, il trouva le vieux calepin rouge dans lequel son père avait jadis noté tous les numéros de téléphone importants de l'île. Il trouva celui qu'il cherchait à la lettre A, comme « auberge ». Il laissa sonner exactement vingt-trois fois, avant de se résigner à raccrocher.

Quel est le point commun entre l'hôtel Marriott Marquis à Times Square et l'auberge Ankerhof à Parkum ? songea-t-il, non sans ironie. Il réessaya, dans l'espoir de s'être trompé en composant le numéro la première fois, mais rien n'y fit.

Personne.

Il regarda par la fenêtre. Derrière le dense rideau de pluie, on distinguait à peine les sombres lames brisantes qui s'écrasaient sans répit sur la plage.

Il se mit à tourner nerveusement les pages du calepin, jusqu'à la lettre H.

Cette fois, il eut plus de chance. Contrairement à Isabel et à Trudi, Halberstaedt décrocha.

— Excusez-moi de vous déranger pendant votre temps libre, monsieur le maire. Mais j'ai réfléchi à ce que vous m'avez dit ces derniers jours. Et, finalement, je crois que je vais bel et bien avoir besoin de votre aide.

— Comment ça ? Je ne vous comprends pas.

Halberstaedt semblait quelque peu déboussolé.

— Je serais allé moi-même à l'auberge, s'il n'avait pas tant plu, mais puisque vous habitez juste à côté, j'ai pensé que...

— Quoi ?

— Il faut d'urgence que je parle à Anna.

— Qui ?

— Anna, répondit Viktor. Vous savez bien, cette femme. Anna Spiegel.

— Ça ne me dit rien.

Un léger sifflement se mit à résonner dans l'oreille droite de Viktor, avec une intensité croissante.

— Voyons, nous avons parlé d'elle plusieurs fois, ces derniers temps. Cette femme que vous avez à l'œil et que vous soupçonnez d'avoir tué mon chien.

— Je ne vois pas de quoi vous voulez parler, docteur.

— Mais c'est une plaisanterie ou quoi ? Vous n'avez cessé de me mettre en garde contre elle. Hier encore, quand vous avez ramené Sindbad...

— Vous ne vous sentez pas bien, docteur Larenz ? Je ne vous ai pas vu de toute la semaine. Et je n'ai pas touché à votre chien.

Le sifflement résonnait à présent dans ses deux oreilles.

— Écoutez...

Viktor s'interrompit au milieu de sa phrase, lorsqu'il entendit une voix familière derrière Halberstaedt.

— C'était elle ?

— Qui ?

— Anna ? Elle est chez vous ?

— Je ne connais pas d'Anna, docteur. Et je suis seul chez moi.

Viktor s'agrippait au combiné comme un noyé à sa bouée.

— Mais c'est... Enfin...

Il ne savait plus quoi dire, quand il eut soudain une idée.

— Un instant.

Viktor courut dans l'entrée et ramassa le peignoir par terre. À son grand soulagement, le pistolet chargé se trouvait toujours là, dans la poche droite. C'était bien la preuve qu'il n'était pas devenu fou.

Viktor retourna en courant jusqu'au téléphone.

— Bon, Patrick, je ne sais pas à quoi vous jouez. Mais moi, j'ai dans la main l'arme que vous m'avez donnée.

— Oh !

— Comment ça, « oh » ? lui cria Viktor. Est-ce que quelqu'un peut m'expliquer ce qui se passe, ici ?

— C'est... Enfin... Je...

Halberstaedt s'était soudain mis à bégayer. À présent, Viktor avait la certitude que quelqu'un se tenait derrière lui et lui donnait des indications.

— Tant pis. Écoutez, Patrick, je ne sais pas ce que tout ça signifie. Nous réglerons ça plus tard. Mais, maintenant, il faut que je parle à Anna, de toute urgence.

Dites-lui donc que je vais me mettre en chemin et que je souhaite la voir dans sa chambre à l'auberge, d'ici une heure tout au plus. Et tant que nous y sommes, venez aussi. Nous pourrons régler ça tous ensemble.

À l'autre bout de la ligne, il entendit un profond soupir. Lorsque Halberstaedt reprit la parole, sa voix était transformée : sa gêne avait cédé la place à une arrogance sans bornes.

— Une dernière fois, docteur. Je ne connais pas d'*Anna*. Et, même si c'était le cas, je ne pourrais pas faire ce que vous me demandez.

— Et pourquoi ?

— Parce que l'auberge de Trudi est fermée depuis des semaines. Plus personne n'y habite.

Et la communication s'interrompit.

39

La vérité est comme un puzzle, à ceci près que le nombre d'éléments qui la constituent n'est pas connu à l'avance. Or elle ne peut apparaître qu'une fois que tous les morceaux de la mosaïque ont été assemblés.

Viktor était déjà parvenu à reconstituer les bords du puzzle. Il lui fallait maintenant compléter le tableau en trouvant des réponses à toutes les interrogations qui l'obsédaient :

Qui avait tué Sindbad ?

Pourquoi était-il lui-même tombé malade ?

Quels rapports Halberstaedt entretenait-il avec Anna ?

Et surtout : qui était Anna Spiegel ?

Viktor décida de passer le coup de fil décisif qui lui permettrait de répondre enfin à cette dernière question. Mais au moment précis où il s'apprêtait à décrocher, le téléphone sonna.

— Qui est-elle ? lui demanda-t-on.

Viktor était si soulagé d'entendre cette voix qu'il en resta d'abord muet.

— Dis-moi *tout de suite* de qui il s'agit !

— Isabel ! s'écria Viktor, surpris par ce ton agressif.

Je suis content que tu appelles, j'ai essayé de te joindre, mais la réceptionniste disait...

— *Toi*, tu as essayé de *me* joindre ?

— Oui. Pourquoi es-tu en colère ? Je ne comprends plus rien. Pourquoi m'as-tu envoyé un télégramme ?

— Ha !

Le rire méprisant d'Isabel fut suivi d'un silence tendu. On n'entendait plus que le bruit de friture sur la ligne.

— Mais chérie, reprit Viktor avec hésitation, qu'est-ce qui se passe ?

— Arrête de m'appeler « chérie ». Après ce que tu as fait...

À présent, Viktor passait nerveusement le combiné d'une main à l'autre. Il sentait la colère monter en lui.

— Est-ce que tu aurais l'obligeance de me donner enfin des explications, au lieu de me crier dessus ?

— Très bien. Puisque tu veux continuer ton petit jeu, allons-y. Commençons par une question très simple : qui est cette salope ?

Soulagé, Viktor se mit à rire : il se sentait soudain libéré d'un grand poids. Visiblement, Isabel s'imaginait qu'il profitait de son séjour sur l'île pour se livrer à des infidélités.

— Arrête de rigoler comme un gamin, Viktor. Et ne me prends pas pour une conne.

— Oh, oh, oh... Isabel, je t'en prie. Tu ne crois quand même pas que je te trompe ? C'est n'importe quoi ! Comment peux-tu penser une chose pareille ?

— Je t'ai dit de ne pas me prendre pour une conne. Dis-moi qui est cette salope, qu'on n'en parle plus !

— Mais de quoi tu parles ?

La colère de Viktor était de retour.

— Je te parle de la femme qui a décroché ce putain

de téléphone quand je t'ai appelé hier ! cria-t-elle dans le combiné.

Irrité, Viktor plissa les yeux et essaya de comprendre ce qu'elle lui disait.

— Hier ?

— Oui, hier. À 14 h 30, heure de Parkum, si tu veux tout savoir.

Anna. Elle était là, hier après-midi. Mais comment aurait-elle pu décrocher... ?

Les idées se bousculaient dans sa tête. Durant un bref instant, Viktor eut l'impression de perdre l'équilibre, comme s'il avait le mal de mer.

— Ça fait longtemps que vous êtes ensemble ? Hein ? Tu prétends que tu as besoin de recul, que tu dois écrire les réponses à cette interview... Et tu profites de la disparition de notre fille pour aller en *baiser* une autre ?

Je ne l'ai pourtant jamais laissée seule. Jamais, sauf...

La cuisine. Le thé.

Viktor dut s'asseoir lorsque ce souvenir lui revint, tel un boomerang.

Mais ça n'a duré que quelques minutes...

— Anna.

— Anna, d'accord. Et son nom de famille ?

— Quoi ?

Plongé dans ses pensées, il avait prononcé son prénom sans même s'en rendre compte.

— Écoute, Isabel, il s'agit d'un malentendu. Je vais tout t'expliquer.

Bon Dieu, on croirait vraiment entendre un mari qui vient de tromper sa femme avec sa secrétaire : « Chérie, ce n'est pas ce que tu crois ! »

— Anna est ma patiente !

— Tu baises une patiente ? hurla-t-elle, hystérique.

— Mais bon sang, bien sûr que non ! Il ne s'est rien passé entre nous.

— Ha !

Encore ce rire méprisant.

— Non, bien sûr, il ne s'est rien passé entre vous. Elle est juste passée te voir dans notre maison de vacances. Alors même que tu n'exerces plus et qu'elle ne pouvait absolument pas savoir que tu te trouvais à Parkum ! Oh, et puis merde ! Je vais raccrocher, c'est trop humiliant.

— Isabel, je t'en prie. Je peux te comprendre, mais donne-moi au moins une chance de m'expliquer, s'il te plaît.

Silence à l'autre bout de la ligne. Juste le bruit perçant d'une sirène d'ambulance, de l'autre côté de l'Atlantique.

— Écoute, je ne comprends moi-même plus très bien ce qui se passe. Mais il y a une chose dont tu peux être sûre : je n'ai certainement pas couché avec la femme que tu as eue hier au bout du fil. Et je n'ai aucune intention de te tromper, crois-moi. Pour le reste, laisse-moi t'expliquer : il y a cinq jours, une femme du nom d'Anna Spiegel est venue frapper à ma porte et m'a demandé de la prendre pour patiente. Apparemment, elle écrit des livres pour enfants et elle souffre de schizophrénie. Je ne sais pas du tout comment elle a su que j'étais ici. Toujours est-il que son histoire était tellement intéressante, tellement hors du commun, que j'ai finalement décidé de faire une expérience et de lui accorder un premier entretien thérapeutique. Si elle est toujours sur l'île en ce moment, c'est parce qu'une tempête s'est levée et qu'il n'y a donc plus aucune navette pour le continent.

— Jolie histoire. Bien inventée, persifla Isabel.

— Ce ne sont pas des histoires. C'est la vérité. J'ignore pourquoi elle a décroché le téléphone hier après-midi. Peut-être que j'étais justement dans la cuisine, en train de faire du thé, et qu'elle en a profité lorsque le téléphone s'est mis à sonner.

— Le téléphone n'a pas sonné.

— Quoi ?

— Elle a décroché avant même la première sonnerie. Elle devait attendre à côté du téléphone.

Viktor avait le sentiment de perdre pied. Décidément, il se passait quelque chose d'anormal. Quelque chose d'inexplicable.

— Isabel, je ne comprends pas pourquoi elle a fait ça. Depuis qu'elle a débarqué ici, il m'arrive les choses les plus bizarres. Je suis malade. Quelqu'un m'a agressé. Et je crois qu'Anna a des informations sur Josy.

— Quoi ?

— J'ai essayé de te joindre plusieurs fois pour te dire que j'avais peut-être une piste. Kai est déjà sur le coup. Et quelqu'un a vidé notre compte en banque. Je n'y comprends plus rien et je voulais en parler avec toi. Mais ça fait des jours que je n'arrive pas à te mettre la main dessus. Et, au lieu de m'appeler, tu m'envoies ce télégramme.

— Je t'ai envoyé un télégramme parce que je n'arrivais pas à *te* joindre.

La prise.

— Je sais. Quelqu'un a débranché la ligne hier soir.

— Oh, je t'en prie, Viktor, arrête de me fatiguer avec tes histoires. Une femme sortie de nulle part qui débarque chez toi, te donne des informations sur notre fille, décroche notre téléphone, échange quelques mots avec moi, puis débranche la ligne ? Tu en as d'autres, comme ça ? Si tu m'avouais que tu t'étais saoulé, avant de passer la nuit avec une pute, ce serait tout de même plus crédible, non ?

Viktor n'entendit même pas la fin de sa phrase. Les premiers mots avaient suffi pour l'alerter.

— De quoi avez-vous parlé ?

Elles ont échangé quelques mots.

— Elle, au moins, ne m'a pas menti. Elle m'a dit que tu étais sous la douche.

— Elle ment. J'étais dans la cuisine. Ensuite, j'ai passé un coup de fil à Kai et je l'ai mise dehors.

À présent, c'était Viktor qui frôlait l'hystérie et hurlait dans le combiné.

— Je n'ai rien à voir avec cette femme, je la connais à peine !

— Ah, mais elle, par contre, elle te connaît très bien.

— Pourquoi ça ?

— Elle t'appelait par ton petit nom. Celui que tu détestes tant et qui n'est connu que de ta mère et moi.

— *Diddy ?*

— Exactement, Diddy. Et tu sais quoi, *Diddy* ? Tu peux aller te faire foutre !

Sur ces mots, elle raccrocha, et Viktor n'entendit plus que le bruit pénétrant et continu de la tonalité.

40

Aussi loin qu'il se souvînt, Viktor ne s'était jamais senti étranglé par une telle angoisse. Il avait certes déjà eu des problèmes avec certaines de ses patientes mais, chaque fois que l'une d'elles s'était mêlée de sa vie privée, il avait toujours su expliquer ses actes par une pathologie bien identifiable. Le cas d'Anna était différent : son comportement demeurait incompréhensible, ce qui la rendait d'autant plus menaçante. Que voulait-elle ? Pourquoi prenait-elle le nom d'une étudiante assassinée ? Pourquoi avait-elle menti à sa femme ? Et surtout : quel rapport avait-elle avec Josy ?

Viktor se rendait bien compte que quelque chose lui échappait. Tous les événements des derniers jours étaient liés. Ils semblaient s'enchaîner selon un plan secret qu'il ne parvenait pas à reconstituer.

Physiquement, au moins, il se sentait un peu mieux, car il n'avait plus bu de thé depuis la veille. Il prit une longue douche avant de se changer.

Il serait temps de faire une machine, songea-t-il alors qu'il s'apprêtait à remettre le jean qu'il avait déjà porté deux jours plus tôt. Il retourna toutes les poches et jeta les mouchoirs qui s'y étaient accumulés. Ce faisant, il fit tomber un petit bout de papier par terre. C'est en le ramassant qu'il se souvint : il s'agissait du billet qui était tombé du portefeuille d'Anna et qu'il avait mis dans une poche en toute hâte, pour finalement l'oublier. On aurait dit un de ces petits mots que les écoliers font discrètement circuler dans les rangs pendant la classe. Il ne savait pas à quoi s'attendre, mais il fut néanmoins déçu de découvrir que le papier ne comportait qu'une série de chiffres. Cela aurait pu être n'importe quoi : la combinaison d'un coffre-fort, un compte en banque, un mot de passe ou, tout simplement, un *numéro de téléphone*.

Viktor dévala les escaliers, se rua dans la cuisine et décrocha le combiné. Lentement, il composa le numéro, prêt à raccrocher immédiatement dès qu'il entendrait une voix à l'autre bout du fil.

41

— Docteur Larenz, enfin ! Quel soulagement de vous avoir !

La surprise de Viktor fut telle qu'il en oublia de raccrocher. Il ne s'attendait vraiment pas à être reçu ainsi, ne serait-ce que parce que sa ligne de téléphone analogique ne permettait pas d'identifier l'appelant. Qui était son interlocuteur ? Et pourquoi celui-ci semblait-il attendre désespérément son appel ?

— Oui ?

Viktor ne voulait pas encore trahir son identité et avait donc fait la réponse la plus vague possible.

— Je suis vraiment désolé de vous importuner ainsi, après tout ce que vous avez déjà dû subir.

Cette voix avait quelque chose de familier.

— Mais j'ai pensé qu'il valait mieux que je vous informe au plus vite, afin d'éviter que les choses n'empirent.

Van Druisen ! Viktor l'avait enfin reconnu. Mais comment le numéro de téléphone de son mentor avait-il pu atterrir dans le portefeuille d'Anna ?

— Mon cher professeur, expliquez-vous : qu'est-ce qui vous alarme ainsi ?

— Comment, vous n'avez pas lu mon dernier e-mail ?

Un e-mail ? Ces derniers jours, Viktor avait complètement oublié de consulter sa boîte. Celle-ci devait être pleine de messages du magazine *Bunte*, car il avait dépassé la date à laquelle il était censé leur envoyer son interview.

— Non, je ne suis pas encore allé sur Internet depuis que je suis ici. Que se passe-t-il ?

— La semaine dernière, j'ai été cambriolé, docteur Larenz.

— J'en suis désolé, mais qu'est-ce que ça a à voir avec moi ?

— Eh bien, ce n'est pas le cambriolage lui-même qui m'inquiète, mais plutôt l'objet du vol. Le cambrioleur n'a ouvert qu'une seule armoire, dans laquelle il n'a pris qu'un unique dossier.

— Lequel ?

— Je l'ignore. Mais il s'agissait de l'armoire contenant les dossiers de vos patients. Vous savez, ceux que vous m'avez laissés lorsque j'ai racheté votre cabinet. J'ai bien peur qu'il s'agisse d'un acte de malveillance à l'égard de l'un de vos anciens malades.

— Comment pouvez-vous être sûr qu'il manque un dossier, si vous ne savez pas lequel ?

— J'ai retrouvé un classeur vide, par terre, dans le couloir. L'étiquette en a été arrachée, de sorte qu'il n'est plus possible d'identifier de quel cas il s'agit. En tout cas, tout ce qu'il contenait a disparu.

Viktor ferma les yeux, comme si cela pouvait l'aider à mieux comprendre ce qu'il venait d'entendre. De quel ancien patient pouvait-il bien s'agir ? Et qui pouvait donc aller jusqu'à cambrioler un cabinet pour se procurer un vieux dossier ? Viktor devina une réponse et rouvrit les yeux.

— Écoutez-moi bien, professeur : connaissez-vous une certaine Anna Spiegel ?

— Mon Dieu, vous êtes donc au courant ?

— Comment ça ?

— Eh bien, la... Enfin...

C'était bien la première fois que Viktor entendait ce vieux professeur distingué bégayer de la sorte.

— De quoi suis-je censé être au courant ?

— Eh bien, vous m'avez demandé si je la connaissais...

— Oui. Anna Spiegel. Est-ce vous qui lui avez dit de venir me voir ici, à Parkum ?

— Grand Dieu, elle est *chez vous* ?

— Oui. Et alors ?

— Je le savais. Tout cela est ma faute, jamais je n'aurais dû...

La voix de van Druisen s'apparentait à présent à un gémissement désespéré.

— Professeur, sauf votre respect, pouvez-vous m'expliquer ce qui se passe ?

— Vous êtes en danger. En grand danger, mon cher ami.

Viktor serrait le combiné dans sa main, comme si sa vie en dépendait.

— Qu'est-ce que vous voulez dire ?

— Anna Spiegel était ma patiente. Au début, je ne voulais pas la soigner, mais comme un confrère me l'avait envoyée...

— Est-elle schizophrène ?

— C'est ce qu'elle vous a raconté ?

— Oui.

— C'est un peu sa lubie, si vous me permettez l'expression.

— Elle n'est donc pas malade ?

— Si, si. Et comment. Mais elle n'est pas schizophrène. C'est presque le contraire. Sa maladie consiste à *prétendre* qu'elle l'est.

— Je ne comprends pas.

— Elle vous a raconté l'histoire du chien qu'elle a battu à mort ?

— Oui, Terry. Elle m'a dit que ça avait été sa première hallucination.

— C'est faux. Elle a vraiment tué ce chien. C'est bel et bien arrivé. Mais elle prétend être schizophrène, parce que cela l'aide à surmonter la réalité.

— Cela signifie donc que tout ce qu'elle m'a raconté...

— ... est vrai, en effet. Elle a effectivement vécu tous ces événements horribles. Et elle se réfugie dans sa supposée maladie, pour ne pas avoir à affronter la vérité. Vous comprenez ?

— Oui.

Tout est vrai : Charlotte, le cambriolage du bungalow, le voyage à Hambourg, le poison...

— Mais pourquoi lui avoir dit de venir me consulter ?

— Jamais je n'ai fait une chose pareille, docteur Larenz. Moi-même, je ne voulais plus m'occuper de son cas ; pourquoi vous l'aurais-je envoyée, alors que vous n'exercez plus ? En fait, c'est elle qui a subitement cessé de me consulter. Et ce qui rend la chose très mystérieuse, c'est qu'elle a disparu précisément le jour du cambriolage. Je suis sûr qu'il y a un lien.

— Pourquoi ?

— Parce qu'au cours des dernières séances elle n'a pas arrêté de me parler de vous, docteur. Elle disait que vous aviez un compte à régler. Une fois, elle a même parlé de vous empoisonner.

Viktor avala sa salive et se rendit compte que cela lui était moins douloureux qu'au cours des jours précédents.

— M'empoisonner ? Mais pourquoi ? Je ne la connais même pas.

— Certes. Mais elle, en revanche, semble très bien vous connaître.

Viktor dut penser à Isabel, qui venait de lui dire presque la même chose.

— Mlle Spiegel n'arrêtait pas de parler de vous. Mon Dieu, combien je regrette de ne pas vous avoir prévenu ! Je crois qu'elle est très dangereuse... Non, j'en suis sûr. Elle me racontait souvent les choses affreuses qu'elle avait faites à d'autres gens. Notamment à cette pauvre petite fille.

— Charlotte ?

— Oui. Je crois que c'est ça. Oh, docteur Larenz, pardonnez-moi, je vous en prie. Si seulement j'avais écouté ma petite voix intérieure, j'aurais arrêté de la soigner. Il aurait fallu l'envoyer dans un établissement spécialisé.

— Et pourquoi ne l'avez-vous pas fait ?

— Comment ? bégaya le professeur. Mais vous savez bien...

— Quoi donc ?

— Je ne pouvais interrompre ainsi la thérapie d'Anna.

— Et pourquoi pas ?

— Mais parce que j'avais fait une promesse à votre femme. Je voulais tenir parole.

— À ma femme ?

Viktor fut pris de vertiges et dut s'appuyer contre la porte du réfrigérateur.

— Oui, Isabel. C'est elle qui m'a demandé de continuer à soigner Anna. Qu'est-ce que je pouvais faire ? Il s'agit tout de même de sa meilleure amie.

42

Isabel. Anna. Josy. Il commençait à comprendre. Pourquoi Isabel était restée si calme, à l'époque, quand Josy avait disparu. Pourquoi elle semblait moins souffrir que lui. Elle avait pu continuer à travailler sans problème, alors que lui avait dû vendre son cabinet. Il avait toujours considéré cela comme une preuve de sa force de caractère. Mais ne pouvait-on pas aussi interpréter son comportement comme de l'indifférence ?

Viktor voyait à présent tous ces événements sous un jour nouveau. Maintenant qu'il y repensait, il se rendait compte qu'elle n'avait jamais vraiment été en deuil. Pas comme lui, en tout cas. Et avait-elle vraiment trouvé Sindbad par hasard, ou bien était-elle allée le chercher à la SPA pour remplacer Josy ? Connaissait-il vraiment sa femme ? Ce qui était sûr, c'est qu'elle n'avait pas répondu à ses appels des derniers jours, alors qu'il se trouvait dans une profonde détresse.

C'était elle qui avait envoyé Anna chez van Druisen.

Et puis, il y avait aussi cette histoire d'argent.

Viktor alla dans le salon et alluma son ordinateur afin de consulter son compte en banque sur Internet. Était-ce possible ? Isabel avait-elle bel et bien vidé leur compte ? Est-ce qu'elle faisait donc cause commune avec Anna pour le faire sombrer dans la démence ?

Il s'apprêtait à lancer Internet Explorer lorsqu'il remarqua la barre d'outils en bas de l'écran. Perplexe, il passa la souris sur cette zone, mais cela ne changea rien.

Tous les symboles avaient disparu.

Il ouvrit le navigateur en utilisant le menu « démarrer », mais le résultat fut le même. Son ordinateur était vide. Toutes les données avaient été effacées de son disque dur.

Quelqu'un s'était donné la peine de supprimer tous ses documents et tous ses dossiers médicaux. Les réponses à l'interview de *Bunte* avaient également disparu, et même la corbeille était désespérément vide.

Viktor se leva d'un bond, renversant son fauteuil en cuir qui tomba avec grand fracas à côté de l'étagère. Cette fois, il en avait assez. Il n'était plus temps de passer des coups de téléphone, et cette histoire de compte en banque pouvait attendre.

Il se saisit du pistolet que lui avait donné Halberstaedt, enleva la sécurité et le rangea dans la poche intérieure de son imperméable. Il allait en avoir besoin.

Maintenant.

Il allait braver la tempête pour aller jusqu'au village, où il espérait trouver deux choses : Anna Spiegel et des réponses à ses questions.

43

Certaines personnes ne parviennent pas à s'endormir la nuit parce qu'elles ont toujours froid aux pieds. Elles ont beau les frotter l'un contre l'autre sous leurs couvertures, rien n'y fait. D'autres ont le nez glacé du matin jusqu'au soir.

Chez Viktor, c'était plutôt les oreilles. Dès qu'il sortait par temps froid, elles lui faisaient mal. Mais le pire venait ensuite, lorsqu'il rentrait au chaud et qu'elles se mettaient à « dégeler » : les douleurs se muaient alors en épouvantables maux de tête, contre lesquels même l'aspirine ou l'ibuprofène ne pouvaient rien. Lorsqu'il prit le chemin du village, Viktor enfonça donc sa capuche sur son crâne, non pas tant pour se protéger de la pluie que pour garder ses oreilles au chaud.

La tempête faisait rage, et un mélange de sable et de feuilles mortes tourbillonnait dans les airs. À cause de sa capuche et du sifflement du vent, Viktor ne pouvait entendre la petite mélodie synthétique qui sortait de la poche de son imperméable. S'il ne s'était pas réfugié quelques instants dans la vieille baraque désaffectée de la douane, il ne l'aurait sans doute jamais remarquée, car il n'avait aucune raison de prêter attention à son téléphone portable. Étant donné qu'il n'y avait pas de réseau à Parkum, celui-ci ne pouvait en effet fonctionner. Pourtant, une fois sa capuche enlevée, Viktor dut constater à sa grande surprise qu'il sonnait bel et bien.

Le numéro de téléphone qui apparaissait à l'écran lui était vaguement familier.

— Allô ?

Viktor boucha son oreille gauche avec un doigt afin de ne pas être gêné par le bruit du vent, mais il n'entendit rien. Il semblait qu'il n'y avait personne à l'autre bout de la ligne.

— Qui est là ?

En tendant l'oreille, il crut entendre un sanglot.

— Anna ? C'est vous ?

— Oui, je suis désolée, je...

Viktor ne put entendre la suite, car une branche d'arbre tomba avec fracas sur le toit de son abri.

— Anna, où êtes-vous ?

— ... je... auber...

Viktor parvenait à peine à saisir quelques bribes de ce qu'elle lui disait. Il chercha néanmoins à poursuivre la conversation.

— Je sais que vous n'êtes pas à l'auberge, Anna. Patrick Halberstaedt me l'a dit. Alors, je vous en prie, envoyez-moi un SMS en m'indiquant précisément où vous vous trouvez. Je serai auprès de vous d'ici quelques minutes, et nous pourrons parler de tout ça face à f...

— Elle est de retour ! hurla-t-elle.

Après une brève accalmie, la tempête redoublait à présent d'intensité.

— Qui est de retour ?

— ... elle... près de moi... Charlotte...

Viktor n'avait pas besoin d'entendre le reste de sa phrase. Il savait parfaitement ce qu'elle essayait de lui dire. Ses hallucinations étaient de retour. Charlotte était revenue à la vie.

Au bout d'un moment, Viktor se rendit compte que la communication avait été interrompue. Bien que l'écran de son Nokia indiquât clairement qu'il n'y avait pas de réseau, un signal sonore lui annonça bientôt l'arrivée d'un SMS :

« Ne me cherchez pas. C'est MOI qui vous trouverai. »

44

La plupart des automobilistes détestent les embouteillages, car ils leur donnent un sentiment d'impuissance. Dès que l'on voit se profiler au loin une longue file de voitures immobilisées, on cherche instinctivement une échappatoire. Et même lorsqu'on ne connaît pas la région, il n'est pas rare que l'on mette son clignotant pour emprunter la première sortie venue.

En cet instant, Viktor était confronté au même dilemme que le conducteur qui, bloqué dans les embouteillages du soir, a le choix entre rester sur l'autoroute ou s'aventurer dans des contrées inconnues. Comme beaucoup de gens, il décida d'agir plutôt que de rester là à attendre. Il lui fallait absolument trouver Anna, même si celle-ci lui avait défendu de la chercher. Il ne pouvait se résoudre à patienter jusqu'à ce qu'elle revînt vers lui. Le risque était trop grand.

Il remit donc sa capuche et reprit sa marche tête baissée le long de la route en essayant d'éviter les profondes flaques d'eau et de se protéger du vent du mieux qu'il pouvait. Il se trouvait à environ cinq cents mètres du port et avait déjà laissé sur sa gauche l'unique restaurant de l'île, lorsqu'il s'arrêta brusquement pour regarder autour de lui. Il aurait juré avoir vu quelqu'un.

Du revers de la main, Viktor essuya les grosses gouttes de pluie qui couraient sur son visage.

Là.

Il ne s'était pas trompé. À une vingtaine de mètres, une silhouette enveloppée dans un imperméable bleu traversait la tempête, traînant visiblement quelque chose derrière elle.

Il ne parvenait pas à déterminer s'il s'agissait d'un homme ou d'une femme, ni même si la personne était de face ou de dos. Même à cette distance, la pluie empêchait de distinguer le moindre détail. Lorsqu'un éclair illumina brièvement la scène, Viktor parvint enfin à reconnaître l'individu qui se dirigeait vers lui : c'était Michael Burg, le vieux marin qui conduisait d'ordinaire la navette entre l'île et le continent.

— Michael, est-ce que c'est vous ? lui cria-t-il.

Il n'était plus qu'à quelques pas de lui, mais le vacarme de l'ouragan était tel qu'il ne pouvait toujours pas l'entendre. Viktor dut attendre qu'il vînt lui serrer la main pour commencer la conversation.

Michael Burg était un homme de soixante et onze ans, que le temps n'avait pas épargné. Le vent et l'eau salée avaient creusé de profonds sillons dans la peau épaisse de son visage. En dépit de son âge, il avait toujours la carrure athlétique de ceux qui ont consacré la plus grande partie de leur existence à de rudes travaux, tout en respirant le bon air de la mer.

Michael lui tendit la main gauche. Dans l'autre, il tenait une laisse, au bout de laquelle frissonnait une grosse bête noire trempée jusqu'aux os.

— C'est ma femme qui m'a obligé à sortir le chien, docteur Larenz, lui cria-t-il.

Il secoua la tête, avec l'air de se demander comment

on pouvait bien avoir des idées pareilles. Viktor eut une pensée douloureuse pour Sindbad.

— Mais vous, par tous les diables, qu'est-ce qui vous pousse à sortir par ce temps ?

Un nouvel éclair illumina le ciel et, durant une fraction de seconde, Viktor crut déceler dans le regard du marin une profonde méfiance.

Il décida de lui dire la vérité. Non pas tant par honnêteté que parce que aucune autre explication plausible ne lui venait à l'esprit pour justifier son étrange promenade à travers la tempête du siècle.

— Je cherche quelqu'un. Peut-être que vous pourriez m'aider.

— Ah bon ? Et de qui s'agit-il ?

— Elle s'appelle Anna. Anna Spiegel. Une femme petite, blonde, trente-cinq ans environ. Vous l'avez déposée sur l'île, il y a trois jours.

— Il y a trois jours ? C'est impossible.

Impossible. Viktor essaya de compter combien de fois il avait entendu ou pensé ce mot au cours des dernières heures.

Pendant ce temps, le chien tremblait de plus en plus au bout de sa laisse. Il ne semblait guère avoir envie de se promener, et encore moins de s'arrêter en chemin.

— Comment cela, *impossible* ?

Viktor avait l'impression de devoir crier toujours plus fort pour être entendu.

— Cela fait trois semaines qu'il n'y a plus de navette. Vous êtes la dernière personne que j'ai déposée ici. Depuis, plus personne n'a demandé à traverser.

Michael haussa les épaules.

— Mais il doit bien y avoir une explication, protesta

Viktor, alors que Michael faisait mine de vouloir s'en aller.

— Peut-être qu'elle est arrivée à bord d'un autre bateau, mais ça m'étonnerait. On en aurait entendu parler. Comment dites-vous qu'elle s'appelle ?

— Anna Spiegel, répéta Viktor.

— Jamais entendu ce nom, répondit Michael en secouant la tête. Désolé. Maintenant, il faut que j'y aille, sinon je vais attraper la crève.

Comme pour lui donner raison, un long roulement de tonnerre retentit et Viktor s'étonna quelque peu de ne pas avoir vu l'éclair qui l'annonçait. Mais, à présent, il lui importait avant tout de percer cette nouvelle énigme : comment Anna était-elle venue sur l'île si elle n'avait pas pris la navette ? Et pourquoi avait-elle menti aussi sur ce point ?

— Euh, docteur Larenz...

Le vieux marin était revenu quelques pas en arrière, interrompant les réflexions de Viktor.

— Je sais que ça ne me regarde pas, mais qu'est-ce que vous lui voulez, à cette femme ?

Là, ce soir, dans la tempête, alors que vous êtes un homme marié ? Voilà ce que semblait sous-entendre sa question, qui resta suspendue dans l'air orageux.

Viktor haussa les épaules et se détourna de lui.

Je veux comprendre ce qui est arrivé à ma fille.

45

L'Ankerhof était une auberge pittoresque, comme on peut en voir dans les dépliants touristiques des îles de la mer du Nord. Située juste en face du port, cette maison à colombages de trois étages faisait partie des plus hauts bâtiments de l'île, abstraction faite du phare. Depuis que Trudi avait perdu son mari, sa maigre pension et les rares clients qui s'égaraient à Parkum durant la haute saison lui permettaient tout juste de s'en sortir. Mais son établissement n'en restait pas moins une véritable institution, et les habitants de l'île auraient tout fait pour éviter sa fermeture. S'il l'avait fallu, ils seraient allés jusqu'à y passer la nuit eux-mêmes. Les bons jours, quand une régate était organisée au départ de Parkum, l'établissement pouvait accueillir une vingtaine de personnes. En été, lorsque le temps le permettait, Trudi installait des tables dans le jardin et servait de la limonade maison ou du café frappé à ses clients et à ses amis. En automne, les vieux villageois se réunissaient devant la cheminée du petit hôtel et se racontaient des histoires de marins, tout en dégustant ses délicieux gâteaux. Parfois, cependant, Trudi décidait d'aller passer l'hiver chez sa famille, là où le climat était moins rude. Elle fermait alors boutique et ne rouvrait qu'au printemps. C'était le cas, cette année. Après sa mystérieuse conversation avec Halberstaedt, Viktor ne fut pas surpris de découvrir à son arrivée que les volets de l'auberge étaient fermés, et que nulle fumée ne s'échappait de la cheminée.

Mais qu'est-ce que je fais là ?

Il regarda autour de lui, à la recherche d'un signe de vie de la part d'Anna. Il dut se retenir de crier son nom, histoire de s'assurer qu'elle n'était pas entrée par effraction dans l'auberge pour y poursuivre ses petits jeux.

Soudain, son portable se remit à sonner. Cette fois, c'était un autre signal, celui qu'il réservait à sa famille et à ses amis proches.

— Allô ?

— Dis donc, tu te fous de ma gueule ?

— Kai ? Qu'est-ce qui se passe ?

Viktor fit quelques pas vers l'est pour rejoindre la route tout en essayant de comprendre ce que le détective lui disait.

— À quoi tu joues ?

— Moi ? De quoi tu parles ?

— Je te parle du fax.

— Ah bon ! Tu fais bien d'appeler, justement, parce qu'il n'y avait rien dessus.

— Rien dessus ? Allons donc, tu sais mieux que moi ce qu'il y avait dessus !

— Comment ça ? Mais qu'est-ce que tu as ?

Alors que Viktor se tournait en direction du vent, une bourrasque lui projeta une giclée d'eau de mer en plein visage. Vue d'ici, l'auberge ressemblait à un vieux décor de cinéma délabré.

— J'ai fait vérifier le numéro d'où m'a été envoyé ce dessin. Je voulais savoir qui m'avait envoyé ce chat.

Le chat bleu Nepomuk.

— Et alors ?

— Eh bien, ça venait de chez toi. De ta maison à Parkum. Ce fax, tu me l'as envoyé toi-même.

C'est impossible, songea Viktor.

— Kai, je ne sais pas ce que...

Il fut interrompu au milieu de sa phrase par un double signal sonore, suivi d'une voix anonyme : « Vous vous trouvez hors de portée de notre réseau GSM. Merci de réitérer votre appel plus tard. »

— Merde.

À présent, il avait perdu son dernier contact avec le continent. Il se retourna et s'immobilisa, regardant dans toutes les directions, à la recherche d'une réponse à toutes les questions qui l'assaillaient. Finalement, il resta les yeux rivés sur le ciel noir et menaçant.

À qui pouvait-il parler, à présent ? Chez qui pouvait-il chercher de l'aide ? Une goutte d'eau tomba en plein sur sa pupille. Viktor se frotta les yeux, comme il le faisait, enfant, quand il prenait son bain et que du shampoing lui coulait sur le visage. Lorsqu'il eut terminé, il eut l'impression de distinguer plus nettement ce qui l'entourait. C'était comme si un opticien lui avait enfin donné la paire de lunettes qu'il lui fallait. Et, soudain, il sut ce qu'il avait à faire.

46

Comme il s'y attendait, la lumière était encore allumée dans la petite maison du maire. Viktor gravit d'une traite les marches du perron et sonna à la porte de Halberstaedt.

Quelque part dans la nuit, un chien aboyait, sans doute celui de Michael Burg. Non loin de là, une porte claqua, à moins que ce ne fût un volet mal fermé. Toujours est-il que Viktor n'avait pas pu entendre si la sonnette avait fonctionné ou non. Il attendit encore une minute, pour voir si Halberstaedt avait entendu.

Mais quand, après avoir sonné une deuxième fois, Viktor ne vit toujours personne venir, il perdit patience. Il se saisit du lourd heurtoir et se mit à cogner contre la porte en bois de cèdre. Halberstaedt vivait seul. Deux ans plus tôt, sa femme était partie à Munich avec un *golden boy* qui avait fait fortune dans les nouvelles technologies.

Peut-être qu'il ne m'entend pas, avec tout ce boucan, songea Viktor en faisant le tour de la maison. Celle-ci était très bien située, juste à côté de l'auberge, avec vue sur le port. Mais le terrain n'allait pas jusqu'à la mer, et il n'y avait donc pas de ponton où accrocher un bateau. Pour atteindre la plage, il fallait d'abord traverser la petite route qui longeait la côte. Sur une aussi petite île, ça n'était pas un problème. Mais selon Viktor, quitte à habiter à la mer, il valait mieux être juste au bord. Sinon, on pouvait tout aussi bien acheter une belle maison de campagne sur le continent et se rendre en voiture jusqu'au lac le plus proche.

Une fois arrivé derrière la maison, Viktor se trouva enfin à l'abri des bourrasques provenant du large. Le long chemin qu'il avait emprunté le long de la côte pour venir jusqu'ici n'était parsemé que de rares sapins rabougris, qui pliaient sous le vent et n'offraient aucune protection, de sorte que Viktor était resté pleinement exposé à la violence de la tempête. À présent, la pluie commençait enfin à diminuer, et il put calmement reprendre son souffle. Après ce bref répit, il se mit à la recherche du propriétaire des lieux.

La grande fenêtre devant laquelle il se trouvait donnait sur le bureau de Halberstaedt. Manifestement, il devait se trouver à l'étage en ce moment. Son bureau était couvert de papiers manuscrits, et un petit ordinateur portable était ouvert sur un tabouret, mais il n'y avait nulle trace de lui. Le feu de cheminée était éteint. Hormis la lumière crue émanant de la lampe de bureau, rien n'indiquait que Halberstaedt avait travaillé là auparavant.

Je ne savais pas que Patrick avait besoin d'un bureau, et encore moins d'un ordinateur, s'étonna Viktor en regardant autour de lui.

À l'étage, on ne distinguait aucune lumière, ce qui ne voulait pas forcément dire que Halberstaedt ne s'y trouvait pas. Peut-être s'était-il couché, ou bien il avait fermé les rideaux.

Viktor devait admettre qu'il en perdait son latin.

Jusque-là, sa promenade sous la pluie ne lui avait rien appris de nouveau. Ce n'était d'ailleurs pas étonnant, car il ne savait pas lui-même où il devait chercher, et encore moins ce qu'il aurait fait s'il avait effectivement trouvé Anna ou Halberstaedt.

Ne me cherchez pas. C'est MOI qui vous trouverai.

Viktor s'apprêtait à frapper une dernière fois à la porte, lorsque son regard se posa sur la cabane à outils qui se trouvait de ce côté-ci du jardin.

En temps normal, la maigre lueur que l'on voyait briller sous la porte en tôle n'aurait pas attiré son attention. Mais l'effort qu'il avait dû fournir avait affûté tous ses sens, de sorte qu'il perçut immédiatement plusieurs choses : qu'il y avait de la lumière dans le cabanon, qu'on avait cloué des planches en travers de l'unique fenêtre pour la condamner, et que de la fumée s'échappait de la petite cheminée.

Qu'est-ce que Halberstaedt pouvait bien faire dans sa cabane, par un temps de chien pareil ? Et pourquoi cherchait-il à éviter que la lumière fût visible du dehors, alors même qu'il avait laissé sa lampe de bureau allumée ?

Viktor ignora la peur qu'il sentait monter en lui et traversa la pelouse détrempée, bien décidé à aller voir ce qui se tramait dans le petit cabanon.

47

La porte n'était pas fermée à clé. Lorsqu'il l'ouvrit, la première chose qui le frappa fut l'odeur, ce mélange d'huile, de bois mouillé et de chiffons sales que l'on trouve dans toute cabane à outils mal rangée. Mis à part la poignée de cafards et de cloportes qui s'enfuirent à son arrivée, il n'y avait pas ici la moindre trace de vie. Pas de Halberstaedt.

Mais il y avait autre chose que Viktor se serait attendu à trouver ici : des outils. Or il n'y avait rien de la sorte : ni matériel de jardinage, ni brouette, ni pots de peinture. Mais il y avait pire que cette étrange absence. Pour la première fois depuis qu'il avait quitté sa maison, Viktor se sentit envahi par un froid glacial qui remontait lentement le long de son dos, jusqu'à ce que tout son corps fût gagné par la chair de poule.

Pourquoi la mort est-elle toujours glacée ?

Viktor secoua ses membres, tant pour se prouver qu'il ne rêvait pas que pour essayer de chasser les affreuses pensées qui l'assaillaient, maintenant qu'il avait compris ce qui se trouvait dans ce cabanon.

Une vision d'horreur.

Comme il aurait aimé être chez lui en cet instant, que ce fût à Wannsee ou à Sacrow. Seul avec sa femme, au coin du feu ou dans un bon bain chaud, avec des bougies allumées sur le rebord de la baignoire. À l'abri, derrière les portes solides et les fenêtres fermées de sa maison, protégé des dangers du monde. Il aurait voulu être n'importe où, sauf ici, au milieu de toutes ces affreuses photos et de ces articles de journaux.

Il ne savait pas qui avait fait cela, Halberstaedt, Anna ou quelqu'un d'autre. Toujours est-il que cette personne avait décoré les murs d'un épouvantable montage d'images, de coupures de presse et de caractères découpés. Si les photos étaient si choquantes, ce n'était pas parce qu'elles représentaient des perversions sadiques, des morceaux de cadavre ou d'autres choses du même acabit. Viktor était rempli d'horreur parce qu'il voyait partout le même visage. Sur tous les articles et toutes les photographies qui étaient collés aux murs ou aux étagères, on reconnaissait la même personne : Josy.

Il se sentait comme prisonnier d'une forêt de souvenirs, contraint de regarder sa fille dans les yeux, où qu'il tournât la tête. Quelqu'un avait dû consacrer tout son temps libre à la reconstitution de cet enlèvement. Viktor se trouvait dans une sorte de temple païen, où Josy faisait l'objet d'un culte grotesque qui dépassait l'entendement.

Le premier choc passé, il commença à distinguer les détails du collage, à la lueur de la vieille ampoule qui pendait du plafond.

Il crut d'abord qu'il se trompait mais, en regardant bien, il se rendit compte que certaines photos étaient bel et bien recouvertes d'empreintes digitales sanglantes. Il semblait s'agir d'une petite main : rien à voir avec les grosses pattes de Halberstaedt.

Si Viktor avait eu besoin d'une preuve supplémentaire que tout cela était l'œuvre d'un malade mental, il l'aurait trouvée en commençant à déchiffrer les titres des journaux qui, soigneusement découpés et soulignés au marqueur, étaient collés au-dessus des différentes images.

Afin de pouvoir les lire plus facilement, Viktor enveloppa sa main droite dans son écharpe et saisit l'ampoule brûlante pour l'orienter en direction du mur.

Disparition de la fille du psychiatre Viktor Larenz
Un psychiatre sombre dans la folie
Le docteur Larenz abandonné par sa femme
La petite Josy a-t-elle été empoisonnée ?
Décision de l'ordre des médecins : le docteur Larenz interdit d'exercice

Mais qui est le malade qui va inventer des choses pareilles ? se demanda Viktor. Certains titres étaient authentiques. Mais la plupart étaient à l'évidence des faux, qui allaient toujours plus loin dans l'absurde.

Ou devrais-je plutôt dire : qui est la malade... ?

Cela avait dû prendre des heures. Quelqu'un avait imaginé ces textes, avant de les taper à l'ordinateur, de les mettre en page en imitant la maquette d'un journal, puis de les imprimer pour les coller au mur. D'où venaient donc toutes ces photos de Josy ? Certaines lui étaient familières et avaient sans doute été téléchargées sur Internet. Mais il y en avait d'autres qu'il n'avait encore jamais vues.

Est-ce qu'elle avait épié sa famille ? Fait des photos de sa fille en cachette ? Bien qu'il n'y eût aucune preuve formelle, il était maintenant évident pour Viktor que cela devait être l'œuvre d'Anna.

Sans doute ces titres permettent-ils de deviner son objectif, la logique selon laquelle elle agit, songea Viktor en orientant l'ampoule plus à gauche.

S'il n'avait pas fait cela, peut-être les événements auraient-ils pris une autre tournure. Il n'aurait pas poussé un cri d'horreur, mais aurait entendu les bruits provenant de dehors. Plutôt que de se concentrer sur ce qu'il voyait sur le mur, il aurait entendu les craquements de branches dans le jardin. Peut-être se serait-il alors retourné et aurait-il vu venir le danger. Peut-être.

Au lieu de ça, il lâcha l'ampoule et arracha un morceau de papier qui pendait à un vieux clou rouillé. Peu lui importait ce qui était marqué dessus. Il avait immédiatement identifié de quel genre de document il s'agissait. Il en avait vu un similaire, quelques minutes plus tôt. Le même papier recyclé grisâtre, la même écriture. Pour Viktor, il n'y avait aucun doute : ce bout de papier provenait du tas qu'il avait vu à quelques pas de là, sur le bureau de Patrick Halberstaedt. Celui qui avait réalisé ce collage monstrueux était à l'œuvre non seulement dans le cabanon, mais aussi dans la demeure du maire de l'île.

Fort de cette certitude, Viktor fonça vers la maison, son pistolet chargé à la main.

48

Il n'eut besoin que de quelques minutes pour trouver la cachette. Halberstaedt avait lui aussi une clé de secours, dissimulée sous un pot de fleurs sur le perron.

Après avoir ouvert la porte, Viktor cria d'abord le nom du propriétaire, avant de traverser toutes les pièces en courant pour s'assurer que son instinct ne l'avait pas trompé. Il n'y avait personne. Viktor pria pour qu'il ne fût rien arrivé à Halberstaedt. En dépit de la conversation surréaliste qu'ils avaient eue un peu plus tôt et de ce qu'il venait de voir dans la cabane à outils, il ne pouvait tout simplement pas se résoudre à admettre que Halberstaedt fût le complice d'Anna. Il le connaissait depuis trop longtemps. Mais dans ce cas, qu'était-il devenu ? En tout cas, Anna était à l'évidence une menace bien réelle, et il en était réduit à espérer que, dans sa folie, elle ne ferait de mal à personne d'autre qu'à elle-même.

Il s'approcha du bureau à grands pas, sans se soucier des traces de boue qu'il laissait derrière lui, sur le parquet en bois clair.

Il examina la pile de papiers à côté de l'ordinateur. De quoi pouvait-il s'agir ? À quoi Halberstaedt ou

Anna travaillaient-ils ? Cette fois, il était certain de tenir enfin la réponse à toutes ses interrogations.

Viktor ôta son manteau et posa son pistolet sur le bureau, à côté de la pile, avant de s'asseoir pour lire les premières pages.

B : Comment vous sentiez-vous juste après la tragédie ?

L : J'étais mort. Je respirais certes encore, je buvais et mangeais de temps à autre. Il m'arrivait même de dormir une ou deux heures par nuit. Mais je n'existais plus. Je suis mort le jour où Joséphine a disparu.

Il eut beau relire ces lignes, il n'était toujours pas sûr que tout cela fût bien réel. Il ne s'agissait pas là de l'une des histoires d'Anna. C'était son interview. Sa réponse à la première question du magazine *Bunte*.

Viktor chercha d'abord à comprendre comment Anna avait eu accès à ce document, et il se rappela que quelqu'un avait vidé son disque dur. Elle avait dû mettre à profit un moment d'inattention pour lui voler toutes ses données. Peut-être la veille, pendant qu'il dormait.

Mais pourquoi se donnait-elle la peine de recopier ces phrases à la main ? Pourquoi ne les avait-elle pas tout simplement imprimées ? Pourquoi cette montagne de feuilles couvertes d'inscriptions au stylo ? Et quelle était cette écriture bizarre, qui semblait plutôt masculine et ne cadrait pas du tout avec cette petite femme menue ? Était-ce donc quand même Halberstaedt ? Non. Le maire n'était jamais entré dans sa maison. Il ne pouvait avoir eu accès à ses documents.

Viktor feuilleta fiévreusement les pages et dut se rendre à l'évidence : Anna avait bel et bien tout recopié à la main. Chaque question. Chaque réponse. Mot pour mot. Phrase après phrase. Absolument tout ce qu'il avait tapé jusque-là.

Il jeta un regard sur l'ordinateur portable allumé sur le bureau. C'était un Vaio, le même modèle que le sien. Viktor toucha la souris pour faire disparaître l'économiseur d'écran. Il voulait, ou plutôt, il devait voir sur quel document Anna avait travaillé dernièrement.

Un fichier Word apparut à l'écran et Viktor vit immédiatement de quoi il s'agissait. C'étaient les questions de *Bunte*. Exactement les mêmes que la rédaction lui avait envoyées par e-mail.

Viktor se concentra à nouveau sur la pile de papiers. Il savait qu'il était théoriquement possible qu'Anna lui eût volé toutes ses données informatiques. Peut-être même avait-elle eu accès à certains dossiers à Berlin. Mais elle n'avait pu lui prendre ce document que la veille au soir. Et elle était dans une très mauvaise forme physique. Elle n'avait donc eu que très peu de temps pour se livrer à ce travail de copie.

Était-ce possible ?

Un souvenir lui revint à l'esprit, l'une de ses premières rencontres avec Anna. Lorsqu'elle était venue jusque chez lui à pied, sous la pluie. Pas la moindre trace de boue sur ses escarpins élégants.

Il paraissait invraisemblable qu'elle eût pu écrire autant en si peu de temps. D'autant que la pile lui paraissait autrement plus épaisse que ce qu'il avait lui-même tapé sur son ordinateur.

Viktor sortit les deux pages qui se trouvaient en bas du tas et retint son souffle. Il n'avait jamais écrit ça. La folie d'Anna allait visiblement encore plus loin qu'il ne l'aurait cru. Elle ne s'était pas contentée de recopier ses réponses, elle les avait aussi complétées.

Viktor lut :

Je me sens coupable de la mort de ma fille. Et je me sens coupable d'avoir laissé mon mariage voler en éclats. Si seulement tout était à recommencer, il y a beaucoup de choses que je ferais autrement.

Comment ai-je pu ainsi tromper Isabel ?

Viktor resta les yeux rivés sur la feuille de papier, incrédule. Était-ce la preuve qu'Anna et Isabel étaient de mèche ? Mais pourquoi ? Dans quel but ? Il avait espéré trouver enfin des réponses, mais tout semblait devenir de plus en plus confus.

Sans prêter attention aux pas qui résonnaient derrière lui, Viktor tourna la page et poursuivit sa lecture :

J'aurais mieux fait d'écouter ma femme. Elle a toujours pris les bonnes décisions. Comment ai-je pu croire qu'elle était contre moi ? Comment ai-je pu m'éloigner d'elle ? Maintenant qu'il est trop tard, je me rends compte combien j'ai eu tort de la rendre responsable de tout ce qui arrivait à Josy. Et combien, ce faisant, j'ai mis notre fille en danger.

Viktor relut encore et encore ces deux dernières lignes. Tout cela était du chinois pour lui, il n'y comprenait rien. Il songea à s'emparer de la pile et à quitter immédiatement la maison.

Mais il était déjà trop tard.

49

— Vous comprenez, à présent ?

Viktor sursauta et laissa retomber la pile qu'il tenait entre ses mains. Il connaissait cette voix. L'effroi l'étreignit, comme un serpent qui se serait enroulé autour de son cou. Et comme il ne trouvait plus son pistolet sous le monceau de papiers éparpillés sur le bureau, il finit pas se retourner les mains vides, sans défense. Anna, elle, était armée. Elle tenait un grand couteau de cuisine, qu'elle serrait dans son poing aussi fort qu'elle le pouvait. Malgré son air menaçant, elle était aussi belle qu'au premier jour. Elle semblait aller mieux. Ses cheveux étaient parfaitement coiffés, et son tailleur noir impeccable mettait en valeur sa silhouette voluptueuse. Même ses escarpins étaient soigneusement cirés.

Ne me cherchez pas. C'est MOI qui vous trouverai.

— Écoutez...

Viktor avait décidé de tenter une fuite en avant en feignant d'abord d'ignorer qu'elle le menaçait d'un couteau.

— Anna, je peux vous aider !

Elle n'est pas schizophrène. Elle fait juste semblant.

— Vous voulez m'aider ? Vous ? Alors même que vous avez détruit votre propre famille ? Votre enfant, votre femme, votre vie ?

— Vous connaissez ma femme ?

— C'est ma meilleure amie. À présent, nous habitons ensemble.

Viktor aurait préféré voir la folie briller dans ses yeux. Mais l'impassibilité de son joli minois rendait ses paroles encore plus insupportables.

— Quel est votre nom ? demanda Viktor tout en cherchant à lire quelque émotion sur son visage.

— Vous connaissez mon nom, Viktor. Je m'appelle Anna. Anna Spiegel.

— Écoutez, Anna. Je sais que ça n'est pas vrai. J'ai téléphoné à la clinique psychiatrique de Dahlem.

Anna eut un sourire cynique.

— Vous les avez appelés ? Vous étiez curieux ?

— Oui, et on m'a dit que vous n'avez jamais été leur patiente. Par contre, il y avait une étudiante qui portait votre nom. Et elle est morte.

— Quelle drôle de coïncidence, vous ne trouvez pas ? Et comment a-t-elle été assassinée ?

Viktor préféra mentir.

— Je l'ignore, répondit-il. Mais je vous prie d'être raisonnable.

Viktor cherchait désespérément une solution pour se tirer d'affaire. Après un incident autrement moins dramatique, on avait installé dans son cabinet de la Friedrichstraße un bouton d'alarme, situé sous son bureau. *Et c'est aussi pour ça que, à l'époque, je ne recevais jamais mes patients en dehors de mon cabinet*, songea-t-il. À présent, il lui fallait trouver une autre stratégie.

— Anna, vous m'avez dit que tous les personnages que vous imaginez pour vos livres devenaient réels.

— C'est exact. Bien écouté, docteur.

Il faut que j'arrive à la faire parler. Jusqu'à ce que Halberstaedt rentre à la maison. Jusqu'à ce qu'il se passe quelque chose. N'importe quoi.

Viktor décida de continuer à faire semblant de croire à son histoire de schizophrénie.

— Eh bien, il me semble qu'il y a une explication toute simple à cela. Tout à l'heure, vous me disiez que quelqu'un était « de retour ». Et vous vouliez dire par là que l'un de vos personnages avait à nouveau fait irruption dans votre vie, c'est bien ça ?

Anna fit un petit hochement de tête en guise d'approbation.

— Je crois que tout cela vient tout simplement du fait que vous avez recopié mon interview.

— Non.

Anna secoua énergiquement la tête.

— Vous avez recopié mes réponses et, ce faisant, vous avez pour ainsi dire fait de moi l'un de vos personnages. Mais j'existe bel et bien. Vous comprenez ?

— Non. Vous vous trompez.

— Anna, je vous en prie. Tout cela est très simple : j'existe. Je ne suis pas une créature sortie tout droit de votre imagination, ni le personnage fictif d'un de vos livres. Le manuscrit sur lequel vous travailliez parle de moi. Et c'est *moi* qui l'ai écrit, pas vous !

— Mais c'est n'importe quoi ! hurla Anna.

Elle se mit à agiter son couteau dans tous les sens, obligeant Viktor à reculer, jusqu'à heurter le bord du bureau.

— Vous ne comprenez donc pas ce qui se passe ? Vous ne voyez pas les indices ?

Ses yeux lançaient des éclairs. Elle le fixait d'un air mauvais.

— Qu'est-ce que vous voulez dire ? De quels indices voulez-vous parler ?

— Oh, monsieur le psychologue en chef, vous vous croyez très malin, hein ? Vous vous imaginez que je vous vole, que j'entre chez vous par effraction et que je téléphone à votre femme, c'est ça ? Vous n'avez toujours pas compris ? Oui, c'est ça, vous n'avez toujours rien compris.

Anna avait soudain retrouvé son calme. Toute tension avait disparu de son visage et elle était redevenue la jolie jeune femme aux habits démodés dont Viktor avait fait la connaissance quelques jours plus tôt.

— Très bien, poursuivit-elle en souriant. Dans ce cas-là, nous n'avons pas d'autre choix que de faire un dernier voyage ensemble.

— Comment ça ?

Une terreur sans limites s'était emparée de Viktor. Il pouvait à peine respirer.

Un dernier voyage ?

— Venez là et regardez dehors !

De son couteau, Anna fit un signe vers la fenêtre qui donnait sur la route. Viktor lui obéit et s'approcha.

— Qu'est-ce que vous voyez ?

— Une voiture. Une Volvo.

Viktor peinait à en croire ses yeux. Non seulement les véhicules privés étaient interdits sur l'île, mais cette voiture semblait rigoureusement identique à celle qu'il avait lui-même laissée au parking, avant de traverser jusqu'à Parkum.

— Allez, grouille-toi !

Anna était déjà à la porte.

— Et où allons-nous ?

— On va faire une petite virée. Notre chauffeur attend.

De fait, Viktor put distinguer une silhouette assise au volant de la voiture, dont le moteur tournait déjà.

— Et si je refuse de vous suivre ? tenta de protester Viktor en la regardant droit dans les yeux.

Sans un mot, Anna plongea la main dans la poche de son manteau et en sortit le pistolet qu'il avait cherché en vain, quelques minutes plus tôt, sur le bureau de Halberstaedt.

Résigné, il s'avança lentement vers la sortie.

50

L'intérieur de la Volvo sentait le cuir neuf. On aurait dit que les banquettes venaient d'être traitées à la cire d'abeille. Lorsqu'il pénétra dans le véhicule, Viktor fut assailli de souvenirs, au point qu'il en oublia un instant le danger auquel il était exposé. Cette voiture était exactement du même modèle que celle qu'il avait prise pour gagner la côte trois semaines plus tôt. Tout correspondait, tout lui était familier. Et bien que cela fût parfaitement impossible, Viktor aurait juré que quelqu'un avait amené sa propre voiture du continent jusqu'ici, au mépris de la tempête.

— Qu'est-ce que c'est que ce cirque ? finit-il par demander.

Sa question s'adressait non seulement à Anna, qui avait pris place à côté de lui sur la banquette arrière, mais au conducteur assis devant lui, dont il n'apercevait que la silhouette.

— Comme je vous le disais, on va faire une petite virée.

Anna frappa dans ses mains et la Volvo se mit lentement en mouvement.

Quelle que soit notre destination, songea Viktor, on ne peut pas aller bien loin. Il n'y a que deux routes sur l'île. D'ici cinq minutes tout au plus, nous aurons atteint le phare, et il n'y aura plus qu'à faire demi-tour.

— Et où allons-nous ?

— Mais Viktor, vous le savez très bien. La solution est là, sous vos yeux !

La voiture commençait à prendre de la vitesse et, malgré la pluie qui fouettait le pare-brise, le conducteur ne manifestait nulle intention de mettre les essuie-glaces.

— Tenez, lisez !

Anna lui avait remis trois feuilles couvertes d'inscriptions au stylo bleu. À l'évidence, c'était elle qui en était l'auteur, et Viktor commença à craindre le pire.

— Qu'est-ce que c'est ?

— Le dernier chapitre de l'histoire de Charlotte. La fin. C'est bien ce que vous vouliez lire, non ?

Viktor vit que les rebords des feuilles étaient légèrement brûlés. Comme si Anna avait effectué un voyage dans le temps pour les retirer au dernier moment de la cheminée.

— Lisez !

Anna pointa son pistolet vers les feuilles, sur lesquelles il jeta un premier regard.

La Fuite

— Pourquoi ne pas tout simplement me raconter ce que...

— Lisez ! l'interrompit-elle avec fureur.

Hésitant, Viktor commença à déchiffrer les premières phrases.

La nuit que nous avons passée à l'hôtel Hyatt fut affreuse. Charlotte saignait sans arrêt du nez, et nous avons dû faire monter des draps et des serviettes propres. Je n'avais plus de médicaments, mais Charlotte me suppliait de ne pas la laisser seule : je ne pouvais donc me rendre à la pharmacie de nuit pour en acheter. Lorsqu'elle s'endormit enfin, je ne voulus pas prendre le risque de la réveiller en envoyant le réceptionniste acheter du paracétamol et de la pénicilline. En frappant à la porte de notre chambre, il l'aurait certainement tirée de son sommeil.

Sa lecture fut interrompue par une violente secousse : la voiture venait de passer sur un nid-de-poule rempli d'eau. Viktor ne savait que penser. Pour l'instant, rien de ce qu'il avait lu ne lui permettait de comprendre la situation absurde dans laquelle il se trouvait : enfermé avec une folle armée d'un pistolet, qui l'obligeait à lire le témoignage manuscrit de ses divagations.

Elle n'est pas schizophrène. Elle fait juste semblant.

Le conducteur restait muet et semblait bien décidé à battre un record de vitesse, alors même que la tempête ne permettait pas d'y voir à plus de quatre mètres. La voiture roulait si vite que, lorsque Viktor regarda par la fenêtre, il ne parvint pas à distinguer où ils se trouvaient.

— Continuez !

Anna avait immédiatement remarqué son petit moment d'inattention. Afin de donner plus de poids à son injonction, elle enleva la sécurité du pistolet.

— Ça va ! Ça va ! Je lis, Anna, je lis.

Une nouvelle fois, Viktor dut se plier à son destin. Et une nouvelle fois, il fut saisi d'horreur par ce qu'il découvrit.

51

Le lendemain, après un rapide petit déjeuner, Charlotte et moi quittâmes l'hôtel pour la gare. Là, nous prîmes le train pour Westerland. Une fois arrivées là-bas, nous parvînmes au bout d'une heure à convaincre un vieux pêcheur de nous déposer à Parkum. Je ne savais pas pourquoi Charlotte voulait m'y emmener, mais je pressentais que c'était là, sur cette île isolée, que notre histoire devait trouver sa conclusion.

Une fois que nous eûmes mis pied à terre, Charlotte sembla aussitôt retrouver des couleurs. Comme si l'air marin et le climat vivifiant de la mer du Nord lui faisaient du bien. Et, comme pour confirmer ce changement, elle me fit la demande suivante : « À partir de maintenant, ne m'appelle plus Charlotte. Ici, sur ma petite île, j'ai un autre prénom. »

— Josy ?

Viktor leva les yeux et vit qu'Anna souriait.

— Évidemment. Depuis le début, nous savions tous les deux de qui il s'agissait, non ?

— Mais c'est impossible. Vous n'avez pas pu venir à Parkum avec Josy. On vous aurait remarquées. On m'en aurait parlé...

— Oui, c'est vrai.

Anna le regardait comme s'il était un patient un peu faible d'esprit, l'air de dire : « Mais oui, tout va bien se passer. »

— Continuez à lire, vous verrez.

Et Viktor obéit.

52

Nous nous installâmes dans une petite maison au bord de l'eau, à dix minutes à pied du village et du port. Josy me dit qu'autrefois elle était souvent venue ici avec ses parents. Chaque fois qu'ils voulaient prendre de longues vacances, plutôt que de se contenter d'un week-end à Sacrow.

Nous nous apprêtions à allumer un feu de cheminée et à préparer du thé, quand Josy me prit par la main.

— Maintenant, je vais te donner le dernier indice, Anna, me dit-elle.

Je la suivis jusqu'à la fenêtre du salon, qui offrait une vue merveilleuse sur la plage et la mer.

— Le Mal n'a pas cessé de nous poursuivre, m'expliqua-t-elle. Nous n'avons pas pu nous en débarrasser, ni à Berlin ni à Hambourg. Et, à présent, il est avec nous sur cette île.

Je ne compris d'abord pas ce qu'elle voulait me dire par là. Mais, bientôt, j'aperçus à environ cinq cents mètres une minuscule silhouette qui marchait le long de la plage. Plus elle s'approchait, plus mes doutes se trouvaient confirmés.

Le Mal vivait effectivement chez Josy, à Schwanenwerder. Et il nous avait suivies jusqu'ici. Je pris Josy par la main et nous nous précipitâmes dans l'entrée. Je n'avais pas de plan particulier, mais j'étais sûre d'une chose : si je ne parvenais pas à trouver une cachette pour la petite fille, il se passerait quelque chose d'horrible. Je courus donc avec elle jusqu'à la petite cabane qui abritait le générateur, à quelques mètres du perron.

Nous entrâmes. L'atmosphère y était glaciale et puante, comme dans une vieille cabine téléphonique sentant le tabac froid. Mais tout valait mieux que d'attendre dehors. Je fermai la porte : il était moins une.

Car, à ce moment-là, Isabel était déjà à moins de cent mètres de nous.

— Ma femme ?

Viktor n'osait plus regarder Anna dans les yeux.

— Oui.

— Qu'est-ce qu'elle a fait ?

— Continuez à lire, vous comprendrez.

Le moteur de la Volvo vrombissait de plus en plus en fort. Viktor ne savait plus si l'adrénaline qu'il sentait monter en lui provenait de la menace que représentait Anna ou de la vitesse démentielle à laquelle la voiture fonçait sur cette route mal entretenue. Sans doute les deux. Il s'étonnait lui-même d'être encore en mesure de penser, et même de lire, dans une telle situation de danger. *Heureusement que je ne fais jamais de malaise quand je lis en voiture*, songea-t-il, avant de chasser immédiatement cette pensée triviale.

Et il reprit sa lecture.

53

Malheureusement, on ne pouvait fermer la porte à clé de l'intérieur de la cabane. J'ignorais les projets d'Isabel, le pouvoir dont elle disposait, et je ne savais pas ce qu'elle voulait faire à Josy. Mais je sentais bien que nous serions perdues s'il lui venait à l'idée de nous chercher ici. La cabane n'avait pas de fenêtre, et on pouvait en balayer l'intérieur d'un seul coup d'œil. J'imaginai que nous pourrions nous cacher derrière le générateur, dont le bourdonnement recouvrait heureusement tous les bruits que nous faisions. Mais il n'y avait pas assez d'espace entre le moteur et le mur, pour que nous puissions nous y réfugier toutes les deux.

— Qu'est-ce qu'elle t'a fait ? demandai-je à Josy tout en réfléchissant à un moyen de nous échapper de ce piège.

— Regarde les indices, répondit-elle, sans grande conviction.

— Nous n'avons plus le temps, lui rétorquai-je. Josy, si tu veux que je t'aide, il faut que tu me dises ce qui nous attend ! Qu'est-ce que ta mère t'a fait ?

— Elle m'a empoisonnée, répondit la fillette d'une voix éteinte.

Je sursautai, car j'avais cru entendre un bruit dehors, devant la cabane.

— Mais pourquoi ? lui demandai-je tout en m'approchant de la porte.

— J'ai été méchante. Je me suis mal comportée, à Sacrow.

— Qu'est-ce que tu as fait ?

— J'ai saigné. Et maman ne veut pas que je saigne. Elle préfère que je reste sa petite fille chérie. Il ne faut pas que je grandisse et que je lui donne des soucis.

Horrifié, Viktor laissa tomber les feuilles sur le sol de la Volvo.

— Vous comprenez, maintenant ? lui demanda Anna.

— Oui, je crois, souffla Viktor.

Soudain, tout faisait sens. Le sang dans la salle de bains. Le poison. Isabel. Était-ce possible ? Est-ce que sa femme ne pouvait vraiment pas accepter que sa propre fille devînt adulte ? Était-elle donc à ce point malade ? Avait-elle vraiment empoisonné Josy afin qu'elle restât pour toujours cette petite fille sans défense dont elle aimait tant prendre soin ?

— Comment l'avez-vous appris ? demanda Viktor. Qu'est-ce que vous avez à voir avec tout ça ?

— Je ne peux pas vous répondre, dit Anna. Pour comprendre, il faut lire la suite.

Viktor ramassa les feuilles à ses pieds, bien décidé à découvrir enfin comment se terminait le cauchemar dans lequel il vivait depuis plus de quatre ans.

54

J'entrouvris la porte, et ce que je vis me glaça d'horreur. Isabel était debout sur le perron, armée d'un grand couteau de cuisine. Elle regarda autour d'elle, puis se mit à descendre lentement les escaliers.

— Comment t'a-t-elle empoisonnée, Josy ? Avec quoi ? lui demandai-je tout en refermant la porte.

— J'ai une allergie, murmura la petite fille d'une voix sourde. Je ne supporte ni le paracétamol ni la pénicilline. Et personne n'est au courant. Sauf elle.

Je n'eus pas le temps d'analyser ce qu'elle venait de me dire. Il me fallait d'abord trouver une issue. Mais que faire ? Je n'osais allumer la lumière et décidai donc d'utiliser mon briquet, même si je savais que cela pouvait être dangereux, dans cet espace confiné qui puait le carburant.

Désespérée, je regardais autour de moi tout en serrant la main de Josy afin qu'elle ne cherchât pas à s'enfuir dehors, sous l'effet de la panique.

— C'est inutile, Anna, murmura-t-elle. Elle va nous trouver et elle va nous tuer. J'ai été méchante.

J'ignorai sa remarque et continuai à scruter les murs et le plafond, consciente qu'Isabel pouvait faire irruption à tout moment, le couteau à la main.

Je l'entendais déjà qui appelait sa fille.

— Josy, Josy ! Ma chérie, où es-tu ? Viens ici. Je cherche seulement à t'aider !

Sa voix mielleuse était toute proche et Josy se mit à pleurer. Heureusement, le vacarme du générateur continuait à masquer tout autre bruit. Dans la lueur tremblotante de mon briquet, j'examinais toujours la cabane, regardant dans tous les sens. Je finis enfin par trouver une solution. Mon regard s'arrêta une nouvelle fois sur le vieux moteur rouillé. Je suivis des yeux un long tuyau qui sortait du coin droit de l'appareil et s'enfonçait dans le sol, juste à mes pieds. Le réservoir à fioul !

Comme je m'y attendais, le générateur n'était pas aux dernières normes de sécurité. Le réservoir était encastré dans le plancher de la cabane, juste sous nos pieds. C'était une sorte de cuvette en plastique d'environ deux mètres de diamètre, dont le couvercle dépassait légèrement du sol. Je fis sauter la fermeture et repoussai cette plaque de béton sur le côté. Au début, je crus que je n'y arriverais pas, c'était trop lourd. Avec mes pieds, je pris appui contre le mur de la cabane et, avec l'énergie du désespoir, je parvins à faire bouger le couvercle d'une quarantaine de centimètres. C'était suffisant pour permettre à Josy et moi d'entrer dans la cuvette.

— Je ne veux pas entrer là-dedans.

Nous fixions toutes les deux ce large trou noir, d'où émanait une écœurante odeur de mazout.

— Il le faut, lui dis-je. C'est notre seule chance.

Comme pour donner plus de poids à mes paroles, la voix d'Isabel se rapprocha encore de la cabane.

— Josy ? Viens voir maman ! Sois une gentille fille.

Elle n'était plus qu'à quelques pas.

— Viens, reprit-elle. Tu n'es pas toute seule. Je suis là !

Josy était paralysée par la peur, ce qui me facilita les choses. Je pus la prendre dans mes bras et la faire descendre dans la cavité sans qu'elle opposât la moindre résistance. Le réservoir faisait environ un mètre cinquante de profondeur et n'était qu'à moitié rempli, de sorte qu'il n'y avait pas de risque que Josy se noyât. Dès qu'elle fut descendue, je me ruai sur la porte pour en bloquer la poignée avec une vieille chaise de jardin. Puis je pris un pied-de-biche et brisai l'ampoule qui pendait du plafond. Dans l'obscurité quasi totale, je retirai le tuyau d'alimentation du générateur. Puis je glissai la tige en métal sous la plaque pour faire levier. Rassemblant mes dernières forces, je tentai de la soulever. Mes rotules et mes vertèbres craquèrent... mais je finis par y parvenir : le couvercle se souleva et retomba avec un bruit sourd devant le réservoir, à côté du générateur.

Surmontant mon dégoût, je me plongeai à mon tour dans le mazout épais et visqueux. Il était temps. Mes pieds avaient à peine touché le fond qu'Isabel se mit à secouer la porte.

— Josy ? Tu es là ?

Pour le moment, la chaise résistait encore, mais il n'y en avait plus que pour quelques secondes avant qu'elle ne cédât.

— Pourquoi tu as fait ça ? Pourquoi tu as enlevé le couvercle ? demanda Josy en sanglotant, tout en prenant ma main pleine de fioul dans la sienne.

— Parce que c'est moins voyant, lui répondis-je. Je n'aurais jamais pu refermer le couvercle de l'intérieur.

Comme ça, on peut espérer qu'elle ne remarquera rien et qu'elle ne nous verra pas.

J'avais conscience que mon plan était de la pure folie et qu'il n'avait aucune chance d'aboutir.

La porte en tôle s'ouvrit avec fracas et je sentis un vent froid souffler jusqu'à nous.

— Josy ?

Je savais qu'Isabel était maintenant dans la pièce, mais je ne pouvais entendre ses pas, car le bruit du générateur redoubla encore.

Je constatai avec soulagement qu'Isabel n'avait pas de lampe de poche. Seule la lumière du crépuscule éclairait faiblement l'intérieur de la cabane. Je priai en silence pour qu'elle ne remarquât pas que le réservoir était ouvert. Et quand bien même : sans lampe, elle n'aurait pas pu nous voir. Et elle n'allait tout de même pas utiliser une allumette pour regarder ce qu'il y avait dans ce réservoir à fioul...

J'ordonnai à Josy de s'accroupir et elle obéit. Seule sa tête dépassait encore du mazout, son corps était à présent entièrement enveloppé dans cette masse froide. Je voulus lui caresser la tête, mais je ne fis que salir ses cheveux.

— Reste calme. Tout ira bien, lui chuchotai-je.

Mais mes paroles n'eurent pas l'effet escompté. Josy tremblait de plus en plus et pleurait sans retenue. Je lui mis la main sur la bouche tout en prenant garde qu'elle pût continuer à respirer par les narines. Elle me mordit. En dépit de la violente douleur qui traversa tout mon corps, je ne lâchai pas prise. Pas tant qu'Isabel était encore au-dessus de nous.

Je ne sais pas combien de temps je restai ainsi : paniquée, accroupie dans un réservoir sombre et puant, en train d'essayer de maîtriser une petite fille hystérique. Une minute ? Cinq minutes ? J'avais perdu toute notion du temps. À un moment, j'eus la certitude qu'Isabel était partie. La lumière avait disparu. Elle avait dû refermer la porte.

Soulagée, je relâchai mon étreinte. Josy était toujours secouée par les sanglots.

— J'ai peur, papa, me dit-elle.

J'étais contente qu'elle s'adressât à moi comme à son père. Cela montrait au moins qu'elle avait confiance en moi.

— Moi aussi, lui dis-je en la serrant très fort contre moi. Tout ira bien.

Et de fait, tout aurait pu aller bien. Je le savais. Isabel était repartie.

Sans doute était-elle retournée dans la maison. Peut-être pour y chercher une lampe de poche. Cela aurait pu nous laisser du temps. Pour sortir du réservoir, courir jusqu'au village, chercher de l'aide... Bref, pour nous tirer d'affaire.

Mais, soudain, Josy se mit à pleurer. C'en était trop pour elle, de rester ainsi dans cette cuve visqueuse, où il faisait plus noir que dans une tombe. Puis elle se mit à crier. Sans retenue. Je ne pouvais rien faire pour l'en empêcher. Nous étions prisonnières de ce réservoir et rien ne pouvait la calmer. Mais ce n'était pas là le pire. J'avais commis une erreur fatale en enlevant le tuyau d'alimentation du générateur. Je ne le compris que lorsque le moteur se mit à tourner au ralenti, avant de s'arrêter subitement.

À présent, le moindre bruit que nous faisions devenait audible, même de l'extérieur de la cabane.

55

Viktor sentit les larmes lui monter aux yeux.

Sa petite fille chérie, enterrée vivante dans un tombeau puant. Il regarda Anna, respira l'odeur de la Volvo, sentit les vibrations du moteur. Il était prisonnier de son cauchemar.

— Qu'est-ce qui lui est arrivé ? Où est-elle ?

— Lis la suite !

La porte se rouvrit et, cette fois, j'entendis ses pas. Je n'avais pas d'autre choix. Je m'attendais à tout moment à voir le visage d'Isabel apparaître au-dessus de nous, et il ne me semblait plus impossible qu'elle allumât un briquet pour vérifier si nous n'étions pas dans le réservoir. Il ne me restait plus qu'une chose à faire pour éviter que Josy ne trahît notre présence. J'attrapai la petite et plongeai avec elle dans le fioul.

Le mazout nous enveloppait comme le noir manteau de la mort. Le liquide collant traversait tous nos vêtements et fermait tous les orifices de nos visages. Il nous bouchait les narines et les oreilles, de sorte que je n'entendais plus rien. Je me sentais comme une mouette prisonnière d'une marée noire, qui essaye désespérément de se débarrasser du pétrole qui souille son plumage.

Essayant de maîtriser le réflexe de survie qui me poussait à remonter à la surface, je restais plongée dans la cuve tout en appuyant sur la tête de Josy pour la maintenir en bas. Je n'avais plus d'air. Je ne savais pas ce qui se passait au-dehors. Je ne voyais ni n'entendais rien, et je sentais mes dernières forces m'abandonner. Lorsque, enfin, je n'y tins plus, je remontai à la surface, avec Josy dans mes bras. Je n'aurais pas pu faire autrement. Même s'il avait été trop tôt et qu'Isabel avait été encore là. Je n'aurais pas tenu une seconde de plus.

Mais il n'était pas trop tôt.

Il était trop tard.

Josy gisait sans vie dans mes bras. J'essuyai le mazout de sa bouche, écartai ses lèvres et la secouai. Je voulais lui faire du bouche-à-bouche, mais cela ne servait plus à rien. Je le sentais. Je le savais.

Jusqu'à ce jour, je ne sais pas si c'est le choc, la peur ou le fioul qui l'a tuée. Mais ce que je sais, c'est que c'est moi qui lui ai donné la mort, et pas Isabel.

— Non ! C'est un MENSONGE !

Viktor chercha à crier, mais seul un râle s'échappa de sa bouche.

— Non. C'est la vérité, répondit froidement Anna en jetant un bref regard par la fenêtre de la Volvo.

Viktor essuya du revers de la main les larmes qui coulaient sur son visage et releva la tête.

— Dis-moi que ce n'est pas vrai.

— Non, je ne peux pas.

— Mais tout ça, c'est des conneries ! T'es complètement folle !

— Oui, c'est vrai, Viktor. Je suis désolée.

— Pourquoi tu me tortures ? Pourquoi tu vas inventer tout ça ? Josy n'est pas morte !

— Si.

Elle n'est pas schizophrène, docteur Larenz. Elle a vraiment fait tout ce qu'elle raconte.

Le moteur se mit à rugir. Viktor regarda par la fenêtre et vit une rangée de lumières apparaître au loin.

— N'aie pas peur, c'est bientôt fini.

Elle le prit par la main.

— Qui es-tu ? lui cria-t-il. D'où est-ce que tu sais tout ça ?

— Je suis Anna. Anna Spiegel.

— Non, arrête ! Qui es-tu vraiment ? Qu'est-ce que tu veux de moi ?

Les lumières se rapprochaient de plus en plus, et même sans essuie-glaces, il parvint à distinguer où ils se trouvaient.

La Volvo roulait sur une jetée au-dessus de l'eau et fonçait vers la mer déchaînée.

— Dis-moi enfin qui tu es ! hurla Viktor.

— Je suis Anna Spiegel. C'est moi qui ai tué Josy.

Les lumières n'étaient plus qu'à deux cents mètres. La voiture avait déjà dû parcourir au moins un kilomètre et s'apprêtait à plonger dans l'immensité glacée de la mer du Nord.

— QUI ES-TU ?

La voix de Viktor se brisa et disparut sous le vacarme conjugué du moteur, du vent et des vagues.

— Je suis Anna. Anna Spiegel. Mais pourquoi perdre son temps avec ces enfantillages ? L'histoire n'est pas encore finie. Il te reste encore une page à lire.

Viktor secoua la tête et essuya un peu du sang qui lui coulait par le nez.

— Très bien, reprit-elle. Puisque c'est comme ça, je vais te faire une dernière faveur et te lire la fin.

Anna prit la dernière feuille des mains de Viktor.

Et tandis que la voiture poursuivait sa course sans répit, elle commença sa lecture.

56

Josy était morte. Il n'y avait aucun doute. Je serrai son petit corps sans vie contre moi, prête à hurler. Mais une fine pellicule de mazout collait à ma bouche et m'empêcha de laisser libre cours à mon désespoir. Désormais, peu m'importait qu'Isabel m'entendît ou non. Elle avait atteint son but. Josy, sa propre fille, était morte.

Je me relevai et sortis du réservoir. J'ouvris la porte, essuyai le fioul de ma bouche et me mis à crier son nom.

Isabel. Puis plus fort. Isabel !

Je fis quelques pas en direction du perron.

Isabel ! ASSASSIN !

Soudain, j'entendis un craquement. Derrière moi. Presque rien. Je me retournai et la vis sortir de la cabane. Et là, je sus qu'elle ne l'avait jamais quittée. Elle avait attendu patiemment que son enfant étouffât.

Lentement, je m'approchai d'elle. Je pouvais tout juste distinguer sa silhouette, car j'avais encore du fioul plein les yeux. Mais lorsqu'elle ne fut plus qu'à quelques pas de moi, tout devint clair.

Elle me tendit sa main couverte de mazout et là, je compris enfin mon erreur. Je m'étais trompée. Tout du long. Tout cela n'était qu'une gigantesque erreur. Et tout était ma faute. Car j'étais face à...

... Viktor regarda Anna dans les yeux, dans l'attente du dénouement. Et tout à coup, il comprit.

Au moment où la voiture atteignit le bout de la jetée et prit son envol au-dessus de la mer, le brouillard qui obscurcissait ses pensées s'évapora.

Le générateur. L'ampoule au plafond. La chambre.

Soudain, tout était clair.

... le panneau en métal, le linoléum marron, la perfusion.

Il comprenait, à présent.

Anna Spiegel !

La certitude prenait possession de son esprit.

J'étais face à...

Tout faisait sens : Anna. On pouvait lire ce prénom aussi bien à l'endroit qu'à l'envers. Comme dans un miroir : *Spiegel*, en allemand.

— Toi, c'est moi ! s'écria-t-il.

La voiture disparut lentement et céda la place à une chambre d'hôpital.

— Oui.

Viktor sursauta une dernière fois en entendant sa propre voix, comme un animal qui se reconnaît en voyant son reflet. Il répéta la phrase une dernière fois, comme pour être sûr de ne pas se tromper.

J'étais face à...

J'étais face à moi-même !

Puis, le silence se fit.

On était le lundi 26 novembre et un clair soleil hivernal brillait à travers la fenêtre grillagée d'une chambre de la clinique psychiatrique de Wedding, à Berlin. C'est là que le docteur Viktor Larenz, psychiatre célèbre et spécialiste de la schizophrénie renommé, se réveilla pour la première fois en quatre ans, deux semaines après qu'on eut cessé de lui donner ses médicaments.

C'était un bel après-midi d'automne ensoleillé. Le vent était retombé, les nuages s'étaient dispersés et la tempête des jours précédents n'était plus qu'un mauvais souvenir.

57

Neuf jours plus tard.

Il n'y avait pas foule, à l'auditorium de la clinique psychiatrique de Wedding. Deux hommes installés au premier rang faisaient face à un orateur de petite taille, aux temps grisonnantes. Hormis eux, il n'y avait pas âme qui vive dans cette salle qui pouvait accueillir jusqu'à cinq cents personnes. On avait baissé la lumière et les portes étaient toutes fermées à clé.

Les deux auditeurs comptaient parmi les meilleurs juristes du pays, et ce que le professeur Malzius avait à leur dire était strictement confidentiel.

— Durant de longues années, le docteur Larenz a dirigé un cabinet dans la Friedrichstraße, qui marchait très bien. Je suppose qu'il est inutile que je m'étende davantage sur sa personne, compte tenu du fait que vous le connaissez déjà au travers de ses publications et de ses nombreuses apparitions médiatiques, même si celles-ci datent maintenant d'il y a quelques années.

Les deux avocats se raclèrent la gorge et le professeur passa à la diapositive suivante. La première image, qui représentait le docteur Larenz au meilleur de sa forme, debout devant un rayonnage de livres dans son cabinet, céda la place à une seconde photographie autrement moins flatteuse : on voyait le psychiatre nu, recroquevillé en position fœtale, allongé sur un simple lit d'hôpital.

— Il est entré dans notre clinique en état de choc, juste après la disparition de sa fille. Au début, nous pensions que ce serait provisoire. Mais son état n'a cessé d'empirer depuis, de sorte que nous l'avons gardé jusqu'à ce jour.

La diapositive suivante représentait une coupure de journal.

L'Allemagne à la recherche de Josy.

Toujours pas de nouvelle de la fille du docteur Larenz.

— La fille du docteur, âgée de douze ans, a disparu il y a maintenant quatre ans, au mois de novembre. Auparavant, elle avait souffert durant onze mois d'une mystérieuse maladie. L'origine de ce mal, la cause de sa disparition, l'identité de son ravisseur, rien de tout cela n'a pu être tiré au clair.

Malzius laissa planer un silence lourd de sous-entendus, avant d'ajouter :

— Du moins, jusqu'à aujourd'hui.

— Veuillez m'excuser.

L'un des deux avocats, un petit homme aux boucles blondes, s'était levé pour prendre la parole, comme il est d'usage de le faire au tribunal.

— Pourriez-vous peut-être condenser quelque peu votre propos ? Comme vous pouvez l'imaginer, tous ces détails nous sont déjà parfaitement familiers.

— C'est bien noté, maître Lahnen. Je suis bien sûr au

courant que vous et votre collègue, maître Freymann, n'avez que peu de temps à me consacrer.

— Bien. Vous savez donc aussi que d'ici une demi-heure, votre patient sera transféré à l'hôpital carcéral de Moabit, où le premier interrogatoire aura lieu demain. Nous aimerions donc lui parler dès aujourd'hui. Maintenant qu'il a retrouvé ses esprits, il va devoir répondre d'accusations graves, peut-être même de meurtre.

— C'est exact. Aussi, il importe d'autant plus que vous m'écoutiez avec attention, afin de pouvoir le défendre au mieux, répliqua le professeur Malzius, qui ne goûtait guère d'être ainsi interrompu dans son propre auditorium, qui plus est par des gens qui n'étaient même pas médecins.

Lahnen se mordit la lèvre inférieure et finit par se rasseoir, tandis que Malzius poursuivait comme si de rien n'était.

— Durant quatre ans, notre patient est resté inconscient. Durant quatre ans, il a vécu dans son monde intérieur, jusqu'à ce que, voilà trois semaines, nous prenions une mesure courageuse, inhabituelle, je dirais même radicale. Je vous épargne les détails techniques, pour en venir tout de suite à ce que nous avons découvert.

Les deux avocats hochèrent la tête avec reconnaissance.

— Il faut d'abord que vous sachiez que Viktor Larenz souffrait de deux maladies simultanées : le *syndrome de Münchhausen* et la *schizophrénie*. Je voudrais d'abord vous parler de la première, qui n'est guère connue du grand public. Ce syndrome porte le nom du fameux baron menteur, Münchhausen. Les patients concernés mentent en effet à leurs proches et à leurs médecins en leur faisant croire qu'ils souffrent de symptômes imaginaires, dans le but d'attirer leur attention et leur compassion. On connaît des cas où des personnes en parfaite santé ont simulé des crises d'appendicite avec un tel réalisme qu'on a fini par les opérer. Ensuite, les patients frottent la plaie chirurgicale avec de l'excrément ou des ordures, pour éviter qu'elle ne guérisse.

— C'est complètement malade, murmura Lahnen, révulsé.

À en juger par l'expression de son visage, son collègue partageait pleinement son avis.

— Exactement, confirma Malzius. Et c'est une maladie qui est très difficile à diagnostiquer. Pourtant, elle n'est pas aussi rare qu'on pourrait le penser. En Angleterre, certaines unités de soins intensifs sont maintenant placées sous surveillance vidéo. Mais même ce genre de précaution n'aurait été d'aucune utilité dans le cas du syndrome de Münchhausen tel qu'il s'est déclaré chez Viktor Larenz. Car celui-ci ne détruisait pas sa propre santé, mais celle de son alter ego. Sa fille Joséphine, dite Josy.

Le professeur prit le temps de savourer l'effet de cette révélation sur son auditoire.

— En tant que père de famille, Larenz était le seul à savoir que sa fille était violemment allergique à deux médicaments, le paracétamol et la pénicilline, ce qu'il a mis à profit pour exécuter son projet meurtrier. Il lui prescrivait des doses toujours plus importantes de ces médicaments. D'une certaine manière, le crime était presque parfait. Comme Larenz n'avait révélé son allergie à personne, tous trouvaient normal qu'il lui donne d'abord du paracétamol contre ses maux de tête, puis de la pénicilline pour soigner les mystérieuses infections qui se déclaraient. Ses proches pensaient qu'il s'occupait de sa fille avec amour et qu'il faisait de son mieux pour la guérir. La vérité était tout autre : par son comportement, il contribuait activement à aggraver l'état de santé de Joséphine, jusqu'à provoquer chez elle des chocs anaphylactiques potentiellement mortels.

Le professeur fit une nouvelle pause, le temps d'avaler une gorgée d'eau, puis poursuivit.

— Le marathon de consultations médicales qu'il fit subir à Josy est un autre symptôme caractéristique du syndrome de Münchhausen par procuration, également appelé syndrome de Meadow. La folie meurtrière du docteur a été déclenchée par un événement bien précis. Larenz passait des vacances avec sa femme et sa fille, dans leur bungalow de la forêt de Sacrow. À cette époque, Joséphine avait onze ans, et jusque-là, elle avait eu avec son père une relation très étroite, presque fusionnelle. Mais cela était en train de changer. Joséphine s'était mise à fermer la porte à clé lorsqu'elle allait dans la salle de bains. Elle se rapprochait de sa mère et tendait à éviter son père. La raison en était simple : elle venait d'avoir ses premières règles. Cet événement tout à fait normal dans la vie d'une jeune fille a plongé Larenz dans une spirale de démence. Il avait compris que Joséphine était en train de passer lentement à l'âge adulte et que, un jour ou l'autre, elle finirait par quitter définitivement le foyer familial. Personne n'avait remarqué que les sentiments de Larenz vis-à-vis de sa fille étaient excessifs et maladifs. Et personne n'a remarqué comment il a fait en sorte de la maintenir dans sa dépendance : en l'empoisonnant. Ça, c'est le versant « Münchhausen » de sa maladie.

Jusqu'alors, on n'avait diagnostiqué ce genre de cas que chez des mères. À notre connaissance, c'est la première fois qu'un père fait une telle chose à sa fille.

— Professeur Malzius, l'interrompit Freymann. Tout cela est certes très intéressant. Mais il nous faut avant tout savoir si notre homme a agi ou non de manière préméditée. Or la méthode employée semble suggérer que c'est le cas, non ?

— Pas forcément. N'oubliez pas : Larenz est un menteur pathologique, qui souffre du syndrome de Münchhausen. Mais il y a plus. Il ne se contente pas de raconter des mensonges, il y croit vraiment. C'est là qu'intervient sa deuxième maladie, la schizophrénie.

Malzius jeta un regard à ses deux auditeurs.

— C'est ce qui le rend complètement imprévisible.

58

Les portes de l'auditorium étant fermées, le docteur Roth dut sortir dans la cour pour pouvoir regarder par la fenêtre ce qui se passait dans la salle. Après que Larenz lui eut raconté la fin de son histoire, il s'était hâté de descendre pour voir où en étaient le professeur Malzius et les deux avocats. Il avait le secret espoir que, une fois encore, le professeur se laisserait aller à de longues digressions, comme toujours lorsqu'il s'exprimait en public. Cet espoir semblait se confirmer. Lorsqu'il vit que Malzius en était encore à ses premières diapositives, Roth calcula qu'il avait encore un quart d'heure devant lui. Néanmoins, il se hâta de remonter, d'autant qu'il avait prévu un petit détour par la pharmacie de l'hôpital. Trois minutes plus tard, il arriva tout essoufflé devant la chambre 1245. Il se passa la main dans les cheveux et jeta un regard furtif à travers le judas aménagé dans la porte en métal. Rien n'avait bougé. Larenz était toujours ligoté sur son lit et fixait le plafond. Pourtant, Roth hésita un instant. Puis il sortit la lourde clé en métal de sa poche et l'introduisit lentement dans la serrure. Lorsqu'il la tourna, la porte s'ouvrit d'elle-même.

— Vous êtes donc revenu.

Larenz releva un peu la tête et regarda en direction

du médecin. Celui-ci avait plongé la main gauche dans la poche de sa blouse, afin que Larenz ne vît pas ce qu'il y avait dedans.

— Oui.

— Donc, vous avez fini par changer d'avis ?

Roth avança jusqu'à la fenêtre grillagée et contempla sans un mot la sombre cour enneigée. Les premiers flocons étaient tombés ce matin, masquant la laideur et le dénuement de cet espace bétonné.

— Vous avez apporté ce que je vous ai demandé ?

— Oui, mais...

— Il n'y a pas de « mais » ! Il ne peut pas y en avoir, si vous avez écouté attentivement ce que je vous ai raconté.

Larenz avait raison. Et le docteur Roth le savait. Malgré tout, il hésitait toujours. Son plan était trop dangereux. Et il ne voulait pas lui faciliter trop les choses.

— Allons, dépêchons-nous. Nous n'avons plus le temps, mon jeune ami. Cela fait déjà une demi-heure qu'ils devraient être ici.

— Très bien. Je vais vous faire une dernière faveur, docteur Larenz. Pour vous remercier de vous être confié aussi ouvertement à moi. Mais je ne peux vraiment pas faire plus.

Roth lâcha la boîte de médicaments, sortit la main gauche de sa poche et, en quelques gestes, détacha les sangles qui maintenant Viktor attaché sur le lit. Soulagé, celui-ci se mit à se frotter les mollets et les poignets, enfin libérés.

— Merci. Vous êtes mon bienfaiteur.

— Il n'y a pas de quoi. Il ne nous reste plus que dix minutes. Ensuite, je devrai à nouveau vous attacher.

Est-ce que vous voulez en profiter pour aller aux toilettes et vous laver un peu ?

— Non. Ce que je veux, vous le savez très bien.

— La liberté ?

— Oui.

— C'est impossible. Je ne peux pas faire ça, je vous l'ai déjà dit.

— Mais enfin, pourquoi ? Je ne comprends pas. Maintenant que vous connaissez toute mon histoire...

— Vraiment ?

— Mais bien sûr. Je vous ai tout raconté.

— Non, je ne crois pas.

Le docteur Roth secoua la tête en respirant bruyamment par le nez.

— Je suis plutôt d'avis que vous m'avez caché quelque chose d'essentiel. Et vous savez parfaitement de quoi je veux parler.

— Vraiment ? répondit Larenz avec un sourire ironique.

— Qu'est-ce qui vous fait rire ?

Le sourire de Larenz s'élargit encore.

— Rien, rien. Je me demandais juste combien de temps il vous faudrait avant que vous ne vous en rendiez enfin compte.

59

Le professeur toussota et but une nouvelle gorgée d'eau. Puis il reprit son discours, toujours sur le même ton monocorde dont il avait le secret.

— Grâce à sa schizophrénie, Larenz pouvait se réfugier dans des mondes imaginaires. Au début, cela ne lui arrivait que de temps en temps. Plus tard, c'est devenu son état normal. Ses hallucinations l'aidaient à refouler tout ce qu'il avait fait à Josy. Un réflexe de survie, si vous voulez. Il se cachait à lui-même le fait qu'il empoisonnait sa fille en lui donnant des médicaments auxquels elle était allergique. Il croyait lui-même à l'image qu'il renvoyait aux autres : celle d'un père aimant qui était prêt à sacrifier sa carrière pour mieux soigner sa fille et qui cherchait désespérément l'origine de ses maux. Il consultait toutes sortes de médecins mais n'a jamais emmené sa fille chez l'allergologue, ce qui aurait pourtant été recommandé dans un cas pareil. Plus la maladie de sa fille progressait, plus ses hallucinations empiraient. Ses relations avec sa femme Isabel se sont détériorées, et il s'est mis soudain en tête que cette dernière pouvait avoir quelque chose à voir avec la mauvaise santé de Joséphine. Dans sa folie, il est donc allé jusqu'à soupçonner Isabel, alors qu'il était lui-même coupable.

— Si ce que vous nous dites est vrai, cela signifie que le docteur Larenz n'était pas responsable de ses actes.

Cette fois, c'était Freymann qui avait pris la parole. C'était un colosse de deux mètres, vêtu d'un blazer bleu à boutons dorés. Son ventre ressortait un peu au-dessus de son pantalon de flanelle, auquel pendait la chaîne d'une montre de gousset.

Malzius lui répondit sur un ton de remontrance, comme s'il s'adressait à un enfant mal élevé :

— Je ne peux que vous décrire les faits, messieurs. D'un point de vue médical, la situation est telle que je vous l'ai décrite, pour autant que nous puissions en juger. Après, à vous d'en tirer les conclusions juridiques qui s'imposent. Mais c'est vrai, je partage votre opinion : Viktor Larenz ne peut pas être considéré comme une personne responsable. En tout cas, son crime n'était certainement pas prémédité. Il n'a jamais eu l'intention de tuer sa fille. Il voulait simplement qu'elle reste dépendante de lui. D'ailleurs, ce n'est pas le poison qui l'a tuée. C'est lui qui l'a étouffée par mégarde.

Le professeur Malzius appuya sur la télécommande pour passer à la diapositive suivante. Cette fois, on voyait la propriété familiale de Schwanenwerder, au bord du lac de Wannsee.

— Voilà la maison, ou plutôt la propriété de la famille.

De nouveau, les deux avocats hochèrent la tête, sans cacher leur impatience.

— Lors d'une de ses crises de schizophrénie, le docteur Larenz a eu une vision fatale. Il s'est imaginé qu'il se trouvait à Parkum, une petite île de la mer du Nord. En fait, il était dans le jardin de sa maison et jouait avec Josy, lorsque les hallucinations ont commencé. Il entendait des voix et voyait sa femme Isabel, qui était en fait en train de travailler en ville. Comme je vous le disais, il s'était entre-temps mis dans la tête qu'Isabel était une menace pour Joséphine. Il était persuadé qu'elle voulait lui faire du mal, et il a donc traîné sa fille jusqu'à l'abri à bateaux, pour se cacher.

La diapositive suivante représentait une charmante maisonnette en rondins de bois, juste au bord du lac.

— Il a ordonné à Joséphine de ne pas faire de bruit, afin qu'Isabel ne puisse pas les entendre. Comme elle refusait de lui obéir et se mettait à crier, il l'a poussée entre les bateaux et l'a plongée dans l'eau en lui plaquant la main sur la bouche, jusqu'à ce qu'elle étouffe.

Au premier rang, les avocats avaient recommencé à murmurer et Malzius put saisir quelques bribes telles que « article 20-63 du Code pénal » ou encore « internement préventif ».

— Si vous permettez, je voudrais attirer votre attention sur un élément important, les interrompit Malzius. Je ne suis certes pas juriste, mais vous me disiez que le tribunal allait devoir juger s'il s'agissait d'un meurtre ou d'un accident.

— Entre autres, oui.

— Eh bien, comme je vous le disais, c'est un fait que Larenz n'a jamais voulu tuer sa fille. Il l'aimait beaucoup trop pour faire ça. Lorsqu'il a pris conscience de ce qu'il avait fait, il s'est réfugié dans une nouvelle hallucination. Il voulait tout effacer, revenir en arrière. La maladie de Joséphine. Ses souffrances. Et surtout sa mort. Aussi, son cerveau a fait revenir son enfant à la vie. Il est allé consulter un allergologue de l'Uhlandstraße en s'imaginant que Josy l'accompagnait. Personne n'a remarqué qu'il était arrivé au cabinet sans sa fille. Lorsqu'il s'est présenté, nul ne s'est étonné qu'il n'ait pas de rendez-vous, car on venait d'embaucher une jeune assistante médicale qui commettait encore souvent des erreurs. Ni le médecin, le docteur Grohlke, ni la police, qui est arrivée par la suite, n'avaient de raison de mettre en doute sa version, selon laquelle Joséphine avait été enlevée dans la salle d'attente pendant qu'il était aux toilettes. Alors qu'il était encore dans le cabinet, il a fait un collapsus et a été interné chez nous. Nous avons essayé de le soigner pendant de longues années, sans succès. Nous pensions que son état était dû à la disparition de sa fille, et nous ne comprenions pas pourquoi le traitement médicamenteux habituel ne le guérissait pas. C'est même le contraire qui est arrivé : son état se détériorait de jour en jour, puis de mois en mois. Comme nous ignorions qu'il était lui-même responsable de la disparition de Joséphine, il faut bien admettre que nous avions choisi la mauvaise voie. Nous avons d'abord cherché à soigner ses dépressions, mais cela n'a fait qu'aggraver son cas. Au bout d'un moment, il a cessé de parler, restant figé dans une immobilité catatonique. Nous savons à présent qu'il s'était réfugié dans son univers fictif et qu'il avait l'illusion de vivre en permanence sur l'île de Parkum. Il y vivait avec son chien Sindbad, rencontrait de temps à autre un maire du nom de Halberstaedt et un pêcheur du nom de Burg, et travaillait à une interview. Mais rien de tout cela n'était réel.

— Mais s'il était vraiment si malade... l'interrompit Freymann tout en consultant sa montre. Et s'il est resté inconscient pendant quatre ans, pourquoi s'est-il finalement réveillé, il y a neuf jours ? Tout à l'heure, vous nous avez dit vous-même qu'il avait retrouvé tous ses esprits. Alors ?

— Excellente question, admit Malzius. Regardez donc les photos suivantes : vous voyez là toute l'évolution de sa maladie, depuis le premier jour, où il fixe l'objectif d'un air perturbé, jusqu'à son effondrement final, où il ne fait plus que végéter, replié sur lui-même.

Les diapositives se succédèrent rapidement.

— Nul besoin d'être un spécialiste pour s'en rendre compte : tout ce que nous avons entrepris pour le guérir n'a fait qu'aggraver son cas. Jusqu'à ce qu'un de nos jeunes médecins propose une solution pour le moins osée. Vous l'avez deviné, il s'agit du docteur Martin Roth. Sur sa proposition, nous avons arrêté du jour au lendemain de lui donner ses médicaments.

— Et lorsqu'il n'a plus reçu ses piqûres... poursuivit Lahnen, impatient.

— ... son esprit s'est pour ainsi dire guéri lui-même. Dans ses hallucinations, il s'était inventé un thérapeute : Anna Spiegel.

Lahnen siffla entre ses dents, ce qui lui attira un regard réprobateur de Freymann. À l'évidence, il existait une hiérarchie implicite entre les deux hommes.

— Au début, le docteur Larenz croyait que c'était elle qui était sa patiente. Mais c'était en fait exactement l'inverse. C'était lui le patient, et Anna Spiegel était son psychothérapeute. Elle lui tendait un miroir pour qu'il puisse voir de quoi il s'était rendu coupable : tuer sa propre fille. Il s'agit ainsi du premier patient schizophrène connu qui se soit lui-même soigné, à l'aide de ses propres hallucinations.

La lumière se ralluma et les deux avocats comprirent avec soulagement que la séance était enfin terminée. Cela faisait déjà une heure qu'ils auraient dû être auprès de leur client, et ils auraient largement préféré que le professeur Malzius se contentât d'un rapport écrit. Néanmoins, ils venaient de recueillir plusieurs informations importantes qui permettaient la mise au point d'une stratégie de défense plausible.

— Est-ce que cet exposé vous a été utile ? demanda Malzius en raccompagnant ses invités dans le hall.

— Oui, bien sûr, répondirent Freymann et Lahnen d'une seule voix.

— C'était vraiment très instructif. Cependant...

— Oui ?

Malzius avait haussé les sourcils. Il ne s'attendait pas à ce que sa petite conférence suscitât autre chose qu'un concert de louanges sans nuance.

— Eh bien, tout ce que vous nous avez dit repose, en dernière analyse, sur ce que Viktor Larenz vous a lui-même raconté, après avoir retrouvé ses esprits. C'est bien ça ?

Malzius hocha la tête.

— C'est à peu près ça. Jusque-là, il n'a pas été très causant. Nous avons dû reconstituer tout ça à partir de quelques vagues allusions.

Au téléphone, le professeur avait déjà prévenu les avocats que le patient était très peu communicatif. Hormis le docteur Roth, il refusait de parler à qui que ce fût, de sorte que les médecins n'avaient encore qu'une vision lacunaire de tout ce qui s'était vraiment joué dans sa tête.

— Mais si, comme vous nous le disiez vous-même, le docteur Larenz est un menteur pathologique, victime du syndrome de Münchhausen, comment pouvez-vous donc être sûr que toutes ces histoires ne sont pas elles aussi de son invention ?

Malzius consulta d'abord sa montre, puis regarda la grande pendule qui était accrochée au mur derrière eux. Lorsqu'il fut assuré que les deux avocats avaient bien compris qu'il n'avait pas de temps à perdre avec ce genre de questions, il répondit sèchement :

— À ce stade, nous n'avons bien sûr aucune certitude. Mais j'estime très peu probable qu'un patient atteint du syndrome de Münchhausen simule quatre ans durant une crise de schizophrénie, juste pour rendre un de ses mensonges plus crédible. À présent, si vous n'avez pas d'autres questions, je dois...

— Non ! l'interrompit brusquement Freymann.

L'avocat avait à peine levé la voix, mais cela avait suffi à retenir Malzius de leur tourner le dos.

— Quoi encore ? demanda le professeur, sans plus cacher son agacement.

— Une dernière question.

Malzius fronça les sourcils et regarda tour à tour Lahnen et Freymann.

— Et laquelle ? Quelle est donc la question à laquelle je n'ai pas encore répondu ?

— Eh bien, la plus importante. Celle pour laquelle nous sommes venus ici.

Freymann esquissa un sourire débonnaire.

— Où est le cadavre ?

60

— Bravo !

Larenz battit faiblement des mains.

— Excellent. Une question simple, mais ô combien pertinente !

— Alors ? Où est le cadavre de votre fille ? insista le docteur Roth.

Larenz arrêta d'applaudir, se frotta les poignets et jeta un regard sur le sol en linoléum marron, auquel l'éclairage artificiel donnait un léger reflet verdâtre.

— Très bien, souffla-t-il. Mais, dans ce cas-là, il faut que vous acceptiez notre marché.

— Vous me racontez toute l'histoire et je vous rends la liberté ?

— Oui.

— Non !

Viktor poussa un long soupir.

— Je sais que je suis coupable. J'ai commis le pire crime que l'on puisse imaginer. J'ai tué la personne que j'aimais le plus au monde. Ma propre fille. Mais vous savez que je suis malade. Très malade. Pour moi, il n'y a pas de guérison possible. Ça va être un show médiatique sans précédent. D'abord le procès et, ensuite, on m'enfermera. Si j'ai de la chance, ce sera dans une clinique psychiatrique. Mais vous croyez vraiment que cela apportera quelque chose à la société ?

Le docteur Roth haussa les épaules.

— Du point de vue de la société, je suis un meurtrier, c'est vrai. Mais on pourrait tout aussi bien me relâcher, étant donné que je ne referai plus jamais une chose pareille. Tout simplement parce que je n'aimerai plus jamais quelqu'un comme j'ai aimé ma fille. Je vous en supplie. Vous ne croyez pas que je suis déjà assez puni ? À qui cela va-t-il servir ?

Roth secoua la tête en signe de refus.

— Vous avez peut-être raison. Mais je n'ai pas le droit de faire ça. Cela se terminerait devant le tribunal.

— Mais, bon Dieu, je ne vous demande pas de me faire sortir d'ici, docteur Roth. Martin ! Soyons sérieux ! Je resterai là. Tout ce que je souhaite, c'est que vous me redonniez mon cocktail de médicaments, afin que je puisse retourner à Parkum.

— À Parkum ? Mais pourquoi voulez-vous retourner là-bas ? Après toutes les choses affreuses que vous y avez vécues et que vous venez de me raconter durant des heures...

— C'est seulement au cours des dernières semaines que les choses ont pris cette tournure. Avant, je vivais sur une île de rêve !

Viktor rit de son propre jeu de mots.

— Le climat était doux, ma femme m'appelait tous les jours et parlait de venir me rendre visite. Halberstaedt s'occupait de mon générateur et Michael m'apportait du poisson frais qu'il avait pêché en mer. Sindbad était allongé à mes pieds. Et surtout : Josy était avec moi. Jusque-là, tout était parfait. La tempête ne s'est déclarée qu'au moment où vous avez arrêté de me donner mes médicaments.

Le docteur Roth plongea la main dans sa poche et en sortit une petite boîte de pilules. Les paroles de Larenz l'avaient ému.

— Je ne sais pas... Je ne devrais pas faire ça.

— Très bien.

Larenz se redressa dans son lit.

— Je vais vous faciliter les choses, docteur Roth. Je vais répondre à votre dernière question. Vous révéler où se trouve le cadavre de Josy. Mais à une condition : que vous me donniez d'abord les pilules.

— Non, l'inverse, répondit le médecin, en passant nerveusement la main sur ses tempes dégarnies. Vous m'apportez la réponse maintenant, et je vous donne les médicaments ensuite.

— Pas question. Jusqu'à présent, je n'ai cessé de parler, sans jamais être sûr que j'aurais une contrepartie. Maintenant, c'est à votre tour de faire un effort. Ayez confiance en moi et donnez-moi ces pilules. Il faudra au moins deux minutes avant qu'elles fassent leur effet. Cela suffira largement pour que je vous indique le lieu où elle se trouve.

Le docteur Roth resta debout à côté du lit et réfléchit. Il savait que ce qu'il allait faire contredisait tout ce qu'il avait appris au cours de son existence. Mais il ne pouvait agir autrement. La curiosité l'emportait sur la raison.

Il tendit la main à Viktor et lui donna la petite boîte blanche contenant les médicaments. C'était exactement le mélange qu'ils lui avaient régulièrement injecté pendant des années, avant d'y renoncer trois semaines plus tôt.

— Merci beaucoup.

Larenz ne perdit pas de temps et étala immédiatement huit pilules sur la paume de sa main. Le médecin-chef le regarda faire, impassible. Au moment où son patient porta la main à la bouche, il voulut le retenir, afin d'effacer son erreur. Mais il était trop tard. Larenz avait déjà tout avalé.

— N'ayez crainte. Ayez confiance, docteur Roth. Vous avez pris la bonne décision. C'est un moment tout à fait plausible pour une rechute. Personne n'ira pratiquer d'analyse sanguine, lorsqu'on me retrouvera inanimé sur mon lit. Mes avocats s'en assureront. Leur but, c'est que je ne puisse jamais être interrogé par un juge. Quant au professeur Malzius, il pensera que ma petite thérapie personnelle n'a pas été suffisante, et il reviendra au traitement médicamenteux classique. Après tout, ce n'était pas son idée d'arrêter les piqûres.

— À moins qu'il ne décide au contraire de vous faire un lavage d'estomac.

— C'est un risque avec lequel je dois vivre... et mourir.

Viktor expira profondément et se laissa retomber sur le lit. Il avait pris une double dose, ce qui commençait déjà à se ressentir dans les accents de sa voix. Faiblement, il fit signe au docteur Roth de s'approcher. Celui-ci se pencha sur lui, afin qu'il pût lui parler à l'oreille.

Larenz plissa les yeux et le docteur Roth eut peur qu'il n'emportât la vérité avec lui à Parkum.

— Où est Josy ? lui demanda-t-il en le secouant par l'épaule. Où est le cadavre ?

Les paupières de son patient papillonnèrent un instant, puis son regard redevint clair.

Larenz prononça ses dernières paroles d'une voix claire et assurée.

— Écoutez-moi bien, dit-il.

Le docteur Roth se rapprocha encore de lui.

— Écoutez-moi bien, mon jeune ami. À présent, je vais vous révéler quelque chose qui vous rendra célèbre.

Épilogue

Six mois plus tard, sur la Côte d'Azur.

La suite 910 du Vista Palace de Roquebrune ne se distingue pas seulement par la vue spectaculaire qu'elle offre sur le Cap-Martin et Monaco. Outre ses trois chambres à coucher et ses deux salles de bains, elle est également équipée d'une petite piscine privative, ce qui évite aux clients distingués qui y résident de devoir se mêler à la plèbe des hommes d'affaires, qui pataugent tous dans le même bassin.

Isabel Larenz était installée sur une chaise longue au bord de l'eau et profitait des avantages qu'offre le room service. Elle avait commandé du filet de bœuf accompagné de pommes de terre grenailles, ainsi qu'une coupe de champagne. Un serveur en costume blanc venait de lui apporter son plat dans une lourde assiette en porcelaine, tandis qu'un autre était en train de sortir un fauteuil pour l'installer devant la table de la terrasse, où elle entendait prendre son déjeuner. Les chaises de jardin ne lui convenaient pas.

— Quelqu'un sonne, madame.

— Quoi ?

Irritée qu'un de ces domestiques osât lui adresser

la parole, Isabel reposa la dernière édition du magazine *InStyle* et leva la main pour protéger ses yeux du soleil.

— Quelqu'un sonne à la porte. Dois-je ouvrir ?

— Oui, oui.

Isabel lui fit signe de disparaître de sa vue et se leva. Elle avait faim et espérait que les deux serveurs allaient enfin la laisser en paix. Avant de se mettre à table, elle trempa encore le gros orteil droit dans l'eau de la piscine et décida que, cet après-midi, elle se ferait à nouveau faire une pédicure. Le vernis à ongles qu'elle avait choisi la veille n'était pas assorti à la tenue qu'elle voulait mettre ce soir.

— Bonjour, madame Larenz.

Isabel se retourna à regret et vit un inconnu la rejoindre sur la terrasse. Il était de taille moyenne, vêtu simplement, les cheveux en bataille. Et il parlait allemand.

— Qui êtes-vous ?

Entre-temps, les deux serveurs avaient disparu, sans attendre leur pourboire et sans même avoir terminé leur service. Un vrai scandale.

— Mon nom est Roth. Docteur Martin Roth. Je suis le médecin en charge de votre mari.

— Ah oui ?

Isabel resta debout au bord de la piscine. Elle aurait préféré s'asseoir et commencer à manger. Mais il lui aurait alors fallu proposer quelque chose à son hôte indésirable.

— Je suis venu vous dire quelque chose. Quelque chose de très important, que votre mari m'a confié juste avant de reperdre connaissance.

— Je ne comprends pas très bien pourquoi vous vous donnez tant de peine. Vous êtes venu de Berlin jusqu'ici, uniquement pour me parler ? Pourquoi ne pas avoir tout simplement téléphoné ?

— Parce qu'il me semblait qu'il valait mieux que nous en parlions face à face.

— Très bien, docteur Roth. Tout cela me paraît très curieux, mais pourquoi pas. Voulez-vous vous asseoir ? ajouta-t-elle avec un semblant de politesse.

— Non, merci. Je ne vous dérangerai pas longtemps.

Le docteur Roth passa devant la piscine et s'arrêta sur le gazon de la terrasse, au soleil.

— Vous êtes bien installée.

— C'est assez agréable, oui.

— Vous prenez souvent des vacances ici ?

— Non, c'est la première fois depuis quatre ans que je remets les pieds en Europe, docteur Roth. Mais venons-en à ce qui vous amène. Mon déjeuner est en train de refroidir.

— Buenos Aires, c'est ça ? répondit-il en faisant mine d'ignorer sa remarque. Vous avez quitté l'Allemagne peu après la mort de Josy.

— J'avais mes raisons, que vous devinerez peut-être, si vous avez vous-même une famille.

— Bien sûr.

Roth scruta son visage.

— Bien. Comme vous le savez, votre mari a avoué qu'il avait lentement empoisonné votre fille, avant de l'étrangler dans un accès de folie.

— Je sais, mes avocats m'ont mise au courant.

— Et comme vous le savez, peu après cet aveu, votre mari est retombé dans son délire...

— ... et ne s'est plus réveillé depuis, en effet.

— Mais, avant ça, il a tenu à m'indiquer où se trouvait votre fille.

Isabel demeura impassible. Elle remit sur son nez les lunettes de soleil Gucci qu'elle avait remontées dans ses cheveux.

— Et alors ? demanda-t-elle, sûre d'elle. Il vous l'a dit ?

— Oui, nous savons maintenant où est votre fille.

— Et où ça ?

Pour la première fois, sa voix trahissait une émotion. Sa lèvre inférieure tremblait légèrement. Martin Roth traversa la pelouse et s'appuya sur le rebord de la terrasse. En dessous de lui, la roche descendait à pic jusqu'à la mer, sur plusieurs centaines de mètres.

— Si vous voulez bien me rejoindre...

— Et pourquoi donc ?

— Venez. Il me sera plus facile de vous le dire d'ici.

Hésitante, Isabel s'approcha.

— Vous voyez, là-bas, la piscine commune à tous les clients de l'hôtel ?

Le docteur Roth fit un signe en direction de la terrasse en dessous d'eux.

— Oui.

— Pourquoi n'y nagez-vous pas ?

— Je ne vois vraiment pas le rapport avec mon mari. Mais comme vous pouvez le constater, j'ai ma propre piscine.

— Oui, c'est exact, répondit Roth sans quitter des yeux l'agitation qui régnait autour du grand bassin.

— Mais alors, pourquoi ce monsieur est-il allongé là, en bas ?

Le docteur Roth désigna un homme svelte vêtu d'un maillot de bain à carreaux rouge et blanc. Il devait avoir la petite quarantaine et était justement en train de déplacer sa chaise longue pour se mettre à l'ombre.

— Qu'est-ce que vous voulez que j'en sache ? Je ne le connais pas.

— Il habite dans la suite voisine de la vôtre. Il est médecin, comme moi. Et il dispose lui aussi d'une piscine privative. Comme vous. Et, pourtant, il s'est installé là, en bas.

— Docteur Roth, je suis d'un naturel très patient. Mais je croyais que vous étiez censé me dire quelque chose d'important concernant l'endroit où se trouve ma fille, au lieu de quoi vous vous entretenez avec moi des habitudes de baignade de parfaits inconnus.

— C'est vrai, vous avez raison. Je suis désolé. Seulement...

— Seulement quoi ?

Isabel ôta ses lunettes de soleil et lui lança un regard furieux.

— Seulement, il se pourrait que cet homme soit descendu à la piscine commune tout simplement parce qu'on y voit de belles femmes. Tenez, par exemple, cette jeune fille qui est allongée un peu plus loin. À côté de la douche. Vous la voyez ?

— Oui, mais je ne la connais pas. Et je ne suis pas disposée à poursuivre...

— Vraiment ?

Roth porta deux doigts à sa bouche et siffla en direction de la piscine.

Plusieurs clients levèrent la tête. La jolie jeune fille blonde regarda elle aussi vers eux, mit son livre de côté et, hésitante, répondit au geste du docteur Roth, qui lui faisait un grand signe depuis la terrasse.

— *¡ Holà !* cria-t-elle.

Elle se leva et fit quelques pas dans leur direction.

La jeune fille avança jusqu'au pied du bâtiment, en regardant tour à tour le docteur Roth et Isabel, qui semblait paralysée.

— *¡ Holà ! ¿ Qué pasa ?* reprit-elle en espagnol. *¿ Quién es el hombre, mami ?*

Roth s'attendait à ce qu'elle prît la fuite. Mais Isabel avait à peine atteint le salon que la porte de la suite s'ouvrit, laissant apparaître un policier français.

— Je vous arrête pour entrave à la justice et dénonciation mensongère, récita l'agent dans un allemand approximatif.

— Mais c'est ridicule, s'emporta-t-elle.

Les menottes se refermèrent sur ses poignets.

— C'est une erreur ! cria-t-elle alors qu'on l'emmenait.

Le policier marmonna quelque chose dans sa radio. Quelques secondes plus tard, on entendit un hélicoptère survoler l'hôtel en vrombissant.

— Je dois admettre que votre plan était très habile, madame Larenz, dit le docteur Roth en suivant le cortège qui sortait dans le couloir de l'hôtel.

Il savait qu'elle l'écoutait.

— Josy n'était pas morte. Elle avait simplement perdu connaissance, quand vous l'avez trouvée dans l'abri à bateaux. Vous avez caché votre fille avant de l'envoyer discrètement en Amérique du Sud. Ainsi, vous pouviez utiliser la maladie mentale de votre mari à votre avantage. Vous l'avez conforté dans l'idée qu'il était un meurtrier. Il a cru qu'il avait tué son propre enfant et a été victime d'une grave crise qui a conduit à son internement. Vous avez pu le faire mettre sous tutelle et prendre ainsi le contrôle de toute sa fortune. Vos avocats ont travaillé dur et, en Argentine, personne ne posait de questions au sujet de cette jeune fille, du moment que vous donniez un peu d'argent aux bonnes personnes. Pas mal pensé. Mais, à la longue, ça ne pouvait pas fonctionner. Et vous n'auriez pas dû prendre le risque de rentrer en Europe avec Josy, même si vous étiez persuadée que Viktor ne se réveillerait plus jamais après son aveu.

Le policier était monté avec Isabel jusque sur le toit de l'hôtel, qui servait d'ordinaire de piste d'atterrissage pour les clients les plus fortunés. Mais, cette fois, ce n'était pas un hélicoptère privé qui attendait, mais un appareil de la gendarmerie. Dans les escaliers, Isabel n'avait pas dit un mot, et elle continuait à ignorer les questions que le docteur Roth criait derrière elle :

— Qu'est-ce que vous avez raconté à Josy ? Qu'il valait mieux partir à Buenos Aires pour fuir les médias allemands ? Que là-bas personne ne poserait de questions si elle changeait de nom ? Et combien de temps a-t-il fallu avant qu'elle cesse de poser des questions sur son père ?

Isabel restait muette. Elle ne répondait pas aux questions de Roth et n'en posait pas elle-même. Elle ne demanda pas à voir son avocat. Elle n'émit pas même le souhait de faire ses adieux à sa fille qu'une policière était déjà en train de prendre en charge au bord de la piscine. Elle était sortie sans rien dire sur le toit de l'hôtel et se laissa conduire sans résistance jusqu'à l'hélicoptère.

— Votre mari avait au moins une excuse, hurla Roth

en essayant de couvrir le bruit des rotors. Viktor est malade. Mais vous... Vous ne pensez qu'à l'argent.

À ces mots, elle s'immobilisa et se tourna vers lui. Sans hésiter, le policier pointa son arme vers elle. Isabel posa une question, mais Roth ne pouvait pas l'entendre et il fit un pas dans sa direction.

— Comment Viktor a-t-il deviné ?

Cette fois, il était assez près d'elle pour la comprendre.

— Comment est-ce que mon mari a su ?

Oh, Viktor le savait depuis longtemps, songea Roth. Dès son réveil, il avait compris, bien avant qu'on ne lui demandât pour la première fois où se trouvait le cadavre. Le fait que la police n'avait rien trouvé dans l'abri à bateaux ne pouvait avoir qu'une seule explication : Josy n'était pas morte. À partir de là, il n'avait pas eu de mal à deviner la suite. Le docteur Roth s'était d'abord demandé pourquoi il avait malgré tout voulu retourner dans son monde de rêves, alors qu'il savait que sa fille était encore en vie. Puis il avait vite compris que Larenz avait peur. Peur de lui-même. Il avait déjà grièvement blessé sa fille. Il avait failli la tuer. Et en tant que psychiatre, il était bien placé pour savoir que ses chances de guérison étaient infimes. Aussi, il avait choisi de retourner dans le seul lieu au monde où Josy serait toujours protégée de lui. Parkum.

— Comment Viktor a-t-il découvert que Josy était encore en vie ? cria à nouveau Isabel.

— Elle le lui a dit ! hurla Roth.

Durant un instant, il resta lui-même surpris de la réponse qu'il venait de donner. Mais sans doute était-ce celle que Viktor aurait souhaitée.

— Quoi ? *Qui* le lui a dit ?

— Anna.

— Anna ?

Le policier se mit à pousser Isabel pour l'obliger à avancer. Elle obtempéra, mais essaya plusieurs fois de se retourner tout en s'approchant de l'hélicoptère. Elle voulait poser une dernière question au docteur Roth. Mais, bientôt, celui-ci n'entendit plus un mot de ce qu'elle disait. D'ailleurs, il n'en avait pas besoin. Il lui suffisait de lire sur ses lèvres.

Mais qui est cette Anna ?

Son regard vide, son expression d'impuissance, voilà les dernières choses que Martin Roth vit d'elle, juste avant que l'hélicoptère ne décollât. Et cette image devait rester à jamais gravée dans sa mémoire.

Il se retourna lentement et quitta la terrasse. En descendant les escaliers, il savait que le plus dur était encore à venir. Dans les mois à venir, il allait devoir prouver que sa réputation de psychiatre n'était pas usurpée. Une nouvelle patiente attendait sa thérapie. Il ferait tout son possible pour lui expliquer la vérité. Il en avait fait la promesse à son père.

REMERCIEMENTS

Pour commencer – et je ne dis pas ça à la légère – c'est vous, lecteur, que je voudrais remercier. Pour m'avoir lu. Nous avons un point commun, vous et moi ; l'écriture comme la lecture sont en effet des activités solitaires, qui relèvent donc du domaine de l'intime. Vous m'avez offert ce que vous avez de plus précieux : un peu de votre temps. Beaucoup, même, puisque vous allez jusqu'à lire ce « générique » de fin. Si le cœur vous en dit, n'hésitez pas à me faire part de votre opinion sur ce livre, soit en allant sur mon site Internet (www.sebastianfitzek.de), soit en m'adressant directement un e-mail (fitzek@sebastianfitzek.de).

Ensuite, je ressens le besoin impérieux de remercier tous ceux qui m'ont aidé à « accoucher » de mon premier roman :

Mon agent littéraire Roman Hocke, en premier lieu, qui, alors que je n'étais qu'un petit nouveau, m'a tout de suite traité avec les mêmes égards que les nombreux auteurs confirmés qu'il représente.

Je voudrais remercier Mme Andrea Müller, qui m'a accueilli dans la grande famille des éditions Knaur et a fortement contribué à l'amélioration de mon manuscrit.

Je remercie mon ami Peter Prange, pour m'avoir fait généreusement profiter de son expérience d'auteur de best-sellers. Avec sa femme Serpil, il m'a suggéré de nombreuses modifications, dont j'espère avoir tenu compte à bon escient.

Clemens, merci pour les renseignements d'ordre médical. Il est bien pratique d'avoir un frère spécialiste en neuroradiologie. Au moins un dans la famille qui a fait des études sérieuses ! S'il subsiste quelques erreurs scientifiques, elles restent bien sûr de mon fait. Si jamais on t'adresse des critiques à ce sujet, réponds que je ne t'ai pas tout donné à relire.

Tout roman est précédé d'un long cheminement. Le mien a commencé auprès de mes parents, Christa et Freimut Fitzek. Je vous remercie pour votre amour et votre soutien sans faille.

Les histoires ne valent rien, s'il n'y a personne à qui les raconter. Gerlinde, merci d'avoir écouté au moins six versions successives de Thérapie et de les avoir toutes couvertes de louanges. Sans doute l'amour l'a-t-il emporté sur l'objectivité…

Enfin, je voudrais remercier une foule de gens que je ne connais même pas, mais sans qui ce livre n'aurait pu exister. Ceux qui en ont créé la magnifique couverture, qui l'ont imprimé, distribué et mis dans les étagères des librairies où vous avez pu l'acheter.

Et bien sûr, je remercie Viktor Larenz, où qu'il puisse se trouver aujourd'hui.

Sebastian Fitzek,
Berlin, janvier 2006.